저물 듯 저물지 않는

なかなか暮れない夏の夕暮れ
by Kaori Ekuni

Nakanaka Kurenai Natsu no Yûgure
Copyright ⓒ 2017 by Kaori Ekuni
First published in Japan in 2017 by Kadokawa Haruki Corporation, Tokyo
Korean translation rights arranged with Kaori Ekuni
through Japan Foreign-Rights Centre/Shinwon Agency Co.

저물 듯 저물지 않는

펴 낸 날　｜　2017년 12월 12일 초판 1쇄
　　　　　　　2017년 12월 30일 초판 2쇄

지 은 이　｜　에쿠니 가오리
옮 긴 이　｜　김난주
펴 낸 이　｜　이태권

책임편집　｜　박송이
편　　집　｜　양정희
책임미술　｜　홍성욱

펴 낸 곳　｜　(주)태일소담
　　　　　　　서울특별시 성북구 성북로8길 29 (우)02834
　　　　　　　전화 | 02-745-8566~7　　팩스 | 02-747-3238
　　　　　　　등록번호 | 1979년 11월 14일 제2-42호
　　　　　　　이메일 | sodam@dreamsodam.co.kr
　　　　　　　홈페이지 | www.dreamsodam.co.kr

ISBN　　　979-11-6027-028-0　03830

이 도서의 국립중앙도서관 출판시도서목록(CIP)은 서지정보유통지원시스템 홈페이지
(http://seoji.nl.go.kr)와 국가자료공동목록시스템(http://www.nl.go.kr/kolisnet)에서
이용하실 수 있습니다(CIP제어번호: CIP 2017031202).

• 책값은 뒤표지에 있습니다.
• 잘못된 책은 구입하신 곳에서 교환해드립니다.

저물 듯 저물지 않는

なかなか暮れない夏の夕暮れ

에쿠니 가오리 지음 — 김난주 옮김

1

조야, 하면 우선 떠오르는 것은 걱정스러우리만큼 가녀린 몸과 하얀 피부다. 허리에 팔을 둘러 껴안으면 한 뼘이 고스란히 남던 것을 기억한다. 그런데도 건강에는 아무 문제가 없고, 잘 먹고 웃기도 잘 웃는 여자였다. 열한 살 때 홍역에 걸린 후로는 병원 신세를 진 일도 없고, 회사가 비용을 부담하는 건강검진도 매번 받는 데다 자기 돈으로 1년에 네 번 치과 검진도 받고 있노라고 자랑하곤 했다. 이는 노래할 때 중요하니까, 하면서.

라스는 방 열쇠를 벽에 붙어 있는 열쇠꽂이에 꽂은 후 여행 가방을 바닥에 내려놓고, 코트와 장갑도 벗지 않고 목도리도 그대로 한 채 침대에 벌렁 누웠다. 이 호텔에서 조야와 몇 번이나 사랑을 나눴던가. 천장을 노려보면서 조야가 옆에 있던 때의 느낌을 떠올리려 한다. 아마 손가락으로 라스의 머리카락을 쓸어내리든지, 입술에 가볍게 키스하고는 이내 일어나, 냉장고에서 무슨 술을 — 진토닉이나 캄파리소다를 — 꺼내 오리라. "마셔야지" 하면서. 조야는 늘 그렇게 말했다. '같이 마셔요'도 아니고 '마시고 싶다'도 아니고 '마셔도 돼?'도 아니고 '마셔야지'라고.

라스는 지금 자신이 여기 있다는 게 믿기지 않았다. 쉰여덟이나 먹은 사람이 탐정 놀음이라도 할 생각인가. 아니, 요즘 말로 하면 스토커라고 해야 하나. 오슬로에는 부인 안나가 있고, 딸은 곧 첫아이 출산을 앞두고 있는 — 자신은 곧 할아버지가 되는 — 이런 때에.

일어나 장갑을 벗고 화장실에 갔다가 다시 장갑을 꼈다. 로비로 내려가 택시를 불러달라고 한다.

조야와 갑자기 연락이 두절된 건 두 달 전이다. 휴대전화로 전화를 걸었더니 엉뚱한 사람이 받았고, 이메일을 보내자 되돌아왔다. 무슨 일이 생긴 것인지 요령부득이었다. 있을 수 없는 일이었다. 가령 헤어질 생각이었다 해도, 그렇게 갑작스럽고 일방적이고 강압적인 방법은 조야답지 않다. 그걸 알 만큼은 서로를 깊이 안다고 자신한다. 자신이라고? 내면의 자신은 어이없다는 듯이 콧방귀를 낀다. 1년에 몇 번, 일이 있어 이곳을 찾을 때만 만났으면서. 관계가 4년 가깝게 지속되기는 했지만, 나이가 딸뻘인 여자 머릿속을 당신이 무슨 수로 알겠어.

이제는 눈발이 드문드문 흩날리고 있지만, 맑은 공기는 몸이 움츠러들 만큼 차갑다. 바로 옆에 산이 버티고 있는 탓에 오슬로의 추위와는 차원이 다르다. 라스는 택시 운전사에게 그 산 위에 있는 롯지 이름을 말한다. 택시 안에서는 커피 향이 났다. 조수석에 보온병이 놓여 있고, 컵홀더에 꽂힌 컵에는 짙은 커피가 절반 정도 담겨 있다. 모피 방석, 가족사진으로 보이는 사진, 꽃병에는 자잘한 조화. 시골에 흔히 있는, 차 안을 자기 집 거실처럼 꾸미고 싶어 하는 운전사인 듯하다.

조야는 그 산 위에 있는 롯지 — 손님은 대개 독일인 관광객들이다 — 의 라운지 바에서 일주일에 사흘 노래를 불렀다. 취미와 실익을 겸한 부업으로, 낮에 일하는 철도회사에는 비밀이라고 했다. 라스가 그녀를 처음 본 것도 그 무대에서였다(묶은 것은 아니었다. 거래처 사람인 미국인을 스키장에 데리고 갔다가 돌아오는 길에 한잔하러 들렀을 뿐이다. 딱 한 잔이나 두 잔). 그때 조야는 20대 중반이었을 텐데, 초로인 남성 피아니스트와 중년의 남성 색소폰 주자를 뒤에 거느리고, 그 가녀린 몸 어디에서 그렇게 힘찬 목소리가 나오는지 상상도 할 수 없을 만큼 안정적으로 스탠더드 재즈 명곡을 불렀다. 라운지 바에 전화로 문의하자 일을 그만두었다는 것까지는 가르쳐주었지만 연락처는 알려주지 않았다. 수상한 사람이 아니라 친구라고 강조하는 말이 자기 귀에조차 오히려 수상하게 들렸다. 철도회사에 문의했을 때는 더 심했다. 직원의 개인 정보는 알려줄 수 없다고만 할 뿐, 조야가 아직도 일을 하고 있는지 어떤지는 물론이고, 그런 이름을 가진 직원이 일한 적이 있는지조차 알려주지 않았다.

어느 틈에 눈발이 다시 하염없이 날리고 있었다. 부산하게 움직이는 와이퍼가 유리를 긁고 지나가는 소리가 귀에 거슬린다. 하늘은 이미 밤이 내려오기 직전의 색감이다. 조야와 트리오로 연주했던 색소폰 주자와 다섯 시에 로비에서 만나기로 약속했다. 가정적(이라고 하면 그렇다 할 수도 있는)인 차 안의 냄새에 숨이 막혀 라스는 차창을 2센티미터 정도 열었다. 눈이 섞인 차가운 공기가 단박에 흘러들어온다. 눈 쌓인 나무들이 거뭇거뭇하게 보이고, 그 위 하늘에는 회색 새들이 줄지어 날아간다. 코트 주머니에서 지폐를

문이 열리는 소리가 나서 미노루는 책에서 얼굴을 든다. 무척이나 밝다. 마치 여름 같다.

"없어?"

오타케 목소리였다. 동시에 지금 계절이 여름이라는 것도 생각난다. 자신이 눈 덮인 산길에 있지 않다는 것도.

"뭐야, 있으면서."

"벨을 눌러야지."

미노루는 그렇게 말하면서 침대의자에서 일어난다. 리조트 호텔의 풀 사이드에 있는 비치 체어처럼, 접이식 침대의자의 나무틀이 삐거덕거렸다.

"눌렀어. 문도 두드렸고."

그러고 보니, 의식 멀리에서 그런 소리가 들렸던 것도 같다.

"좀 춥지 않나. 몇 도로 해놓은 거야."

묵직한 유리 재떨이 — 부모님 집의 거실에 옛날부터 있던 것이다. 미노루는 담배를 피우지 않는데, 부모님이 돌아가시고 집을 처분할

때 왠지 버릴 수가 없어 들고 와 리모컨을 담아두고 있다 — 로 손을 뻗은 오타케가 멋대로 온도를 몇 단계 올렸다. 삐, 삐, 전자음이 여러 번 울린다.

"히가시데 씨에게서 또 클레임이 들어왔어. 3개월이라면서?"

"3개월?"

무슨 소린지 알 수 없었다.

"전적인 업무 위탁인데, 그쪽도 난감하잖아. 다른 임차인들에게 모범이 될 수 없는 셈이니까."

절반까지는 아니어도 5분의 1 정도는 아직 눈 덮인 산길에 의식이 남아 있었다. 쉰여덟 살 남자의 감정 속에.

"그리고 재단에서도 우는소리를 하고 있어, 고집 센 스즈메 때문에."

그래도 이번에는 무슨 말인지 알 수 있었다.

"스즈메가 고집이 센 건 내 탓이 아니지."

누나인 스즈메는 태어났을 때부터 고집이 셌다.

"시원한 녹차 마실래?"

아쉬운 기분으로 책을 테이블에 내려놓고 미노루는 부엌에 들어간다. 스즈메는 보리차를 좋아한다. 그것도 시판되는 상품은 절대 수용하지 않고 일일이 볶은 보리를 주전자에 넣고 끓이지만, 미노루는 녹차를 좋아한다. 단, 시원한 차에 팥밥을 말아 먹을 때에는 취향이 정반대로 달라져, 스즈메는 녹차에 미노루는 보리차에 만다.

부엌까지 따라온 오타케는 늘 들고 다니는 투박한 가방 — 옛날 의사가 왕진 갈 때 들던 가방 같다고 미노루는 생각한다. 너비가 15센

티미터나 되는 갈색 가죽 제품이고, 네 모퉁이는 닳아서 너덜너덜하다. 항상 대량의 서류와 잡동사니가 담겨 있는 탓에 힘이 없는 미노루는 들어 올릴 수도 없다 — 을 열어 노트북을 꺼낸다.

"좋아, 그렇게 하는 걸로."

무슨 소린지 몰랐지만 미노루는 그렇게 말했다. 오타케가 5퍼센트로 생각한다면 5퍼센트이리라. 고등학교 입학식 날 서로 알게 된 후로 줄곧 함께인 오타케 미치로를, 미노루는 신뢰하고 있다.

"이거, 봐줬으면 하는 부분만 파란 글자로 표시해놨어."

"알겠어."

미노루는 대답하고, 두 잔에 찰랑찰랑하게 따른 녹차 한쪽을 한 모금 마시고, 다른 한쪽을 오타케에게 건넨다.

"이게 뭔데?"

의자에 앉아 오타케가 스크롤해주는 화면에서 파란 글자만 눈으로 더듬었다.

"기획 개요와 요망서. 나중에 출력해서 두고 가겠지만, 지금 야마자키 씨 만나러 갈 거니까 일단 알아둬야지, 안 그러면 얘기가 진행이 안 되니까."

지금? 화들짝 놀란 미노루는 화면 오른쪽 아래에 있는 시간을 본다. 오후 세 시 47분. 얼른 일어나 침실로 간다. 책을 계속 읽고 싶었지만, 약속은 약속이니 가야 한다. 바로 옆에 있는 시어서커 소재 재킷을 걸치고, 지갑과 그밖에 필요한 것만 주머니에 넣는다.

"뭐야? 누구?"

문 앞에 선 오타케가 물었다.

"준준."

그렇게 대답하자, 떨떠름한 표정을 지었다.

"쉰이나 된 여자를 그렇게 부르는 거, 이제 그만해."

오타케와 마찬가지로 준코 역시 고등학교 동창생이다. 대학을 졸업할 즈음부터 조금씩 멀어졌다가 그녀가 결혼한 다음부터는 전혀 교류가 없었는데, 작년에 다시 만난 후로 간간이 만나고 있다.

"아까 알고 있으라고 한 건 알겠어. 아니지, 맡길게. 알고 있겠지만."

벽장문에 달린 거울에 전신을 비춰 보면서 미노루는 말했다. 가슴에 새끼 원숭이와 바나나 그림이 있는 하얀 티셔츠, 연한 갈색 반바지. 시어서커 재킷은 하얀색과 하늘색 줄무늬, 뭐 그런대로 안 어울리진 않는다고 생각된다.

"양말, 신는 게 좋을까?"

일단 신지 그래, 하고 오타케는 대답했다. 미노루는 그 말을 따랐다. 전에는 연인이었지만 지금은 타인의 부인인 나기사는 미노루의 옷차림에 대해 "너무 어린애 같다"라면서 투덜거리곤 했다. "젊어 보이는 게 아니라 어려 보이잖아, 그렇게 입으면."

미노루는 그 말이 별로 와닿지 않았다. 돌이켜보면, 나기사가 한 말이 와닿은 적이 없다.

"아무튼 아까 그거 출력해놓고 갈 테니까 꼼꼼하게 읽어."

오타케의 배웅을 받으며 현관을 나선다. 양말을 신은 탓에 샌들이 아니라 운동화를 신었다.

"준코에게 안부 전해줘. 그리고 치카 씨들, 너무 특별 취급하지 말고."

"치카 씨들?"

미노루는 연 문을 그대로 잡은 채 돌아보았다. 집 안과 바닥에 높이 차가 있어, 몸집이 작은 오타케가 아까보다 커 보였다.

"사람 얘기를 어디로 듣는 거야."

오타케는 안경 너머 눈을 깜박거린다.

"집세 말이야. 또 밀렸잖아, 3개월이나. 그리고 너, 언제든 괜찮다고 했지? 히가시데 씨가 클레임을 걸어서……."

아하, 그 말이었군. 미노루는 이제야 이해하고는, 다녀올게, 하면서 문을 닫았다. 옛날에 학교나 학원, 친구 집에 갈 때면 현관에 어머니와 누나가 나와 보지 않아도 그렇게 말했던 것처럼.

1층으로 내려가 입구 홀을 지나 밖으로 나갔다. 온도 차가 너무 심해서 순간적으로 온몸에 소름이 좍 끼쳤다. 덥다, 가 아니라, 추웠네, 하고 느낀다. 그리고 조금 걷자 당장 땀이 솟았다.

"땀이 난다는 건 좋은 일이야."

어렸을 때 어머니는 미노루에게 종종 그렇게 말했다. 여름, 밖에 나가 놀기 싫어할 때.

"땀이 난다는 건, 몸이 스스로 온도를 조절하고 있다는 거야. 굉장하지? 엄마는 땀이 날 때, 내 몸이 참 대단하네, 그렇게 생각해."

그러나 그 시절, 미노루는 땀을 흘리고 싶지 않았다. 자신이 땀을 흘린다는 사태가 꺼림칙했다. 피부가 끈적거리는 것도 축축해진 옷이 들러붙는 것도 견딜 수 없어서, 집으로 뛰어 들어와 샤워를 하고 옷을 갈아입어야 했다. 그렇게 해서 겨우 개운해지면, 더는 밖에 나가고 싶지 않았다.

역에 도착할 무렵에는 땀범벅이었다. 지금이야 샤워를 하려고 집에 돌아가서는 안 된다고 생각할 만큼의 분별력은 있지만, 그 분별력을 자신이 원했는지 어떤지는 분명치 않다. 표를 사서 개찰구를 통과한다. 오늘처럼 약속한 시간까지 빠듯할 때는 제일 가까운 역에 보통 전철만 서는 것이 원망스럽지만, 시간대가 그래서 전철이 비어 있는 데다 시원해서 안도했다. 준코를 생각한다. 정말 우연히 다시 만났다. 당시 미노루 가게의 점원이던 유마를 따라간 공연장에서, 미노루! 하고 불쑥 그를 부른 사람이 준코였다. 20년 이상이나 만나지 않았는데, 신기하게도 그 요란한 아줌마가 준코라는 것을 금방 알았다. 화려한 화장술과 돈이 제법 들었을 옷차림. 옛날부터 자랑이던 날씬한 다리 역시 여전하고, 어린 사슴 같은 그 가녀림을 강조하듯이 하이힐을 신고 있었다.

"아, 싫다. 깜짝 놀랐네. 오랜만이야."

왜 싫다는 건지는 모르겠지만, 그렇게 말하고서 대뜸 미노루의 온몸을 훑어보았다. 정말 여전하다고 했지만, 그럴 리 없다는 것은 미노루 자신이 잘 알고 있다. 준코는 뭐라 뭐라 말이 많았다. 놀라기도 했고 준코의 말이 너무 빨라서 대답도 잘 못했지만, 동창회에도 반창회에도 왜 나오지 않느냐고 나무라고, 고등학교 시절 선생 몇 명의 부고를 전해주고 "미노루 널 만났다고 하면 가나코도 깜짝 놀라겠다"고 했던 건 기억하고 있다. 가나코는 당시 오타케와 사귀었던 여학생이다. 미노루와 준코는 사귀지는 않았지만, 각자의 친구로서 넷이 잘 놀러 다녔다. 그러고는 이제야 생각난 것처럼 "아, 내 아들" 하고는 옆에 서 있던 호리호리한 젊은이의 등에 손을 댔다. 그 후에도 몇 번이나 '정말 놀랐다', '오랜만이다' 하는 말을 되풀이한 다음, 일단 헤어져서 각자의 자리에 앉았는데, 공연이 시작되기 바로 전에 자리로 찾아온 준코가 "주소 가르쳐줘, 주소" 하고 어째서인지 소리 죽여 소곤거렸다. 미노루는 자기 집 주소를 몰라서 옆에 앉은 유마에게 물었고, 그녀가 준코에게 가르쳐주었다. 그 후에 바로 연락이 와 가나코와 함께 셋이 만나 식사를 했다. 오타케에게도 같이 가자고 했지만 그는 '절대 싫다'고 대답했다. 그 후로 가나코와는 만나지 않았지만, 준코와는 자주 연락을 주고받으면서 한 달에 한두 번 꼴로 만나고 있다. 만나는 이유는 알지 못하는 채로.

이유. 미노루는 생각에 잠긴다. 연애를 하는 것도 아니고 일 때문에 만나는 것도 아닌 경우, 사람이 누군가를 만나는 이유, 또는 만나지 않는 이유는 무엇일까.

시부야에서 JR로 갈아탄다. 다 어디서 나타난 건가? 싶을 정도로 사람들이 북적거린다. 시부야는 늘 그렇다는 걸 알고 있는데, 알면서도 올 때마다 놀란다. 정말 어디서 나타나는 걸까.

표를 사고 플랫폼에 들어선다. 덥다. 그리고 시끄럽다. 오후 네 시 52분. 이 정도면 약속 시간인 다섯 시에서 아주 조금만 늦을 것 같다.

그런 생각을 하다가, 다섯 시라는 우연의 일치 때문에 미노루의 의식은 다시 두고 온 책 속을 헤맨다. 조야, 라스, 눈 덮인 산길과 그 앞에 있는 롯지(롯지와 카티지와 캐빈의 차이는 어디에 있을까). 주위에는 온통 사람들, 미노루 눈에는 확실하게 그 사람들이 보이고 선로 건너편에 줄지은 사각형 간판과 그 너머에 있는 공원의 숲도, 우뚝우뚝 서 있는 건물도 다 보이는데, 진짜 자신은 지금 눈발이 흩날리는 산길에 오르고 있고 이제 색소폰 주자를 만날 테니까 당연히 여기에는 없다, 하는 기분이 든다. 아주 분명하게. 오슬로에는 안나라는 아내가 있고, 쾌적한 집도 있으니까. 눈을 찡그리고 보면 택시 운전사의 얼굴까지 보일 것 같다. 책에 쓰여 있던 와이퍼 소리뿐만 아니라 주행 중인 타이어가 짓밟아 튀는, 눈인지 얼음인지 그 중간쯤의 무엇인가가 내는 질척거리는 소리마저 들릴 것 같다. 미노루는 전철을 타고, 열린 차창으로 흘러드는 그 소리와 싸늘한 공기를 느끼면서 두 정거장을 갔다.

"교정이 아니라 체육관 뒤야, 전혀 사람들이 지나다니지 않는 곳."
카운터 끝자리에 앉아, 매실주가 담긴 조그만 잔을 입에서 떼면서 사야카는 말했다.
"거기 엄청나게 많이 피어 있어. 피어 있다기보다, 거의 좍 번져 있는 식이야."
저녁나절인데 밖은 아직 환하게 밝은 이런 시간에 '맛보기'라면서 매실주를 마시자니 기분이 좋았다. 비도덕적인 기쁨에 사야카는 흐

못하게 미소 짓는다.

"호오, 그냥 길거리에도 있구나. 고산식물인지 알았는데."

부엌칼에 힘을 실어 막 쪄낸 옥수수를 툭툭 자르면서 치카가 대답한다.

"사실은 훨씬 더 많이, 두 팔로 안을 수 있을 만큼 가득 잘라오고싶었는데, 여기, 그렇게 큰 꽃병 없잖아."

"꽃병 문제가 아니지. 여기 그럴 공간 없으니까 잘라 오지 마. 조금만 생각해도 알 수 있는 거잖아."

하지만 덩굴식물은 이파리와 덩굴이 매력적이라서 풍성하게 꽂아야 멋지다. 야성적이랄까, 생동감이 있다고 할까.

"비지 볶음 좀 먹어도 돼?"

사야카가 그렇게 말하면서 주방에 들어가 냉장고를 연다.

"인동덩굴하면, 옛날에 다이안 캐넌이 나온 영화 있었잖아. 제목이 뭐였더라. 허니서클 어쩌고였는데."

모르는 영화여서 사야카는 잠자코 있었다. 냉장고에는 플라스틱 용기가 빼곡하게 쌓여 있다. 얇게 저며서 데친 여주, 가지 간장 조림, 양념장에 절인 생선포, 메추라기 알.

"신주쿠 빌리지에서 봤어. 아아, 뭐였더라."

"글쎄. 나는 본 적이 없는 것 같은데."

비지 볶음이 든 용기를 찾아 꺼내면서 대답했다.

"이런 거, 그 아이가 있으면 금방 조사해줄 텐데."

"몇 시에 오는데, 마미는."

이제 곧, 이라고 치카는 대답하고 새우 껍질을 요령 있게 벗기기 시작한다. 이 사람 살이 좀 찐 건가, 하고 사야카는 생각했다. 등 전체에 얇게 지방이 낀 듯하다.

"잘하고 있어, 그 아이."

작년까지 가르쳤던 제자 마미를 이 가게의 아르바이트생으로 소개한 사람은 사야카다.

"다행이네."

그래서 그렇게 말했다.

"요즘 아이들은 성실하더라. 솔직하고. 옛날이랑은 많이 달라."

정말 그렇다고, 고등학교에서 선생 노릇을 하고 있는 사야카는 생각한다.

"그리고 어려, 옛날보다."

옛날이란 자신들의 젊은 시절을 뜻하고, 치카는 사야카보다 네 살 아래지만, 그런 건 무시해도 상관없으리라고 생각했다. 자신들의 젊은 시절. 치카는 어떤 소녀였을까. 수업 중에 여고생들을 보면서 사야카는 그런 생각을 하곤 한다. 그리고 얼굴이 비슷하게 생겼거나 의지가 강하고 어른스러운 아이를 보면, 이랬을지도 모르겠네, 하고 상상한다.

2

아마도 실크 소재일 기하학적 무늬 원피스는 갈색과 핑크와 노란색이 섞여 있고, 치맛자락 아래로 드러난 날씬한 다리는 끈이 가느다란 뮬로 연결되어 있다. 그 옛날 할리우드 여배우처럼 커다란 선글라스를 낀 준코는 서리가 완전히 녹아 축축해 보이는 맥주 조끼 앞에 앉아 있었다. 맥주는 절반 정도 남아 있다.

"늦어서 미안해."

미노루는 그렇게 말하면서 준코와 마주 보는 자리에 앉았다. 이내 다시 일어선 것은 준코가 엉덩이를 들었기 때문이다. 그 행동은 가벼운 포옹을 기대하는 것으로, 준코는 옛날부터 그런 서양식 습관을 즐긴다. 문은 반드시 남자가 열어주어야 한다느니, 레스토랑에 가면 여자를 안쪽에 앉혀야 한다느니, 택시는 남자가 잡고 여자를 먼저 태워야 한다느니 하는 일에 까다로운데, 몇 번을 만나도 만날 때마다 미노루는 그걸 잊고 만다. 볼에 볼을 맞대고 톡톡 등을 두 번 두드려준다. 아기를 어르듯. 그런 후에야 겨우 의자에 앉을 수 있다. 튀김(아마도 프라이드 포테이토)과 구운 소시지 냄새가 나는 정원식 비어가든의 테이블. 미노루가 앉자마자 준코는 얘기를 시작한다. 이 가게를 가르쳐준 사람이 전남편이라는 것("피차 얼굴은 보고 싶지 않은데, 전화는 괜찮다니까, 신기하지."), 국립대학에 다니는 아들이 정말 우수한 학생이라는 것("그런데 좀 내성적이랄까, 오타쿠 같은 면이 있어. 은둔하는 정도는 아니지만.").

귀를 기울이고 간간이 맞장구를 치면서 미노루는 눈으로만 웨이터를 찾는다. 겨우 찾아 맥주를 주문하자, 준코는 치즈를 주문했다.

"치즈는 무난하니까."

웨이터가 사라진 다음 준코가 말한다. 미노루는 눈을 깜박거리며 그 말이 가슴에 스미기를 기다렸다.

"여기는 풍경을 음미하는 장소니까, 밥은 다른 데서 먹을 거지?"

준코는 그렇게 말하고 스마트폰을 꺼내 검색하기 시작한다.

"뭐가 좋겠어?"

단골 가게나 전화를 걸면 좋은 자리를 예약할 수 있는 가게를 찾는 것 같았다. 미노루는 심히 유쾌하고, 그리고 푸근한 기분이었다. 치즈는 무난하니까. 그 말이 가슴에 완전히 스며들었다. 미노루에게는 이런 일이 때로 있다. 별거 아닌 말이 불쑥 기분의 한 부분을 움켜잡는다. 귀여운 발언이라고 생각했다. 귀엽고 쩨쩨하다. 그리고 의미를 알 수 없다. 왜 치즈는 무난한 것일까. 냄새가 심하게 나는 치즈도 있고, 간단하게 먹으려면 풋콩이나 야채 스틱도 있는데. 센스도 별로 없다. 무난함을 선택하는 것은 겸허한 듯 보이지만 오만한 태도다. 완벽하지 않은가. 귀엽고 쩨쩨하고(미노루는 늘 이 두 가지를 잘 구별하지 못한다), 의미를 알 수 없고 센스가 별로 없는 것은 완벽하게 준코 자체다. 미노루는 이런 때 여자에게 매력을 느낀다. 연애 감정은 전혀 아니지만, 호감인 것은 틀림없다. 하기야 스즈메라면 악의라고 할지도 모르겠다. 오늘 밤, 헤어지기 전에 혹여 키스하지 않도록 조심해야겠다고 미노루는 스스로를 경계했다. 단순한 키스가 거기서 끝나지 않는 경우도 있고, 그렇게 되면 오타케에게 호되게 야단을 맞기 때문이다. 준코는 스마트폰을 귀에 대고 어느 가게에 전화를 걸고 있다. 드넓은 잔디밭에는 군데군데 나무 테이블과 의자가 놓여 있고, 테이블에는 파란 테이블클로스가 덮여 있다.

보나 마나 자고 있을 아내를 깨우지 않으려고 오타케는 살며시 현관문을 열었다. 재혼하면서 교외에 마련한 이 집은 새 집은 아니었지만 마당이 넓어 아내가 마음에 들어 했다. 아내가 좋아한다는 점이 오타케는 마음에 들었다. 심취란 이런 것이겠지, 하고 스스로 인정할 만큼 오타케는 아내가 사랑스럽고 소중해서 견딜 수가 없다. 그녀라는 존재도 그녀가 자신의 아내라는 사실도 현실 같지 않아, 사실은 현실이 아닌 게 아닐까 하고 툭하면 걱정이 된다. 그래서 하루에도 몇 번이나 전화를 걸고 또 문자를 보낸다. 그러면 아내는 틀림없이 이 집에 있고 — 그걸 확인하고 싶어 오타케는 아내의 휴대전화가 아니라 집 전화로 전화를 건다 ―, 전화를 받을 때는 명랑한 목소리로, 문자에 답할 때는 밝은 글귀로 아무 문제가 없다는 것을 알려준다. 지금 마당에 물까치가 날아왔어, 하거나 집 안 풍경을 생중계해서 오타케를 안심하게 해준다. 남들 눈에는 젊은 아내를 맞아 좋아 어쩔 줄 모르는 것처럼 보인다는 것을 알지만, 이것은 나이가 아니라 영혼의 문제다.

묵직한 가방을 복도에 내려놓은 채, 오타케는 우선 살금살금 침실로 향한다. 침대 옆의 조그만 불이 늘 오타케가 눕는 쪽만 켜져 있는 그 어두운 방은 방 전부가 아내였다. 아내 그 자체 같은 공기를 숨 쉬는 자신은 정말 행복한 사람이라고 절감하면서, 오타케는 침대로 다가가 아내의 잠든 얼굴을 내려다본다. 얇은 여름 이불에 목 아래가 폭 덮인, 시신처럼 다소곳하게 누워 있는, 하얗고 조그맣고 평안한 그 얼굴을. 너무 다가가지 않게 조심하는 것은 종일 밖에 있었던 자신의 땀과 술과 사람 냄새가 꺼려졌기 때문이다. 그런 것들로 아내의 잠을 방해하고 싶지 않았다. 그렇게 서서 이삼 분 바라보다 만족스러워지자 오타케는 다시 살금살금 아래층으로 내려가 가방을 들고 서재로 들어갔다.

재혼한 후로 주말을 포함해 일주일에 나흘은 집에서 일하기로 했기 때문에(고객의 급한 부름이 있거나 어디서 세무 감사가 들어올 경우에는 당연히 그럴 수 없지만), 사람과 만날 약속은 남은 사흘에 몰아서 해야 하고, 결과적으로 그런 날은 밤이 깊어서야 집에 들어오게 된다. 그건 어쩔 수 없지, 하고 야미는 말한다(아내 이름은 아야미지만 옛날부터 애칭이 야미였다고 한다. 아내는 스스로도 자신을 야미라고 부른다).
모두들 당신이 없으면 곤란하잖아, 하고. 모두란 미노루를 말하는 것
이다. 미노루 외에 고객이 없는 것은 아니지만, 세무사인 오타케의
업무 중 80퍼센트는 미노루와 그 친척들 재산 관리니까.

양말을 벗고 가방에서 서류를 꺼낸다. 파기해야 할 것은 파기하고,
파일에 정리해야 할 것은 파일에 정리하고, 동시에 업무용 전화기에
저장된 기록을 들었다. 이쪽에서 전화를 걸어야 할 상대 이름을 메모
하고, 노트북을 열어 오늘 상대한 다섯 명과의 대화를 요점만 정리해
서 문서화한다. 다섯 건 모두 미노루와 스즈메 소유의 동산 및 부동
산, 재단을 통해 운영하고 있는 미술관, 그리고 거북하기 짝이 없는
소프트아이스크림 가게에 관한 일이었다.

준준.

떠오르자 오타케는 얼굴을 찡그린다. 오래 알고 지내는 사이이기
는 하지만, 요즘 들어 미노루의 생각을 알 수 없어졌다. 미노루가 변
한 것은 아니다. 오히려 그 반대다. 고등학교 시절부터 그렇게 변하
지 않는 사람을 오타케는 달리 알지 못한다. 늘 책만 읽고, 행동 범위
가 좁고, 재주도 없고 무력하다. 누구에게든 친절한데, 때로는 아주
냉담해 보인다. 여자에게 소극적이고(평생 결혼하지 않을 것 같아, 하고
미노루가 털어놓은 것은 고등학교 3학년 때였다), 정치와 스포츠에도 관
심이 없다. 지금도 그 점은 그대로인데, 지난 10년 동안 미노루 주위
에는 여자들의 출몰이 잦았다.

준코는 가나코의 친구이고, 가나코는 오타케의 여자 친구였다. 처

음 만난 것은 고등학생 때였지만, 사귀기 시작한 것은 대학에 입학한 후다. 그리고 3년 동안, 지금 돌이켜보면 수치스럽기만 한 유치하고 달짝지근한 연애를 했다. 오타케는 시대가 그랬기 때문이라고 생각하려 한다. 드라이브, 스키, 테니스, 바다, 디스코. 그런 시대였다. 비싼 선물과 외식을 위해서, 부모 신세를 지고 있으면서 아르바이트에 열을 올렸다. 어려서 그랬다고 하면 그만이지만, 오타케로서는 기억하고 싶지 않은 과거였다. 인생의 오점이라고까지 느낀다. 당시부터 미노루는 그런 오타케를 — 비롯해 시대의 분위기 자체를 — 어딘가 모르게 냉담하게 응시하는 면이 있었다. 경멸하듯이, 라고 하면 지나친 말일지 모르지만, 적어도 전혀 이해할 수 없다는 듯이. 그런데 지금 와서 '준준'이라니.

오타케는 입을 꾹 다물고 노트북을 닫는다. 샤워를 하고 침대에 들어갔을 때는 새벽 한 시가 넘었다. 살며시, 정말 살며시 누웠다고 생각했는데, 오타케의 기척 때문인지 침대의 진동 때문인지, 아무튼 무언가를 민감하게 감지한 야미가 몸을 뒤척이더니 옆을 향한 자세로 오타케에게 몸을 딱 밀착한다. 그리고 왼팔과 구부린 왼 다리를 오타케 몸 위에 올린다.

"뜨거워."

이내 그렇게 말하고는 몸을 떼었다.

"당신과 조야가 어떤 관계였는지는 알겠습니다."

색소폰 주자는 그렇게 말하고 휴대전화를 돌려주었다. 그녀의 사진 몇 장과 그녀에게 받은 이메일 몇 통. 자신이 수상한 사람이 아니라는 것을 표시하기 위해 라스가 내밀 수 있는 것은 그뿐이었다.

"그러나……."

색소폰 주자는 말을 시원스럽게 하지 못하고, 답답하다는 듯이 안경을 벗더니 주머니에서 손수건을 꺼내 닦았다.

"만약 조야가 당신에게 연락을 하고 싶다면, 할 수 있는 거죠?"

닦은 안경을 다시 끼고, 탄산수에 입을 댄다.

"물론 그럴 가능성은 있습니다."

라스는 순순히 인정했다. 난방이 지나친 로비는, 벗을 수 있는 윗옷을 전부 벗었는데도 더웠다. 추운 지방에 출장을 가니까, 하면서 안나가 준비해준 히트텍 속옷 때문이다.

"그렇다면 당신은 어떤가요, 뉴베리 씨. 당신도 조야에게 연락을 할 수 없다고 하셨는데요, 얼마 전 전화에서. 그래서 걱정하고 있다고 말이죠."

니베리입니다, 하고 정정하고서 색소폰 주자는 또 탄산수를 마셨다.

"죄송합니다, 니베리 씨."

"여긴 무척 덥군요."

"네."

실제로, 스키복 차림으로 돌아오는 사람들을 제외하면 로비에 있는 관광객 모두가 놀라울 만큼 가벼운 차림이다. 반소매 티셔츠에 청바지를 입은 젊은이들도 있다. 독일인이겠지, 하고 라스는 짐작했다.

"그때 통화한 후에 무슨 일이 있었습니까? 조야에게서 연락이 왔다든지? 그래서, 내가 찾아오면 쫓아 보내라는 부탁을 받았다든지? 만약 그렇다면, 그리고 그것이 사실이라고 믿을 수 있다면, 나는 얌전히 돌아가겠습니다. 더 이상 당신을 괴롭히지 않겠어요."

색소폰 주자는 아무 대답이 없었다.

"당신도 조야와 친하게 지냈을 텐데요, 니베리 씨. 4년 동안이나 트리오로 활동하셨으니 말입니다. 그런데 좀 이상하지 않나요? 그러니까, 조야답지 않다는 말인데."

"······에릭도 그렇게 말하더군요."

"에릭? 누구죠, 에릭이?"

"피아니스트입니다. 같이 트리오로 활동했던. 조야와는 아버지와 딸처럼 사이가 좋았죠."

라스는 그다음 말을 기다렸다. 아버지와 딸처럼 사이가 좋았다는 말을 듣자 가슴이 약간 아파왔다. 조야는 아버지를 일찍 여의었다. 본인에게서 들었다. 하지만 아버지와 딸처럼 사이가 좋다는 남자 얘기는 들은 적이 없었다.

"당신처럼, 에릭도 그랬죠."

니베리가 말했다.

"여기저기에다 전화를 걸고, 조야를 찾아다니기도 했어요. 경찰에도 신고하려고 했지만 아예 상대를 안 해줬다고 하더군요. 그녀는 성인이고······ 여기를 그만두겠다는 말도 본인이 직접 와서 했으니까."

그 남자를 만나게 해달라고 하자, 색소폰 주자는 고개를 저었다.

"그도 사라져버렸습니다. 그제, 공연이 있었는데 나타나지를 않았어요."

라스는 양 눈썹 끝을 올려 보았다. 달리 어떻게 반응하면 좋을지 몰랐다.

"지배인이 아주 야단입니다. 오늘 공연도 피아노 없이 해야 하니. 나와 리사 둘이서 말입니다. 리사는 조야 대신 들어온 신인인데…… 시간이 괜찮으면 듣고 가시죠. 꽤 들어줄 만합니다."

라스는 들어볼 생각이 없었다.

"그 사람의, 아, 에릭 씨의 연락처를 가르쳐줄 수 있을까요? 아니면 그 사람 가족이라도."

고풍스러운 기둥 시계가 다섯 시 반을 울렸다. 창밖은 벌써 밤처럼 어둡다. 색소폰 주자는 불안한 듯이 몸을 움찔거렸고, 기둥 시계가 다섯 시 반을 울렸다. 창밖은 벌써 밤처럼 어둡다. 색소폰 주자는

계속 읽고 싶은데 눈꺼풀이 무겁고 의식도 거의 몽롱해서 생각처럼 글자를 더듬을 수 없다. 미노루는 책을 펼친 채 가슴 위에 엎는다. 잠이 밀려와 그 무게는 신경 쓰이지 않았다. 완전히 잠에 빠져들기 직전에 미노루는 자신의 잠든 숨소리를 들은 듯한 기분이 들었다.

더워서 눈을 떴다. 남향인 침실은 햇볕이 잘 들어서, 커튼이 쳐져 있는데도 이미 한여름이 시작되었다는 것을 알 수 있다. 잠옷이 땀에 젖어 있다. 땀을 싫어하는 미노루는 벌떡 일어나 욕조에 물을 받는다. 커튼과 창문을 열고 침실을 환기시킨다. 그리고 욕조에 몸을 담그고 책을 읽었다. 펼쳐져 있는 페이지를 읽은 기억이 없는데, 한 페

이지 앞으로 돌아가자 이내 기억이 떠올랐다. 색소폰 주자 니베리에서 피아니스트 에릭으로. 그랬다.

욕조에서 족히 한 시간을 보내고 나서 커피를 끓이려고 부엌에 갔더니, 어젯밤 거기 그대로 놓아둔 휴대전화에 문자가 왔다는 표시가 떠 있었다.

아직 안 자?

지금 스카이프 할 수 있어?

스즈메였다. 착신 시간은 0시 6분.

미안, 안 자고 있었는데

몰랐어. 누나가 일어날 시간에

대기하고 있을게. 그럼 되나?

그렇게 답장을 보냈다.

사진작가로 독일과 일본을 오가며 지내는 스즈메는 지금 독일에 있다. 시차가 일곱 시간이나 있기 때문에 일본이 오전 열 시인 지금 그쪽은 새벽 세 시이리라. 그런데도 바로 답장이 왔다.

괜찮아, 용건이 있어서

연락한 거 아니니까. 시간이 좀 남아서

네 얼굴이나 볼까 싶었을 뿐.

이제 잘 거야. 잘 자.

미노루는 피식 웃는다. 부엌으로 노트북을 들고 가 전원을 켰다. 스카이프를 열고 누나의 이름을 클릭했다. 연결되기를 기다리는 동안에 커피 메이커 스위치를 켠다. 자글거리는 소리가 울리고, 스즈메가 화면에 나타났다.

"괜찮다고 하는데도."

입을 열자마자 스즈메는 그렇게 말했다. 언짢은 말투지만, 절대 기분은 언짢지 않다는 것을 미노루는 안다. 만약 문자 내용을 그대로 받아들이고 스카이프를 연결하지 않았다면, 그야말로 언짢아졌을 거라는 것도.

"오호, 누나. 좋아 보이는데."

미노루는 그렇게 말하면서 한 손을 들어 보인다. 스즈메라는 좀 별난 이름은 할머니가 지었고 미노루라는 평범한 이름은 할아버지가 지었다고 하는데, 미노루는 이름이 그 사람을 나타낸다는 말을 어렸을 때부터 실감해왔다.

"그쪽은 밤이지? 뭐하고 있었어?"

대답 대신 스즈메는 오른손으로는 담뱃갑을, 왼손으로는 표지가 짙은 갈색인 책을 들어 보였다. 그리고 담배를 너무 피워 쉰 낮은 목소리로 말했다.

"목욕하고 나왔나 보네. 머리가 아직 젖어 있어."

스카이프라는 시스템을 사용한 지 1년 가까이 지났는데도 미노루는 여전히 낯설기만 하다. 연결되기까지의 순서에는 익숙하지만 저편에 있는 진짜 스즈메가 화면에 불쑥 나타나고, 그쪽에도 라이브로 자신이 비친다는 상황이 신기하기만 하다. 그래서 말이 잘 나오지 않는다. 누나에게 하고 싶은 얘기가 많았다. 많은데, 어찌된 일인지 흔적도 없이 사라지고 하나 마나 한 말이 입에서 나왔다.

"독일 사람들은 겨울에도 반소매 입어?"

스즈메가 미간을 찡그린다.

"그건 또 무슨 소리야?"

"아니, 책을 읽고 있는데. 소설이니까, 사실이 아닐 수도 있지만."

"아아."

찡그렸던 스즈메 표정이 풀어졌다. 웃은 것은 아니지만 그에 가까운 뉘앙스가 있다. 이해했다는 표시다. 미노루는 안심한다. 지금 한 설명으로는 아무것도 알 수 없을 텐데, 스즈메와는 통한다. 뭔가가.

"아 참, 오타케가 그러던데. 누나가 재단과 또 옥신각신하고 있다고. 그런 거야?"

스즈메는 그렇지 않다고 대답했다. 옥신각신하고 있지 않는다고, 다만 화가 났을 뿐이라고.

"아아."

이번에는 미노루가 그렇게 대꾸했다.

다 끓은 커피를 컵에 따르느라 화면 앞을 떠나 있는 동안 스즈메는 의자와 벽을 보고 있었을 것이다. 어쩌면 그 뒤로 보이는 거실 일부도.

"우리 하토는 잘 지내?"

돌아온 미노루에게 스즈메가 물었다. 미노루는 잘 지낸다고 대답하고 김이 오르는 커피를 한 모금 마셨다.

"다음 주에 놀러 올 거니까, 그때 또 스카이프 할게."

스즈메의 표정이 밝아진다.

"무슨 요일 몇 시쯤?"

"수요일. 종일 있을 거니까 누나 좋은 시간에 해도 괜찮아."

그리고 잠시 머뭇거리다가 미노루는 덧붙여 물었다.

"밑에 녀석은 안 물어봐?"

애써 가벼운 말투로. 스즈메가 언짢은 표정을 지었다(스즈메가 짓는 언짢은 표정에는 여러 가지가 있는데, 오늘 표정은 어린아이가 징징거릴 때와 똑같았다. 소리는 내지 않았지만). 늘 그렇지만, 희끗희끗한 단발머리로 둘러싸인 누나 얼굴에는 아이라인만 또렷하게 그려져 있다.

"좋아. 그 갓난아기는 잘 있어?"

콧숨이 섞인 소리로 말한다. 미노루는 잘 있다고 대답했다. 그다음 몇 분을 얘기하고 연결을 끊었다. 스카이프를 끊을 때면 생이별을 하는 듯한 기분이 들어 끊을 결심을 좀처럼 하지 못하(고, 끊은 다음 뭔가 돌이킬 수 없는 짓을 한 것만 같은 기분이 든다)는 것도 자신이 스카이프가 아직 낯선 이유 중 하나라고 생각하면서.

3

두 시간 정도 책을 읽은 후에 여름 문안 편지를 열한 통 썼다. 오타케는 언제나 미노루에게 "너는 존재하는 게 일이지" 하고 말하지만, 미노루 자신은 그렇게 느끼지 않는다. 사람, 사람, 사람. 관계해야 할 사람이 너무 많다. 친척들, 재단 관계자들, 지역 지자체 사람들, 조부모님 인맥(정치가들, 미술품 수집가들, 화랑 경영자들, 단가 관련 사람들), 부모님 인맥(양쪽의 친구들. 직업도 다양한), 몇몇 자선 단체, 동산과 부동산 관리자들, 집안 대대로 신세 지고 있는 병원 관계자들, 거기에 미술관 관계자와 자원봉사자들까지. 돈에 관계된 일은 고문 세무사 오타케와 고문 변호사 다나베(아직 30대인 젊은이로, 그에게 맡기기로 했다는 말만 꺼냈는데도 친척들이 결사반대했다)가 거의 전적으로 도맡고 있지만, 그래도 미노루 주위에는 사람들이 엄청나게 있다.

아닌 게 아니라 조부모님 집도 그렇거니와 부모님 집도 드나드는 사람이 많은 집이었다. 여름방학이나 겨울방학을 맞아 별장에 가도 가족끼리 단출하게 지내는 일은 없었다. 늘 누군가 손님이 있었다. 하지만 미노루는 장차 그 모든 것을 자신이 떠맡게 될 줄은 상상조차 하지 못했다.

미노루도 어렸을 때부터 낯을 많이 가렸지만 그보다 한층 비사교적이었던 스즈메는 대학을 졸업하자 바로 외국으로 나가버렸다. 독일에서 사진 전문학교를 다녔고, 졸업하고도 귀국하지 않은 채 북유럽 여러 나라에서 생활하다 지금은 일본과 독일에서 반반씩 지내고 있다. 그렇다 보니, 유산에 버금가는 대인 관계 일체를 미노루가 떠안는 꼴이 된 것이다.

어쩔 수 없는 일이라고 생각한다. 미노루는 조부모님을 좋아했다. 부모님도. 그리고 물론 스즈메도. 미노루는 아마 스즈메를 이 세상에서 가장 좋아할 것이다.

문안 편지를 부치러 나가는 길에 어디서 늦은 점심(겸 이른 저녁)이나 먹자고 생각하지만, 창밖은 아직도 한참 더워 보이고, 나가면 땀을 흘릴 게 틀림없으니 미노루는 또 읽다 만 책에 손을 뻗고 만다.

앞으로 4년.

건조기에서 꺼낸 빨래를 개면서 사야카는 생각한다. 정년퇴직을 하면 시골에 조그만 집을 하나 사서 마당에 온갖 식물을 키우며 살고 싶다. 이 나이가 되도록 일을 했으니, 치카는 몰라도 자신에게는 얼마간 저금이 있다. 외딴 시골로 내려가면 땅값이 쌀 테니까(집 자체는 비바람을 막아주기만 하면 초가집이라도 상관없다 치고), 살 수 없지는 않을 것이다. 퇴직금에다 연금도 있으니 알뜰하게 꾸리면 살아갈 수 있지 않을까. 치카는 절대 싫다고 하겠지만.

4년. 한편 사야카는 그 숫자에 겁이 나기도 한다. 정말 앞으로 4년 후면 교원 생활이 과거가 되는 것일까. 몇 군데 학교에서 선생으로 일했지만, 지금 다니는 학교가 근무 기간이 가장 길다. 부모 자식에 걸쳐 가르치기도 했다. 최근에는 젊은 선생들에게 맡기고 있지만, 바로 얼마 전까지 동아리 지도교사와 교외 순찰 등을 담당했기 때문에 수업 외에도 잡무가 많아 학교가 생활의 중심이었다.

"사야카, 사야카. 이리 좀 와봐."

치카의 목소리가 들렸다.

"빨리, 빨리."

하도 재촉을 해서 거실에 가보니, 치카는 베란다에 있었다. 난간에 내다 널어둔 이불 위로 몸을 쑥 내밀고 있다.

"보이지는 않는데, 들어봐."

뭐라는 건지 모르겠지만, 사야카는 치카가 하라는 대로 귀를 기울인다. 기울일 것도 없이, 천진하고 기운찬 여자아이 목소리가 들렸다.

"됐어! 역시 안 되겠다!"

세 살이나 네 살쯤 되었을까.

"아, 그래. 그럼 알았어."

귀엽지만, 이 부근은 주택가니까 아이들 노는 목소리야 흔히 들린다. 치카가 왜 굳이 자신을 불렀는지 알 수 없었다. 목소리는 계속 이어진다.

"하나, 둘! 아니지, 다시!"

"1인분이야."

치카가 말했다.

"1인분?"

"목소리가 1인분밖에 들리지 않아."

정말 그랬다. 여자아이 하나의 목소리만 들린다.

"혼자서 놀고 있다는 거야?"

치카가 고개를 끄덕인다.

"개나 고양이나 벌레에게 말을 걸고 있는 건 아니고?"

사야카는 그렇게 물었지만, 그런 것치고는 아이 목소리가 너무 기운차고 속도도 빠르다.

"자. 시작한다. 아니지! 부 ― 부!"

"보고 싶은데, 안 보여. 어디 있는 거지."

치카는 그렇게 말하고 점점 더 몸을 내민다.

"그만해. 떨어질라."

여자아이는 "하나, 둘!"을 연발하고 있다. "됐어"와 "아니지"도. 어떤 놀이를 하고 있는지 몰라도 진전이 없는 놀이인 듯하다.

"바로 밑 아닌가."

사야카가 중얼거린다. 아파트 부지 안에 서 있는 나무들에 가려 바로 밑은 보이지 않는다.

"아, 그래. 다시 시작, 아니지."

묵묵히 — 는 아니고 말하고는 있지만, 그러나 역시 '묵묵히'라고 표현할 수밖에 없을 만큼 혼자서 열심히 — 노는 아이의 모습이 눈앞에 떠올랐다. 그 후에도 사야카는 치카와 함께 잠시 베란다에 서서 보이지 않는 여자아이가 내는 명랑한 목소리를 들었다.

빨래 개던 자리로 돌아가 다리미판을 꺼내 펼친다. 엇갈린 금속 다리에서 찰칵, 하는 소리가 났다. 면 블라우스와 원피스, 겹주름이 잡혀 있는 통 좁은 바지. 다림질을 해야 할 옷은 전부 사야카 것이다. 치카는 늘 티셔츠에 청바지 차림이기 때문이다. 겨울에는 그 위에 스웨터와 코트를 덧입는다. 스팀다리미를 좋아하지 않는 사야카는 지금도 무거운 구식 다리미를 쓴다. 그러니 평소에는 최대한 켜지 않는 에어컨을 켜지 않고는 작업할 수 없다.

"다림질하는 여자를 보면 엄마 생각이 나더라."

이불을 걷어 들여오면서 치카가 말하고는 이불을 다다미 위에 내려놓는다. 푸스슥 하는 소리가 났다.

"자기도 여자면서."

사야카는 웃었다.

"참, 오늘 가게에 올 거면 좀 빨리 올래? 주인에게 얘기도 해야 되고."

사야카는 고개를 갸웃거린다. 좋은 생각 같지 않았다.

"그러지 말고 집세를 내면 되잖아. 낼 수 없는 것도 아닌데."

"물론 낼 수야 있지만, 좋은 식자재 들여오려면 돈이 든다고. 특히 이 시기에는."

집세는 둘이서 반반씩 내기로 정했기 때문에 사야카 마음대로 낼 수는 없다.

"그리고 그 사람, 우리 가게 요리를 좋아해. 요즘은 잘 안 오지만, 전에는 거의 매일 밤 왔잖아."

"그건 그렇지만."

사야카는 그렇게 말하고, 리본 달린 블라우스에 분무기로 물을 뿌린다. 라벤더수를 담아 그런지 퍼지는 물방울에서 싸늘한 향이 난다.

"그런 사람은 친절하게 대하는 편이 좋지. 호의는 돈을 주고라도 베풀라는 말도 있잖아."

"그런 말 없어."

국어 선생인 사야카는 딱 잘라 대답했지만, 치카는 계속 말한다.

"그럼, 베푼 호의는 돌고 돌아 내게로 온다?"

사야카는 그만 웃음을 터뜨리고 만다.

"그런 엉터리 같은 말을 잘도 생각해 내네."

이 사람은 정말 머리 회전이 빠르다. 그렇게 생각한 사야카는 주의를 주려고 했는데 오히려 감탄하고 있는 자신을 깨닫고는, 어째 속아 넘어간 듯한 석연치 않은 기분이 들었다.

책 읽기를 좋아하는 것도 유전하는 성질일까. 백화점에 가는데도 책을 들고 가야 한다고 고집부리더니 엄마가 쇼핑하는 내내 계단에 쪼그리고 앉아 책을 읽는 딸을 보면서 나기사는 생각에 잠기고 만다. 딸과 그 아빠는 같이 산 적조차 없는데. 여름 외출복인 파란색 원피

36

스를 입고 계단 끝에 앉은 하토는 책에 푹 빠졌는지, 사람들이 바로 옆을 오르내리는데도 꿈쩍 않는다. 겨우 여덟 살에 벌써 근시가 된 하토, 조그맣고 낮은 코 위에 너무 크다 싶은 안경을 걸치고 있다. 그런 모습을 보면 나기사는 가여워지고 만다. 나기사 자신은 지금도 눈이 좋다(남자를 보는 눈은 한 번 삐걱했지만, 그것도 이젠 지난 일이다).

"많이 기다렸지."

딸 앞에 서서 말했다. 하토는 약간 고개를 들더니,

"아, 잠깐만"

하고 조그만 소리로 말하고는, 다시 책으로 시선을 떨어뜨렸다. 나기사는 한숨을 쉰다. 늘 이렇다.

"이제 하토 신발 살 차례야. 엄마 화장품이랑 후지타 아빠 양말도 샀고, 먹을 것도 다 샀어."

나기사는 딸의 기분을 환기시키려고 밝은 목소리로 말했다.

"우리 귀여운 신발 사러 가자."

하토는 책에서 눈을 떼지 않고,

"알았어. 갈 거니까 잠깐만"

하고 대답한다. 나기사가 어렸을 때, 백화점은 가슴 설레는 장소였다. 자기 것을 사준다고 하면 신이 나서 얌전히 있을 수 없을 정도였다. 그런데 하토는 그렇지 않은 것일까. 화장품이 든 쇼핑백과 식료품 주머니가 무겁다. 게다가 집에 돌아가는 시간이 늦어지면 퇴근 시간과 맞물려 전철이 혼잡하다. 나기사는 이해할 수 없다. 책은 나중에도 얼마든지 읽을 수 있는데.

"하토, 이제 그만 일어나."

이 짜증스러움은 전에도 경험한 기억이 있다. 책을 읽고 있을 때면 미노루는 거기에 있으면서 없는 사람 같았다(더구나 그는 늘 책을 읽었다). 미노루와 사귀는 동안, 나기사는 언제나 한기를 느끼는 것처럼 외로웠다.

하토는 할 수 없다는 듯이 책을 덮고 일어나 엉덩이를 턴다.

"가자."

그리고 나기사의 손을 잡았다. 쇼핑백이 아니라 비닐 주머니를 들고 있는 손을. 나기사는 약간 혼란스럽다. 외출을 하면 늘 딸과 손을 마주 잡고, 또 손을 잡아주는 것이 엄마의 역할이라고 생각하고 있다. 그런데 지금, 이 아이가 먼저 손을 잡아준 건 아닐까. 가령 노인에게 손을 내미는 젊은이처럼?

"화장실부터 다녀오자."

비닐 주머니를 반대쪽 손에 옮겨 들고, 장애물 없이 다시 손을 잡아주면서 나기사는 말했다.

"쇼핑하다 가고 싶어지면 안 되잖아."

이 백화점의 화장실은 층계참에 있다. 적어도 그 점은 나기사가 어렸을 때와 똑같다.

남자는 목이 좍 그여 있었다. 4인용 객실에 혼자 느긋하게 앉아 차창에 머리를 기댄 모습은 기차 여행을 하면서 노곤하게 잠든 사람으로밖에 보이지 않는다. 그러나 남자가 입은 셔츠와 스웨터는 피를 먹어 검게 변색됐다. 공포에 질려 눈을 번쩍 뜬 라스는 온몸이 마비된 듯 우뚝 서 있었다. 열차는 눈보라 속을 소리 없이 질주하고 있다. 떨리는 손으로 남자의 코트 안주머니에서 지갑을 꺼낸다. 운전면허증에 기재된 이름은 에릭 로베르트손이었다. 사진과 얼굴을 비교해 본인이란 것을 확인하고, 라스는 지갑을 시신의 안주머니에 다시 넣으려다 잠시 동작을 멈췄다. 지문이 남았을까. 당연히 남았을 것이다. 늘 끼는 가죽 장갑이 하필 지금은 주머니 안에 들어가 있다.

미안하군.

라스는 마음속으로 시신에게 사과하고, 지갑을 자신의 코트 주머니에 넣었다. 어차피 에릭은 돈도 신용카드도 사용할 수 없다. 조야를 찾아낼 수도, 피아노를 칠 수도, 가족을 만날 수도 없다.

객실 문을 조금 열고, 밖에 사람이 없는지 확인한 후 통로로 나갔다.

식당차는 비어 있었다. 아직도 몸이 바들바들 떨리는데, 웃는 얼굴을 하고 창가 자리로 안내해준 웨이트리스는 눈치를 못 챈 듯하다. 라스는 레드 와인을 주문했다.

"달리 주문하실 것은?"

메뉴판을 내밀었지만, 고맙다고 하고는 거절했다. 자신이 지금 막 보고 온 것을 믿을 수가 없었다. 목이 베인 시신. 그런 것이 같은 열차에 타고 있다는 것을 웨이트리스도 카운터 안에 있는 젊은 요리사도, 딱 두 그룹의 손님 — 중년 커플과 구석에서 신문을 읽고 있는 대머리 남자 — 도 모른다. 나도 몰랐으면 좋을 텐데, 하고 생각했다. 아무것도 모르는 채 그저 창밖 경치나 바라볼 수 있다면. 식당차 안은 평화롭고, 갓 짜낸 오렌지주스 향이 났다. 그러나 자신의 코트 주머니에는 에릭의 지갑이 들어 있다.

와인이 나오고도 한참이 지나서야 라스는 살인자가 지금도 이 열차에 타고 있을 가능성이 있다는 생각을 했다. 반사적으로 다른 손님을 본다. 대머리 남자는 여전히 신문을 읽고 있고, 중년 커플은 팬케이크 1인분을 나눠 먹고 있다. 물론 살인자는 도중에 어느 역에서 내렸을지도 모른다. 아니면 목을 그은 것은 출발 전이었고, 열차가 움직이기 시작했을 때는 이미 없었는지도 모른다. 아니면 대머리 남자가 범인이고, 이번에는 라스의 목을 노리고 있을지도 모른다.

오슬로로 돌아가고 싶었다. 안나가 있는 집으로. 하지만 열차는 오슬로와는 반대 방향을 향하고 있다. 라스는 이제 자신이 원래 자리로 돌아갈 수 없을 것만 같았다. 가령 무사히 오슬로로 돌아간다 해도, 광고 기획사에서 일하는 성실하고 평범한 일개 시민이자, 애인이 있다는 사실을 제외하면 그런대로 좋은 남편이며 아버지였던 과거의 자기 인생과는 영원히 멀어지고 만 것 같다.

"그래요, 자는 사이였겠죠."

에릭의 아내 말이 귓속에 되살아난다.

"그런 게 아니라면, 어떻게 그런 아가씨 하나 때문에 가정도 일도 다 내던지고 사라질 수 있겠어요?"

그녀는 없어진 남편을 걱정하기보다 배신당한 슬픔에 젖은 생기 없는 얼굴이었다. 라스는 와인을 죽 들이켠다. 사람은 진짜 죽는구나, 하고 생각한다. 이렇게나 덧없이.

북구의 열차에도 죽음에 대한 고찰에도 어울리지 않는 소리가 나 위화감을 느꼈다. 뭐지, 하고 생각했는데 인터폰이 울리고 있었다. 미노루는 침대의자에서 일어난다.

"네."

수화기를 들고 말하자, 모니터에 낯선 여자 얼굴이 비쳤다. 머리로는 현실을 인식하고 있지만 마음 절반은 아직도 열차에 있었다. 열차를 타고 있는 쪽 미노루 눈에는 어찌 된 일인지 주인공 라스도 아니고 살해당한 남자도 아닌, 팬케이크를 먹고 있는 커플이 각인되어 있다.

"하이츠 드웨의 쇼노예요. 미안하네요, 몇 번이나 벨을 눌러서."

"아닙니다."

미노루는 짧게 대답하고 건물 입구 문을 열어주었다. 자신이 책에 손가락을 끼우고 있다는 것을 알고는 왼손 집게손가락만 아직도 그 장소에 있다고 생각해본다. 그럼에도 손님이 건물 안으로 들어와 경비실 앞을 지나서 엘리베이터를 타고 3층까지 올라오는 동안에 머리를 현실로 전환했다. 책도 덮어서 테이블에 놓았다. 편지를 부치러 나가려고 했던 기억이 떠오른다.

문을 열자, 사야카 씨가 서 있었다. 미노루와 스즈메가 소유한 아파트 중 어느 하나에 사는 ― 어디인지는 기억나지 않지만 ― 여자다.

"안녕하세요. 혹시 주무시는 중은 아니었는지."

미노루는 당황했다. 아직 밤은 아닐 텐데.

"이거, 드셔보세요. 좋아하시는 거라고, 치카가."

고맙다고 말하면서 내미는 종이봉투를 받아 들었다. 신발장을 열어 슬리퍼를 꺼낸다.

"들어오시죠. 자고 있지 않아서, 괜찮습니다. 그렇게 잠이 덜 깬 사람처럼 보이나요?"

"아뇨, 그런 게 아니라."

기어들어갈 듯한 목소리다. 사야카 씨와 치카 씨는 둘이 산다. 기세가 등등하고 활기찬 치카 씨와 달리 이 여자는 내성적이라는 것을 미노루는 알고 있다. 실내로 불러들이려면 길고양이만큼이나 품이 든다는 것도.

"이거, 안에 뭐가 들어 있죠?"

앞장서 안으로 들어가면서 물었다.

"늘 미안하군요. 그래도 반가운데요. 덕분에 오늘 저녁거리가 생겼습니다."

사야카 씨는 들어오지 않는다. 현관으로 되돌아가니, 아니나 다를까 거기에 그냥 서 있다.

"스패니시 오믈렛과 여름 미나리 샐러드, 그리고 삶은 옥수수와 닭 날개 튀김이에요."

가르쳐준 대로 착실하게 외우는 어린아이처럼 또박또박 대답한다.

"맛있겠는데요."

미노루는 그렇게 말하고, 들어오시죠, 하며 슬리퍼를 손으로 가리켰다.

"아뇨. 그만 가볼게요. 치카의 요리를 전해드리려고 왔을 뿐이니까."

손님을 현관에서 그냥 돌려보내서는 안 된다(단, 방문 판매원이나 종교를 권유하는 경우는 다르다)는 것은 돌아가신 어머니의 가르침이었다. 언제 누가 와도 문제가 없도록 집 안은 늘 반듯하고 깔끔하게 정돈해두라는 것도(그래서 미노루는 정리 정돈에 유념하고 있고, 2주에 한 번은 청소 업체를 부른다).

"급한 일이라도 있으세요?"

묻자, 사야카 씨는 조그만 목소리로,

"아뇨"

라고 대답하고는,

"그만 실례할게요"

하고 역시 조그만 목소리로, 그러나 딱 부러지게 반복했다. 꽤 길어 보이는 머리를 뒤로 묶었고, 수국이 프린트된 원피스를 입고 있다. 미노루보다 나이가 상당히 들어 보이는데, 동시에 묘하게 소녀 같아 보이기도 한다.

"알겠습니다. 그럼, 최소한 손이라도 씻고 가시지요."

이것도 어머니의 가르침이다. 겨울이면 추위를 헤치고, 여름이면 더위를 헤치고 먼지 날리는 길을 걸어온 손님이 서둘러 돌아갈 때는 손이라도 씻고 갈 수 있게 하라. 옛날에는 목욕을 하고 가게 했어, 엄마 어린 시절에는. 손만 씻어도 얼마나 개운한데.

그러나, 사야카 씨는 놀란 듯이 고개를 내젓고는 가볍게 인사하고 돌아갔다.

4

요리는 아직 따끈했다. 각각 어울리겠다 싶은 접시에 담아 늘어놓자, 테이블이 웬만한 레스토랑 카운터 자리처럼 변했다. 하기야 웬만한 레스토랑에서 온 요리니까 당연하다면 당연한 일이지만. 미노루는 냉장고에서 캔 맥주를 꺼내려다 말고, 레드 와인을 따기로 한다. 라스가 열차 안에서 레드 와인을 마셨던 게 떠올랐기 때문이다. 친절한 세입자인 사야카 씨와 치카 씨에게 감사하면서 미노루는 우선 옥수수를 먹고 그다음에는 미나리 샐러드를 먹었다. 잠시 생각하다 닭날개 튀김은 랩을 씌워놓고, 스패니시 오믈렛을 한 입 크기로 자른다. 그리고 각 토막에 이쑤시개를 꽂고 그 접시와 와인 잔을 들고 침대의자로 이동했다. 다시 책을 읽기 시작한다.

아무튼 다음 역에서 내려야 한다. 조야의 동생을 만날 수 없게 되지만, 이대로 마냥 여기 앉아 있자니 너무 무섭다. 바로 옆에 살인자가 있을지도 모르는 데다, 그렇지 않더라도 열차는 조만간 급정거하고 경찰이 우르르 올라탈 것이다. 지갑. 라스는 두툼한 주머니를 손으로 누른다. 왜 이런 걸 가져왔을까. 만약 이게 발각되면, 살인 혐의를 받게 된다. 온몸에서 식은땀이 솟았다. 그러나 열차 안이 더운 탓도 있다는 것을 문득 깨닫는다. 밖에는 눈보라가 몰아치고 있지만 열차 안에는 난방이 들어오고 있다. 웨이트리스 유니폼은 반소매다. 이런 장소에서 코트를 입고 있으면 이상하게 여겨지리라. 라스는 얼른 코트를 벗었다.

그런데. 아무 소동도 벌어지지 않는다. 팬케이크를 다 먹은 커플은 조금 전에 나갔고, 신문을 읽고 있던 대머리 남자 자리에는 언제 왔는지 여자 둘이 앉아 있다. 양쪽 다 홍차와 비스킷을 앞에 놓고 우아하게 열차 여행을 즐기는 듯 보인다.

바로 저기에 사람이 죽어 있는데, 이렇게 아무도 모를 수가 있다니. 검표는? 차장은 뭘 하고 있는 거지? 다들 이렇게 태연하다니, 어떻게 된 게 아닐까? 라스는 자신이 땀을 흘리는 동시에 떨고 있다는 것을 깨닫는다. 아니면 어떻게 된 것은 자신일까. 어쩌면 시신 따위는 어디에도 없는 게 아닐까. 아까 봤다고 생각한 것은, 혹시 상상의 산물이 아닐까. 옆에 놓인 코트 주머니를 조심스럽게 만져본다. 그러나 그것은 두꺼운 모직 천 안에 틀림없이 있었다.

"한 잔 더 하시겠어요?"

얼굴을 들자 방긋 웃는 웨이트리스와 눈이 마주쳤다. 젊고 오동통

하고 뺨이 붉다.

"고마워요. 한 잔 더 하죠."

그렇게 대답한 것은 그 객실로 돌아갈 수 없어서였다. 그러나 15분
후 열차가 다음 역에 서면 또 손님들이 내리고 탄다. 거의 될 대로 되
라는 기분으로 그쪽 통로에 나가보니 객실은 텅 비어 있었다. 시신이
흔적도 없이 사라진 것이다.

라스는 낯선 역 플랫폼에 망연히 서 있었다. 오슬로를 떠난 후, 생
각지도 못한 일이 계속 생겼다. 니베리는 에릭이라는 남자의 존재와
그 실종을 가르쳐주었고, 에릭의 아내는 조야가 남편의 정부였다고
했다. 만약 조야의 동생이라는 여자에게서 전화가 걸려오지 않았더
라면, 라스는 그대로 오슬로에 돌아갔을 것이다. 노인을 전문적으로
노리는 요부에게 마음을 빼앗긴 어리석은 자신을 애달파하면서.

"내 말 좀 들어보세요. 부탁이에요."

조야 동생의 목소리는 소름이 끼칠 만큼 조야와 꼭 닮았다.

"에릭이 언니의 애인이었다니, 절대 있을 수 없는 일이에요."

절실하고 비창하고 필사적인 말투였다. 아니면 그때, 절실하고 비
창하고 필사적으로 그 말을 믿고 싶었던 건 라스 쪽이었을까. 조야가
파렴치한 요부였다고 믿고 싶지 않은 나머지, 그 말을 믿고 당장 표
를 사서 열차에 오르고 말았다. 시신과 마주하게 될 줄은 꿈에도 모
르는 채.

미노루는 한숨을 쉰다. 노인 전문 요부? 독자로서 조야가 그런 여

자일 리 없다고 믿고 싶었다. 와인 병이 절반 비었다. 실내가 너무 차가워졌다는 것을 알고는 에어컨을 일단 껐다.

지금 다른 고객의 전화를 받고 있습니다. 죄송하지만 나중에 다시 걸어주십시오. 인터넷 홈페이지에서도 신청하실 수 있습니다.

녹음된 안내 멘트를 두 번 들은 준코는 화가 치밀었다. 또 이렇다. 지난 사흘 동안 몇 번이나 전화를 걸었는데, 매번 '다른 고객의 전화를 받고 있다'면서 연결되지 않는다. '나중'이란 대체 몇 분 후, 몇 시간 후를 말하는 걸까. 전화번호를 적은 메모지를 들고 나갈까 싶은 생각도 들지만, 일단 회사에 가면 재활용품 수거 센터에 전화를 걸기가 아무래도 껄끄럽다. 이혼 경력이 있는 싱글맘이자 직장인(대형 출판사에서 여성지 편집장을 맡고 있다)인 준코는 회사 일이 아닌 잡일에 할애할 수 있는 시간이 한정적이다. 그런데 회사 일이 아닌 잡일은 끊임없이 생기고, 아무리 치우고 정리해도 줄지 않는다. 늘 집 안을 구석구석 청소하고 싶지만(마음껏 충분히 한 적이 없다), 오늘도 은행에 가야 할 일이 있고 굽이 부러져 수선해야 하는 구두가 두 켤레나 있다. 이번 해외 출장에 가져갈 선물도 어떻게든 찾아내서 사야 한다. 사실은 네일숍에도 가고 싶은데 시간이 없으니까 그건 미룬다 해도 마사지는 좀 받아야지, 안 그러면 몸이 남아나지 않는다. 저녁 때는 꼭 얼굴이라도 비쳐야 할 개인전 오프닝 리셉션이 있으니까 거기에 갔다가 간다 치고, 그러면 또 초대받은 레스토랑의 오픈 파티에 참석할 수 없게 된다. 그런 일보다 지금은 우선 재활용 쓰레기. 준코는 거실 구석에 한데 모아둔 강아지용 케이지와 이동 가방과 낡은 모포, 물걸레 청소기를 바라본다.

스코티시테리어 니키가 죽은 게 벌써 3년 전이다. 이래저래 버리지 못하고 놔뒀던 니키의 용품과 청소기(디자인이 예뻐서 충동적으로 구매했는데 전혀 실용적이지 않았다)는 당연히 줄곧 거치적거렸고, 처분하기로 결정할 때까지는 그저 쓰레기로밖에 보이지 않았다. 한시 빨리 거실에서 추방하고 싶은데, 아무리 전화를 걸어도 연결이 안 된다.

"있지, 고우키."

부엌에 있는 아들에게 말을 건네본다.

"인터넷으로 신청 좀 해줄래? 저 재활용품 가져가라고."

비위를 맞추듯 저자세로 말했다. 준코는 인터넷에 서툴다.

"알았어. 언제?"

아들은 두말 않고 대답한다.

"전화가 통 연결이 안 돼. 어제도 그제도 걸었고, 지금도 걸었는데. 그럼 안 되는 거잖아, 너무해."

아들은 그 말에는 대꾸하지 않았다. 준코가 구워준 프렌치토스트를 대충 잘라서 입에 넣고 있다.

"연결될 때까지 몇 번이든 걸 수 있으면 좋겠지만, 회사에서는 그런 전화 걸기가, 좀 그렇잖아?"

"엄마."

멍한 표정 — 이 아이는 언제나 멍한 표정을 짓고 있다, 하고 준코는 생각한다. 어렸을 때는 훨씬 표정이 생기발랄하더니 — 으로 아들

48

이 말한다.

"알았다고 했잖아. 변명할 필요 없다고."

준코는 당황한다. 그리고 왜 그런지 몹시 부끄러워진다. 변명? 내가 지금 변명을 한 것일까.

"그래서, 언제 신청하면 되는데?"

지금 바로, 하고 대답했다. 달리 뭐라 대답하면 좋을지 몰랐다. 언제라도? 나중에? 아니면 그야말로 '이따가'일까. 고우키는 우유를 쭉 마시고 바로 옆에 있는 스마트폰을 집는다. 프렌치토스트는 먹다 만 채로.

간단한 일이었다. 아니, 간단해 보이는 일이었다. 아들은 손가락을 자유롭게 움직이면서 — 조작하는 속도가 너무 빨라서 준코는 어떻게 하는지 배우고 싶어도 배울 수 없다 — 간간이 생각났다는 듯이 남은 프렌치토스트를 우물우물 먹고는 불과 몇 분 만에 신청을 완료했다. 다음 주 수요일 아침 여덟 시까지 문 밖에 내놓을 것, 처분할 물건 각각에 3백 엔짜리 재활용품 처리 스티커를 사다가 붙일 것, 접수 번호는 185번이고 처리 스티커의 이름 칸에는 이름을 쓰지 말고 수거일과 접수 번호를 기입할 것 등을 가르쳐주었다. 그러면 수거해 간다고 한다.

"대단하네, 우리 고우키. 정말 대단해."

준코는 감격해서 의자에 앉아 있는 아들의 등을 껴안다시피 몸을 겹친다. 어렸을 때부터 스킨십을 충분히 하고 자란 덕분인지, 아들은 이런 일에 투덜거리지 않는다. 감동이라고 준코는 생각한다.

"고마워. 덕분에 살았네."

실제로 고우키는 참한 아들이다. 나이 들면서 말수는 적어졌지만, 딱히 반항기라 할 만한 시기도 없었고, 여행이든 극장이든 공연이든 같이 가자고 하면 언제든 같이 가준다. 강의에도 착실하게 들어가고, 밤에는 대개 집에 있다. 대학생의 본분은 노는 것이라고 떵떵거렸던 — 그리고 그 본분을 실천했던 — 준코 자신의 학생 시절과는 하늘과 땅 차이다. 정말 훌륭하게 자랐다. 출근 준비를 하면서 준코는 그렇게 절감하는 한편, 그런 아들이 있는 행운은 행운이라 쳐도 아들이 없으면 재활용품 하나 처리 못 하는 이 상황은 뭐라고 해야 하는지 생각한다. 무슨 일이든 하면 할 수 있는 여자였고, 지금도 그럴 내가.

아래층으로 내려가자 거실 유리창 너머로 햇볕을 너무 받아 허옇게 마른 나뭇잎이 보였다. 오늘도 무척 더울 것 같다.

"시간 있으면 마당에 물 좀 뿌려줘."

수선할 구두 두 켤레를 주머니에 담으면서 말했다.

"알았어."

느릿느릿 현관으로 나온 아들이 대답한다.

"다녀오세요."

하고 멍한 표정으로.

관여해서는 안 된다, 하고 본능이 경고하고 있었다. 에릭의 행방이 묘연해진 지금은 더욱이. 토비아스 니베리는 눈 쌓인 뒷마당으로 나가 하얀 숨을 내쉬면서 선 채로 커피를 마셨다. 맑게 갠 아침, 공기는 차갑고 쌓인 눈의 표면은 설탕처럼 반짝거리고 있다. 관여해서는 안 된다, 하고 니베리는 다시 한 번 속으로 중얼거린다. 에릭의 아내는 실종 신고는 했지만 남편이 조야와 함께 도망쳤다고 생각하고 있고, 경찰은 그 생각을 의심할 이유가 없다. 일이 그렇게 된 것이라면 그것으로 충분하지 않은가. 늘그막의 사랑, 에릭이 조야에게 푹 빠졌다 한들 자신과는 무관한 일이다.

그러나. 조야가 실종되었다는 것을 알았을 때 당황하던 에릭의 모습은 도저히 연기로는 보이지 않았다. 계획적으로 시간 차를 두고 사라졌다고도 믿을 수 없었다. 우선 지배인 말에 따르면, 가게를 그만 둔다는 말을 하러 왔을 때 조야는 젊은 남자와 함께였다. 젊은 남자는 조야를 보호하듯 그녀 등에 팔을 두르고 몸을 딱 붙인 채 서서 한마디도 하지 않았다고 한다.

부엌으로 돌아와 머그잔을 씻었다. 아내가 집을 나간 후로 부엌은 늘 청결하게 유지되고 있다.

"당신의 결벽증은 비정상이야."

겨우 2년밖에 지속되지 않은 결혼 생활 동안, 몇 번이나 그런 말을 들었을까. 스스로도 알고 있었지만, 청결함에 대한 지향성은 도무지 어떻게 할 수 없었다. 보수적이고 소심(이 말들 역시 아내가 격노했을 때의 표현이다)한 성격도.

에릭도 조야도, 니베리를 좋아한다고 분명하게 말했다. 니베리 자신은 그 두 사람을 딱히 좋아한다고 생각한 적이 없음에도. 아내가 떠났다고 말하자 두 사람은 니베리를 위해 파티를 준비했다. 장소는 바로 이 집이었다. 솔직히 말해서 귀찮았지만, 하지 말라고 해도 조야는 귀담아듣지 않았고 에릭도 같이 쳐들어왔다. 술과 먹을거리를 들고 와서, 이 집에서 전처의 망령을 쫓아내겠다고 선언했다. 그날 밤, 지금 자신이 서 있는 이 부엌을 그야말로 마음껏 어지르면서 이상한 요리를 만들고, "토비아스를 위해"라면서 그 옛날의 사랑 노래를 섹시하고 익살스럽게 — 때로 손님에게 그러듯, 니베리의 어깨와 볼을 살짝살짝 건드리면서 — 부르는 조야를 에릭은 즐겁게 바라보았다. 즐겁게, 만족스러운 듯이. 그 두 사람이 남녀 관계였다고는 생각되지 않았다. 그럴 리 없다.

망설였지만, 결국 모나에게 전화하기로 했다. 전화번호를 적은 메모지는 냉장고에 자석으로 붙여놓았다. 조야에 대해서, 뭐라도 알 게 되면 바로 연락해달라고 했으니, 라스라는 남자가 찾아왔다는 사실을 그녀에게는 얘기해야 할 것이다. 큰 도움은 안 되겠지만 아무것도 하지 않는 것보다는 낫다. 벨소리가

사람의 기척을 느끼고, 아카네는 책을 탁 덮는다.

"어서 오세요."

애써 밋밋한 목소리로 말한다. 아무 데나 있는 패스트푸드점이 아니니까 무턱대고 활기찬 목소리로 말할 필요 없어, 말투도 그렇고. 사장(중 한 사람)에게 그런 언질을 들었기 때문인데, 막상 그렇게 해보니 쉽지 않은 일이었다. 손님이 오면 반가우니까 — 게다가 인상 좋게 행동하려고 하는 탓에 — 그만 목소리가 부자연스럽게 들뜨고

만다. 그런데 사장(중 한 사람) 말이 그렇게 하면 오히려 경박한 인상을 준다고 한다. 그래서 조용조용 말하면 "그럼 안 들리잖아"라고 하고, 그래서 낮은 목소리로 분명하게 발음하면 "뚱하게 보이면 안 되지" 하고 면박을 준다. 그렇게 말하는 사장은 가게에 잘 오지 않고, 다른 사장은 친절하니까 괜찮은데, 그럼에도 여기에 있는 동안 아카네는 '무턱대고 활기찬' 목소리를 내지 않으려 유념하고 있다.

"벌꿀 소프트아이스크림 하나 주세요."

손님은 직장인으로 보이는 남자였다. 소프트아이스크림 전문점은 주로 여자와 아이들을 상대하는 장사인 줄 알았는데, 의외로 남자 손님이 많다는 것을 지난 1년 동안에 알았다.

"알겠습니다."

역시 사장의 가르침대로 대답한다. 벌꿀 소프트 하나 말씀이시죠? 하고 앵무새처럼 반복하는 것은 절대 안 된다. 둥근 통 안에 겹쳐져 있는 콘을 하나 꺼내서 서버 밑에 댄다. 콘의 바닥 끝까지 크림이 들어가도록 똑바로. 그리고 레버를 당긴다. 기계에 넣을 때에는 시원하지도 않던 액체가 이렇게 완벽하게 부드럽고 차가운 고형물로 출현하는 것에 아카네는 몇 번이나 놀라곤 한다.

지금 이 가게에서는 올해 메뉴에 새로 추가한 벌꿀 소프트아이스크림이 가장 인기다. 두 번째는 바닐라, 세 번째는 바닐라와 초콜릿 믹스. 사장(무섭지 않은 쪽)이 좋아하는 스트로베리는 작년이나 올해나 거의 팔리지 않는다.

"아빠, 안녕."

미노루에게 그렇게 인사하고 하토는 엄마와 잡았던 손을 놓고 신발을 벗은 다음 바로 실내로 들어간다.

"잠깐 들어가도 돼? 할 얘기가 있는데."

평소에는 현관까지 데려다주고 바로 돌아가는 엄마가 뒤에서 그렇게 말하는 소리가 들렸다. 하토는 아랑곳 않고 자기 방으로 직행한다. 자기 방이라고 생각하는 방으로. 그 방에는 여섯 칸짜리 서랍장이 있고, 그 안에는 크레파스와 도화지와 인형, 비눗방울 세트 같은 장난감이 들어 있다. 하토가 가져온 것도 있지만, 대부분 미노루 아빠가 하토를 위해 사준 것이다. 좀 더 어렸을 때는 하토 전용 의자도 있었다. 파란 레일을 연결하면 방의 절반을 차지할 만큼 큰 장난감 기차도.

가방을 내려놓고 책을 꺼내 읽기 시작하자, 미노루 아빠가 다가와 말했다.

"잠시 기다리고 있어. 엄마랑 할 얘기가 있어서."

"알았어."

하토는 대답한다. 기다리는 것은 조금도 싫지 않다. 하토에게 이 아파트는 또 다른 집이나 다름없다. 산 적은 없지만, 전에는 종종 엄마와 함께 와서 자기도 했다. 옛날에는, 하고 하토는 생각한다. 옛날에 하토의 아빠는 미노루뿐이었다.

하토는 서랍장 옆에 놓인 장난감 피아노를 쳐본다. 진짜 피아노와 달라서 작은 소리밖에 나지 않고, 나무 건반을 꾹 누르면 덜그럭거리는 소리도 난다. 이 피아노와 함께 찍은 사진을 본 적이 있는데, 사진 속 자신은 갓난아기여서 물론 그 당시 기억은 없다. 아주 옛날이다.

서랍장을 한 칸씩 열어서 오랜만에 보는 장난감들을 확인하고 다시 책을 읽으려는데 이번에는 엄마가 문 틈으로 얼굴을 들이밀었다.

"엄마 이제 갈 건데, 얌전하게 지내."

아빠와 할 얘기가 있다더니 금방 끝났나 보다. 하토는 일어나 엄마를 배웅하러 현관으로 나간다.

"나중에 올게."

두 뺨을 감싼 엄마의 손바닥이 차갑다. 하얗고 가느다란 약지에 결혼반지를 끼고 있다.

"오늘은 뭐 할 거야? 어디 가?"

문이 닫히자, 하토가 묻는다.

"아니면 책을 계속 읽어도 좋고."

미노루 아빠는 나무처럼 우뚝 선 채 닫힌 문을 멀거니 바라보고 있다. 엄마가 무슨 듣기 싫은 소리를 했거나 엄마가 가버려서 서운하거나, 그 어느 쪽일 거라고 하토는 짐작했다.

"아빠."

"어?"

돌아보면서 말하는 미노루 아빠 목소리가 이상했다. 그리고 천천히 웃으면서 말했다.

"우선은 점심을 먹자. 그다음에는 외출을 해도 좋고 안 해도 좋지만, 저녁때는 스즈메 고모에게 인사하고."

"알았어."

하토는 고개를 끄덕인다.

"그런데 목마르다. 점심 먹기 전에 칼피스 마셔도 돼?"

이 집에는 늘 칼피스가 있다는 걸 하토는 알고 있다.

5

스즈메의 사진이 독일에서 상을 받았을 때, 그걸 기념할 생각으로 남매가 소프트아이스크림 가게를 열었다. 수상을 축하하기 위해 누나에게 뭘 선물한다는 개념이 미노루에게 없었다기보다, 마치 자신이 상을 받은 것처럼 놀라고 흥분하고 당황해서 "어쩌지, 어떻게 하면 좋지?" 하고 누나에게 물었고, 누나는 누나대로 잘 모르겠다고 여유를 보이면서 "어쩌기는 뭘 어째. 네가 하고 싶은 대로 하면 되지" 하고 대답해서, 미노루는 아무튼 자신들의 기쁨을 조촐하게나마 타인에게 도움이 될 수 있는 형태로, 나아가 꼭 엉뚱한 형태로 기념하고 싶다고 생각했다. 옛날부터 스즈메나 미노루 자신이나 엉뚱한 것을 좋아하니까.

며칠을 고민하다 소프트아이스크림 가게야말로 딱이라고 생각했다. 스즈메도 아주 좋은 아이디어라고 인정했다. 가게 이름은 '슈프레 파크'. 스즈메가 즐겨 피사체로 찍었던 베를린의 공원 이름이다. 말이 공원이지 사진만 봐서는 거의 폐허 같은 쓸쓸한 장소로, 스즈메 설명에 따르면 운영난을 겪다가 문을 닫은 동독 시대 유원지라고 한다. 이름 탓은 아니겠지만, 소프트아이스크림 가게도 3년 전에 문 연이래 줄곧 경영난에 허덕이고 있다. 애당초 영리를 목적으로 낸 가게도 아니고, 오타케 말로는 '도락'에 불과하다니까 그래도 상관은 없다. 미노루는 딸의 손을 꼭 잡고 주택가를 25분이나 걸어 스즈메가 실내 인테리어에 공 들인 그 조그만 가게에 들어가면서 생각한다.

"어서 오세요."

종업원의 밋밋한 목소리는,

"어머, 하토네. 어서 와"

하는 다음 말에서 단숨에 통통 튀어 올랐다. 종업원 기무라 아카네는 미노루보다 하토 쪽과 나이 차가 적다.

"덥군."

인사 대신 미노루는 그렇게 말하고, 두 개 있는 테이블의 한쪽에 앉았다. 짙은 갈색 목제 카운터, 천장에서 천천히 돌아가는 선풍기, 시원한 파란색 벽에는 스즈메가 찍은 사진 외에 아이스크림에 관련된 1930년대에서 60년대까지의 포스터가 붙어 있다.

오픈 당시부터 드나들고 있는 하토는 자연스럽게 카운터 앞에 서서(카운터는 서서 먹는 식이라 의자가 없다), 아카네가 스툴을 — 특별히 — 가져다주기를 기다린다.

"하토, 머리 많이 길었네."

"응."

"여름방학이니?"

"응."

"좋겠다, 여름방학이 있어서. 어디 휴가 가니?"

어린아이에게 이런저런 말을 잘 걸지 못하는 미노루는 아무렇지 않게 말을 척척 거는 아카네에게 늘 감탄한다.

"글쎄, 잘 모르겠어. 얼마 전에 백화점에 갔다 왔는데."

"이 셔츠, 그때 산 거야?"

"아니. 이건 전부터 있던 거야."

"그렇구나. 귀엽다, 마린룩."

뭐 먹을래? 대화를 하면서 아카네가 묻자, 하토는 바닐라, 하고 대답한다.

"사장님도 드실 거예요?"

미노루는 스트로베리로 하겠다고 대답했다.

"마린룩이 뭐야?"

"아아, 바다가 연상되는 옷차림을 말하는 거야. 지금 하토가 입고 있는 줄무늬 같은 옷도 그렇고."

그런 말을 들은 딸이 크크 웃었다. 뭐가 우스운지, 미노루는 전혀 알지 못한다.

하얗고 커다란 소프트아이스크림을 받아들자 하토는 스툴에서 내려와 미노루 바로 앞에 앉았다. 마치 열심히 수다를 떠느라 아이를 그냥 내버려뒀다는 걸 이제야 깨달은 엄마처럼.

나기사가 '할 얘기'라고 했던 얘기는 아주 중대한 것이었다. 너무 중대해서 미노루는 도저히 승복할 수 없었다. 나기사와 혼인신고는 하지 않았지만, 자신은 하토의 아빠이며 물론 그 사실을 인지하고 있다. 그러니 양육비를 지불할 의무도 있다. 그런데 나기사는 이제 필요 없다고 했다. 지금까지 고마웠어, 하지만 이제 필요 없어, 라고. 그녀와 결혼한 사람이 그러기를 바란다는 것이었다. 자기 아내와 딸을 자기 수입만으로 부양하겠다고.

"아주 평범한 가족들이 다 그렇게 하는 것처럼."

나기사는 그렇게 살고 싶다고 했다.

"당신에게서 하토를 빼앗겠다는 뜻이 아니야. 앞으로도 하토는 당신 딸이고, 지금까지 만나던 대로 만나면 돼."

그러나 미노루는 이해할 수 없었다. 왜 받아주지 않는 걸까. 돈이 좀 더 있다고 곤란한 것도 아니고 지금까지 받아왔던 것처럼 받아도 '아주 평범한 가족들이 다 그렇게 하는 것처럼' 살 수 있을 텐데. 지금까지 미노루에게는 양육비를 지불할 의무가 있었다. 그렇다면 지불할 권리도 있는 것이 아닐까. 아니면 그런 권리는 없는 것일까(이 점에 대해서는 오타케와 의논할 생각이고, 나기사에게도 그렇게 말하는 것으로 대답을 보류했다).

지금 눈앞에 앉아 있는 하토는 거의 자기 얼굴만큼이나 높은 소프트아이스크림을 조심조심 꼭대기부터 조금씩, 핥는 게 아니라 깨물듯 먹고 있다. 윗입술에 하얗게 묻혀가면서. 미노루는 하토와의 관계가 멀어지는 것 같아 허탈했다. 친딸 양육에 관계할 수 없다니, 불합리하다고 느꼈다. 미노루는 애당초 나기사를 위해서든 하토를 위해서든 결혼만 아니면 무슨 일이든 할 생각이었고, 지금도 그런데.

쿠르륵쿠르륵, 하는 커다란 소리가 나서 아카네가 에스프레소를 내리고 있다는 걸 알았다. 동시에 진한 향기가 풍겨온다.

"괜찮아?"

하토가 물었다.

"응?"

의미를 알 수 없어 되물었지만, 하토는 더는 아무 말 않고 안경 속 커다란 눈망울로 미노루를 빤히 쳐다본다. 테이블에 에스프레소 잔이 놓이고, 아카네가 엷은 분홍색 소프트아이스크림을 내밀었다.

"고마워."

받아들고는 바로 한 입 덥석 먹었다. 혀에 까끌까끌한 감촉이 전해지는 옛날식 — 스즈메와 미노루가 좋아하는 — 맛이다.

"아 참, 얼마 전에 사장님이 말한 책, 읽기 시작했어요."

"책?"

"네. 북유럽 미스터리요."

"아아. 어디까지 읽었는데?"

소프트아이스크림은 일단 손에 들면 조심조심 부지런히 먹어야 한다. 그건 스즈메와 미노루 사이의 불문율이다. 그래서 열심히 먹으면서 물었다.

"아직 조금밖에 못 읽었어요. 색소폰 주자, 이름이 뭐였더라, 그 사람이 조야의 동생에게 전화를 걸어서, 주인공이 피아니스트의 아내를 만나러 가는 그쯤까지."

그럼 아카네는 아직 모르겠군, 하고 미노루는 생각한다. 그다음에 조야의 동생이 라스에게 전화를 거는 것도, 그녀의 지시를 따라 열차에 오른 라스가 시신을 발견하게 되는 것도. 미노루는 문득 얘기하고 싶은 충동에 사로잡혔다. 물론 얘기할 리 없고, 얘기할 이유도 없지만, 그런데도 가슴이 답답하고 입이 근질거린다. 그리고 자신도 빨리 그다음을 읽고 싶다고 생각했다. 이 장소에서도, 나기사의 '얘기'에서도 멀리 떨어진, 그 장소로 돌아가고 싶다고.

"아, 흘렸다."

하토가 말해서 보니, 우윳빛 액체가 콘에서 몇 줄기나 흐르고 있었다. 테이블 냅킨꽂이에 꽂혀 있는 냅킨을 꺼내서 내민다. 총총 뛰어 카운터로 돌아간 아카네가 젖은 수건을 가져왔다. 이렇게 손에 다 묻히지 않고는 소프트아이스크림을 먹을 수 없던 시절이 자신에게도 있었다는 걸, 미노루는 기억한다. 그러나 언제부터 손과 얼굴과 옷을 더럽히지 않고 먹을 수 있게 되었는지는 기억하지 못한다.

여덟 시에 눈이 떠졌다. 이미 방에는 아침 햇살이 쏟아지고 있었다. 아침에만 햇볕이 잘 든다, 이 낡은 아파트 2층에 있는 이 방은. 옷을 입은 채 잠이 들었다는 걸 알고 스즈메는 얼굴을 찡그린다. 머리는 지끈거리지 않는데, 온몸에서 진 냄새가 났다. 너무 많이 마신 것 같다. 창문을 열고 텔레비전을 켜놓은 다음 샤워를 한다. 스즈메는 텔레비전을 싫어하지만 매일 아침 한 시간은 켜둔다. 그렇게 뉴스와 일기예보를 접하는 게 아주 일반적인 삶인 듯해서다. 옛날부터 스즈메는 일반적이라는 개념을 잘 이해하지 못한다. 그래서 남들이 하는 것을 보고 익히는 수밖에 없다.

머리와 몸을 다 씻을 수 있다는 액체비누로 온몸을 쓱쓱 재빨리 씻어낸다. 그러나 진 냄새는 몸의 바깥쪽이 아니라 안쪽에서 풍겨 나오는 듯하고, 그렇다면 바깥을 아무리 씻어봐야 헛수고가 아닐까 하는 생각이 들기도 한다.

어젯밤 기억은 도중에 끊겼다. 패트리치아와 밖에서 저녁을 먹고, 그다음 크로이츠베르크에 있는 재즈 클럽에 갔는데, 거기에 시구르드가 있었다. 그가 새 여자 친구를 소개할 테니까 한 군데 더 가자고 해서 패트리치아와 헤어져 다른 가게로 갔다. 그 가게는 진 종류가 다양하고, 점원 이름이 팀이었다는 건 기억하는데 ─ 사진학교에 다니던 시절 친구의 남동생 이름도 팀이었기 때문이다 ─, 기억나는 건 거기까지다. 시구르드의 새 여자 친구가 그 가게에 왔는지 안 왔는지, 왔다면 어떤 여자였는지 스즈메는 전혀 기억이 없다.

뭐, 어때. 스즈메는 그렇게 생각한다. 기억이 끊긴 건 어쩔 수 없는 일이고, 이렇게 아파트에 무사히 돌아왔으니까. 그보다 앞으로 한 시간쯤 지나면 스카이프를 해야 한다. 조카 하토와 얘기할 수 있다. 조카와 얘기할 수 있다는 건 스즈메가 상상도 못 했을 만큼 순수한 기쁨이었다.

원래 스즈메는 아이를 무서워했다. 아마 자신이 주위에 비판적인, 까칠한 아이였기 때문이리라. 아이가 빤히 쳐다보면 비판받는 듯한 기분이 들고 만다. 그리고 어떻게 대할지 모르는 이유도 있었다. 그래서 남동생에게 아이가 생겼다는 걸 알았을 때 무턱대고 기뻐했다고는 할 수 없다. 사실 심경이 복잡했다. 당시 남동생은 이미 40대였고, 자신이나 남동생이나 평생 자식을 얻는 일은 없으리라고 별다른 이유 없이 과신하고(이렇게 말하면 이상할까. 아니면 포기하고?) 있었기 때문이다. 그런데 그 모두가 괜한 걱정이었다. 태어난 조카는 그저 새롭고 귀여웠다. 아무런 책임도 사회적인 굴레도 없이, 오로지 청결하고 조그맣게 살아 있는 존재였다. 자신들이 살 수 없는 시대를 살아가게 될 산 존재. 스즈메는 자신을 마치 손자라면 사족을 못 쓰는 할머니처럼 느낀다. 오늘 아침엔 손자에게 그저 흐뭇해하는 술에 전 할머니다.

깨끗한 옷으로 갈아입고 미노루의 연락을 기다린다. 기다리면서 아침으로 마른 톳 — 귀국할 때마다 일본에서 한 아름 사 온다 — 을 볶아 먹을까 싶어 한 움큼 물에 불렸다.

하토는 언제나 화면에 불쑥 나타난다. 노트북 앞에서 대기하고 있는 것이리라. 스카이프가 연결되면 순간적으로 얼굴을 반짝이면서 "스즈메 쨩!" 하고 천진한 목소리로 외친다. 스즈메는 그러기 전의 하토 표정을 보고 싶어서 화면 앞에 똑같이 대기한다. 놓치지 않으려고 숨죽이고 기다린다. 그 표정 — 긴장해서 오히려 불안해 보이는 — 을 볼 수 있을지 없을지는 반반이다. 스카이프가 연결되었다는 걸 하토가 언제 아느냐에 달렸다. 웃는 어린아이 얼굴은 당연히 귀엽다. 귀엽지만, 긴장이 돼 어쩔 줄 모르는 그 전의 표정이 스즈메에게는 훨씬 매력적이다.

착신을 알리는 소리가 나고, 화면에 나타난 하토는 벌써 웃는 얼굴이다.

"스즈메 쨩, 잘 잤어?"

기운차게 말한다. 이쪽은 아침이라는 것을 미노루가 가르쳐줬으리라.

"안녕. 얼굴 보니까 너무 좋다."

스즈메가 말하자, 하토는 수줍은 듯이 미소 짓고는 "나도" 하고 대답했다.

"여, 스즈메."

미노루 얼굴이 끼어든다. 뒤에서 하토 어깨를 껴안고서 말한다.

"우리 하토가 수영에서 6급을 땄어."

"이제 수영을 할 줄 안다는 뜻이니?"

그렇게 묻자 하토는 곤혹스러운 표정을 지었다.

"그것도 이제 머지않았어."

하토가 아니라 미노루가 대답한다.

"눈 감은 상태에서 몸을 쭉 펴고 뜰 수 있는 단계가 6급이라네."

"그럼 5급에서는 뭘 하는데?"

스즈메가 묻자, 이번에는 미노루가 난감한 표정을 지었다.

"그건 안 물어봤는데."

"눈 뜨고, 발길질하면서 앞으로 나가는 거."

하토가 대답했다. 4급에서 1급에 대해서도 물은 다음(하토는 5급까지밖에 모르는 듯했다. 대답은 계속 했지만, 4급부터는 애매하다고 할까, 아리송한 설명이었다), '외발 서기' 놀이를 했다. 그건 하토가 고안하고 스즈메가 이름 붙인 놀이로, 화면 앞에서 각자 한쪽 다리로 서서 얼마나 오래 버티는지를 겨루는 놀이다. 심판은 미노루다. 대개 스즈메가 이기지만, 그건 하토가 도중에 ─ 때로는 처음부터 ─ 웃음을 터뜨리기 때문이다. 오늘도 그랬다. 웃음이 터진 하토는 이내 주저앉았다. 그러고도 계속 까르륵거렸다.

그리고 늘 하던 대로 질의응답 ─ 최근에 먹은 밥은 뭐였어? 지금은 무슨 책 읽어? 몸무게는 얼마나 늘었니? 요즘 화가 났던 일은 뭐야? 오늘, 스카이프 끊고 나면 뭐 할 건데? ─ 이 끝나자 30분 가까이 지났다.

"스즈메 짱, 다음에는 언제 일본에 와?"

'돌아와?'가 아니라 '와?' 하고 묻는 사람은 하토뿐이다. 지금의 스즈메를 스즈메 짱이라고 부르는 사람도.

"조만간."

귀국할 예정은 아직 없는데, 하고 스즈메는 늘 대답하던 대로 대답했다. 예의 바른 하토는 '조만간이 언제야?' 하고 절대 묻지 않는다.

"기다리고 있어"

하는 스즈메의 말에 진지한 표정으로,

"알았어"

하고 고개를 끄덕일 뿐이다.

"그럼, 또 연락할게."

미노루가 옆에서 얼굴을 들이밀고 말한다. 마지막에는 하토와 동시에 외친다.

"하나, 둘, 셋!"

스카이프가 끊겼다.

오타케 미치오는 우울한 기분으로 버스 정거장에서 집까지 가는 가로등 길을 걷고 있다. 치과에 간 것은 왼쪽 아래 어금니가 아파서였다. 아니, 아팠다고 할 만큼 심각하지도 않았다. 차가운 물이 닿자 약간 시큰했을 뿐이다. 그 시큰함이 좀처럼 사라지지 않은 건 사실이지만, 참을 수 없는 정도는 아니었다. 전에도 비슷한 일이 있었는데 그냥 내버려두었더니 저절로 나았다. 그러니 이번에도 그냥 내버려뒀으면 저절로 나았을 것이다. 그런데도 치과에 가고 말았다. 아내 야미가 추천한 의사였다. 그 늙은 의사 솜씨는 절대 신뢰할 수 있다고 했다. 그런데 나타난 의사는 그 의사의 딸이었고, 엑스레이 검사 외에 그냥 카메라로 입속 사진을 여러 장 찍고는(그때 플라스틱 기구를 끼워 입을 옆으로 쫙 벌려놓았다. 보이지 않아도 참 끔찍한 꼴이겠다는 걸 알 수 있었다), 올바르지 않은 칫솔질과 흡연 습관에 대해서 한바탕 쓴소리를 늘어놓고는 거의 체념한 투로 이렇게 말했다.

"앞니를 교정하는 편이 좋겠는데요."

오타케는 경악했다. 앞니 교정이라고? 오타케 생각에 교정이란 기껏해야 고등학생 정도까지의 아이 — 그것도 주로 여자아이 — 가 하는 것으로, 실제로 중학생 때는 같은 학년에 무슨 은색 알맹이 같은 철사를 앞니에 붙이고 다니는 여자아이가 몇 명 있었다. 저래서 키스할 기분이나 나겠냐, 하고 오타케를 비롯한 악동들은 키스한 경험도 없으면서 그런 짓궂은 말을 하곤 했다. 그런데 이 나이가 되어서 앞니 교정을 해야 하는 신세가 되다니!

야미가 부탁한 우유와 쓰레기봉투를 사러 편의점에 들른 김에 주간지와 캔 커피를 산다. 심심하면 들르는 동네 편의점인데, 평소와는 느낌이 달랐다. 여기 있는 점원도 손님도, 앞으로 앞니 교정을 해야 하는 신세가 될 리는 없으니 심각하게 생각해본 적도 없을 것이다. 생각 안 해도 된다는 것이 행운인지도 모르는 채.

낮에 치과 의자에 누워서 오타케는 저항을 시도했다. 왼쪽 아래 어금니만 안 아프면 되지 치열이 고르지 못한 것은 전혀 신경 쓰지 않는다, 그리고 이 나이에 젊은 사람들처럼 이가 순순히 움직이겠냐고. 그러나 아무 소용없었다. 왼쪽 아래 어금니 정도는 금방 치료할 수 있다, 그보다 문제는 앞니이다, 교합이 좋지 않기 때문에 아랫니에 불필요한 압박이 가해져 치주낭 한 군데가 심도 6이 되었다, 다른 곳은 2에서 3정도인데, 거기만 6, 다시 말해 아주 심각한 상태이며 이 경우 치열교정은 전혀 외관을 위해서가 아니다, 그러니 본인이 신경을 쓰든 말든 관계없다, 그 나이에도 이는 충분히 움직이니 걱정할 필요 없다. 그렇단다.

불 켜져 있는 집이 조금은 위로가 되었다. 저 안에 야미가 있다. 불쑥, 몰래 들여다보고 싶어졌다. 역에서 전화를 걸었을 때, 야미는 DVD를 보고 있다고 했다. 그렇다면 거실에 있을 것이다. 오타케는 현관문을 열지 않고 마당으로 돌아갔다. 야미가 갖가지 꽃과 허브를 심고, 크리스마스 시즌이 오면 트리를 세우기도 하며 즐겁게 활용하는 마당이다. 유리문이 열려 있기를 기대했는데 에어컨을 켜놓았는지 닫혀 있었다. 게다가 잠겨 있기까지 하다. 커튼 너머로 실내 불빛이 흘러넘치고, 영화에서 나오는 듯한 소리도 들렸다. 바로 저기에 야미가 있는데. 그렇게 생각하자 답답했다. 현관으로 들어가 만나는 것이 아니라, 혼자 있을 때의 야미 모습을 보고 싶었다. 그런 기분을 억누를 수 없어, 오타케는 무거운 가방을 땅에 내려놓고 살금살금 집 옆쪽으로 돌아갔다. 옆 벽에는 퇴창이 있다. 벽돌담과 집 벽 사이를 억지로 비집고 들어가 옆으로 걸어간다. 흙도 밤기운도 눅눅하고, 어두워서 발치가 잘 보이지 않는다. 에어컨 실외기를 피하려고 벽돌담에 올라가 엉덩이를 걸치고 손을 뻗었는데, 무정하게도 그 창문마저 잠겨 있다. 오타케는 애가 탔다. 그런다고 실내의 기척이 전해져 오는 것도 아닌데, 두 손바닥을 유리창에 딱 붙인다. 그러자 그런 자신의 행동이 갑자기 우스워졌다. 내가 대체 무슨 짓을 하고 있는 거지. 밤에 자기 집 밖에서 꼼지락꼼지락, 변태 같다.

좁아서, 조심조심 벽돌담을 타고 주르륵 내려온다. 이러면 바지가 성치 않을 텐데, 하고 생각했을 때는 이미 늦어서 지지직, 하는 소리가 나더니 얇은 여름용 바지가 찢어졌다.

6

본인이 아니라는 것은 틀림없는데 눈이 자꾸 그쪽으로 돌아가, 라스는 그만 몇 번이나 모나를 보고 만다. 조야보다 다소 통통한데, 하얀 피부며 갈색 머리며 가느다란 손가락이며, 정말 똑같다. 조야의 장사 밑천인 허스키한 목소리까지.

"닮았죠?"

라스의 속마음을 읽은 것처럼 모나가 말하고는 테이블에 커피 잔을 내려놓았다.

"설탕이랑 크림도 넣었는데. 이 부엌에 커피는 이것밖에 없어서, 혹시 블랙이 좋았다면 미안하네요."

"아니, 괜찮아요."

두툼한 머그컵에는 만화 같은 고양이 그림이 그려져 있었다.

겨우 오후 두 시인데 밖은 이미 어둡고, 부엌에는 형광등이 켜져 있다. 안쪽 방에 있는 어머니는 — 모나 말에 따르면 — 딸이 실종된 걸 에릭의 아내처럼 사랑의 도주라 여기는 듯하다. 그렇게 생각하는 편이 사건에 휘말렸다고 생각하는 것보다 나으니까, 하고 모나는 말한다.

"하지만, 그렇다고 하면 앞뒤가 안 맞죠. 조야 언니가 먼저 없어지고, 에릭은 그다음에 없어졌으니까."

테이블 위에 놓인 에릭의 지갑을 내려다보면서. 라스가 열차에서 본 것에 대해 얘기했을 때, 모나의 눈에 어렸던 공포가 지금은 절망으로 바뀌어 있다. 만약 모나 말대로 조야가 에릭을 도우려 했다면, 뭐가 어찌 되었든 그 시도는 실패로 끝난 셈이다.

"언니는 어렸을 때부터 정의감이 강했어요. 공정하지 못한 건 딱 질색이었고."

모나가 말한다.

"그러니까, 당신 때문에도 고민 많이 했어요. 당신에게는 이미 가정이 있으니까."

고민했다고? 라스 눈에는 그렇게 보이지 않았다. 조야는 늘 웃고 있었다. 겁을 모르는 당당한 눈빛으로 라스를 보았고, 만날 때마다 만나서 기쁘다고 했다. 메일 내용도 유머러스했고, 만나지 못하는 동안에도 외롭다거나 슬프다는 말은 한 번도 쓴 적이 없다. 만나면, 밤에는 서로를 안고 낮에는 주로 산책을 했다. 조야는 밖에서 지내는 시간을 좋아하고, 아침에는 일찍 일어났다.

"미안하게, 생각하고 있어요."

라스는 그렇게 말했다. 뭐라 말하면 좋을지 몰랐다. 침묵이 내려온다. 달리 할 일이 없어서 부엌을 돌아보았다. 후크에 매달린 낡은 냄비와 프라이팬, 레이스 커튼이 걸린 조그만 창문, 구식 냉장고, 꽃이 핀 마당 사진 달력. 조야가 어머니와 여동생과 함께 소녀 시절을 보낸 집.

"그래도 이렇게 와줘서 고마워요."

모나가 말한다.

"지금 우리에게는 증거가 있으니까."

"증거?"

되묻자, 테이블에 놓인 지갑을 가리킨다. 죽은 피아니스트의 지갑.

"그거 다 마시면 바로 경찰에 가죠. 이번에야말로 그 형사가 믿을 수 있게."

과연 현명한 일인지, 라스는 알 수 없었다. 시신이 사라졌다. 지금 여기 있는 지갑이 에릭이 살해당했다는 증거는 될 수 없다. 오히려 라스가 절도했다는 증거가 될 위험이 크다. 자칫하면 ─ 에릭의 시신이 발견되었을 경우 ─ 살인 혐의를 받을 수도 있다. 동기는 질투가 되리라. 만약 조야와 에릭이 남녀 관계였다면.

그런데 모나는 벌써 코트를 입고 있다. 안쪽 방에 가서 어머니에게 뭐라고 말하고는 다시 돌아왔다. 후크 하나에서 차 키를 벗겨낸다.

"그 형사가 믿어줄지."

라스가 말하자, 그런 게 무슨 문제냐고 되물었다.

"믿어주든 믿어주지 않든, 우리는 달리 의뢰할 사람이 없다고요."

모나는 그렇게 말하고 허둥지둥 다시 안으로 들어갔다가 스노우 부츠를 신고 돌아왔다.

밖에는 세찬 바람이 불고 있었다. 차는 바로 마당 앞에 서 있었지만, 거기까지 걸어가는 동안에도 자잘한 눈송이가 코와 입으로 들어오고 눈썹과 속눈썹에 쌓였다. 운전석에 올라탄 모나가 안에서 조수석 문을 열고,

"타요"

하고 짧게 말한다. 상당히 연식이 있어 보이는 빨간 복스홀 아스트라였다.

빨간색이라는 점이 미노루 마음에 들었다. 복스홀 아스트라가 어떤 차종인지는 몰랐지만, 빨간색은 하얀 눈 속에서 돋보인다. 자잘한 눈송이가 얼굴에 부딪치는 느낌도 쉽게 상상할 수 있었다. 도쿄에서 태어나 도쿄에서 자란 미노루는 눈에 익숙하지 않고, 스키도 학생 시절에 억지로 두세 번 끌려가 탄 적밖에 없는데, 어떻게 잘 아는지는 스스로도 수수께끼였다.

시계를 보니 막 열 시가 지났다. 오늘은 일찍 자기로 하고, 잠옷으로 갈아입는다. 이 베이지색 마 잠옷은 오륙 년 전에 나기사가 사준 것이다. 같은 소재로 된 짙은 갈색 잠옷까지 두 가지를 사다 주었는데, 그때 그 전까지 입던 잠옷 네 벌을 나기사가 버린 걸 미노루는 지금도 아쉽게 생각하고 있다. 나기사는 너무 어린애 옷 같다고 했지만, 부드러워서 좋아했다.

저녁때, 데리러 온 나기사와 함께 하토를 보내고 미노루는 바로 오타케에게 연락했다. 양육비를 지불할 의무뿐 아니라 권리도 있다는 말을 듣고 싶었기 때문이다. 그런데 오타케는 지금 치과에 있어서 얘기할 수 없다고 했다. 나중에 전화를 걸겠노라며. 그리고 약속한 대로 전화를 건 오타케는 미노루에게 그런 권리는 없다고 단언했다. 변호사 다나베에게도 물어봤으니까 확실하다고. 다만 하토 명의로 통장을 만들어 거기에 돈을 모아두었다가 하토에게 전하는 것은 문제가 없다고 한다. 안도했지만, 소외된 듯한 기분이 사라진 것은 아니었다. 그리고 오타케는 나기사를 만나 서류를 변경할 필요가 있다는 말도 했다. 요컨대 이 이상 양육비를 지불하지 않아도 된다는 확언을 받고 싶은 것이다. 그 생각을 하면 우울해진다. '나를 신뢰할 수 없다는 거야?' 양육비에 대해 피차가 결정한 사항을 서면으로 만들 때에도 나기사는 그렇게 말하면서 분개했다. 그런 나기사가 선물한 잠옷을, 미노루는 지금 입고 있다.

침대에 들어가 책을 다시 읽으려는데 전화벨이 요란하게 울렸다. 깜짝 놀라서 미노루는 잠시 움찍하지 못했다. 요즘 친한 사람은 모두 휴대전화로 전화를 건다. 이런 시간에 집전화가 울린다는 것은 좋지 않은 연락일 게 뻔했다.

"등이 좀 둥글둥글해진 건가?"
등 뒤에서 사야카가 말했다.
"그야 누구든 그렇지, 발톱에 매니큐어를 칠할 때는."

치카는 그렇게 대답한다. 말을 하면 손이 흔들리니까 지금은 말을 걸지 않으면 좋겠다. 오후 두 시. 유리창을 열고 선풍기를 돌리고 있지만 실내는 후덥지근하다.

"자세가 아니라, 체형."

사야카는 흥미롭다는 목소리로 다시 말한다. 삐지직, 하고 다다미가 울리는 소리가 나서 방에 들어왔다는 것을 알았다.

"체형? 그런가."

치카는 작업을 중단하고 조그만 용기에 솔 달린 뚜껑을 닫았다. 치카가 인식하기에 자신은 옛날부터 몸집도 자그마하고 키도 중간이고 살도 적당히 찐 체형이다. 학생 시절부터 키도 몸무게도 거의 변하지 않았다.

"그렇다니까. 이거 봐."

등을 손가락으로 찌른다.

"좀 부드러워졌어. 전에는 훨씬 딱딱했는데."

"땀 났으니까 만지지 마."

치카는 말하고, 엉덩이 위치를 슬쩍 옮겼다. 입주했을 당시에는 푸릇푸릇하던 다다미가 완전히 지푸라기 색이 되었다.

"집세도 냈는데, 주인에게 다다미 갈아달라고 해볼까."

생각이 나서 말했더니,

"그러긴 좀 뻔뻔하지"

하는 대답과 함께 사야카가 치카 앞으로 돌아왔다.

"완두콩 색깔."

치카의 발톱을 내려다보며 말한다.

"왜 완두콩 색이야, 휘파람새 같은 황록색인데."

새로 산 매니큐어가 어떤지 발라보는 중이었다. 전통적인 색감에, 이름은 조가비 네일.

치카는 화장도 하지 않고 매니큐어도 손톱에는 절대 바르지 않는데, 발톱에 바르는 것은 좋아했다. 타인에게 보이지 않는 곳이라 마음 놓고 바를 수 있는 것이다. 게다가 사야카가 굳이 말하지 않아도 '딱딱'해서 여성적이라 할 수 없는 자신의 육체 중에서 발 하나만은 갸름해 옛날부터 은근 마음에 들어 했다.

"완두콩 색깔이니까 그렇지."

칭얼거리는 어린애 같은 말투로 사야카는 말한다.

"휘파람새는 본 적도 없는데."

치카가 웃었다.

"못 보기는. 이 주변에도 있는데, 해마다 봄이 오면."

"나는 본 적이 없는데, 뭐."

사야카는 금방 열을 올려서 재미있다.

"동박새는 자주 봤고, 찌르레기도 간혹 봤지만 휘파람새는 못 봤단 말이야."

"알았어, 알았어."

치카는 다시 매니큐어 뚜껑을 연다.

"알았으니까 좀 저리 가 있어. 나, 이거 바르고 싶다고."

발톱을 장식하는 걸 누가 보면 부끄럽다. 가령 상대가 사야카라도.

사야카는 치카가 함께 사는 두 번째 상대였다. 고등학교를 졸업하자마자 혼자 살기 시작했는데, 20대의 한 시기에 다른 여자와 산 적이 있었다. 정말 미숙한 연애였다. 치카 자신도 지금보다 훨씬 날카로웠다. 왜 그랬는지 늘 세상과 싸우는 기분이었다. 지금 돌이켜보면, 그 상대와는 언제나 싸우기만 했다. 이쪽에서 울리기도 했고, 그쪽에서 울리기도 했다. 그렇게 심신이 다 지치는 관계를 어떻게 5년이나 지속할 수 있었는지, 지금은 오히려 감탄스럽다. 마지막에는 피차가 너덜너덜해졌다. 근친을 증오하는 심리에 가까운 감정을 품은 채 헤어졌다. 고향으로 돌아가 부모님이 하는 조그만 음식점 일을 거들기로 결심했을 때, 치카 나이 서른이었다. 그리고 가게 단골이었던 사야카를 만났다.

발톱이 마르기를 기다렸다가 부엌에 가니, 사야카는 테이블에서 서류 작업을 하고 있었다.

"채점이야?"

물었는데 대답은 없고,

"완두콩, 끝났어?"

하고 또 어린애 같은 집념을 발휘해서 농담조로 묻는다.

"끝났어."

치카는 대답하고, 발톱을 내려다본다. 발가락 열 개 끝이 정말 완두콩 색이었다.

"재미있을 것 같은데, 해봐."

그것이 앞니 교정에 대한 아내의 의견이었다. 재미있을 것 같다는 말에서 무정함과 냉담함을 느낀 오타케는 약간 상처를 받았지만, 한편으로 그런가, 재미있을까, 하는 기분이 들기도 했다.

"알았어, 그럼 해볼게."

그렇게 대답한 오타케에게 아내는 "아이구, 착해라" 하고 말해주었다.

그런 생각을 하면서 오타케는 지금 미노루 작은할아버지의 출관을 지켜보고 있다. 배경음악은 고인이 무척 좋아했다는 스탠 게츠의 연주곡이다. 96세에 돌아가셨으니 호상인데도 여기저기에서 훌쩍거리는 소리가 흘러나온다.

"살아 계실 때, 사람들에게 존경받으셨나 보군."

옆에 서 있는 미노루에게 소곤거리자,

"아마 훌륭한 분이셨을 거야"

하는 대답이 돌아왔다. 오타케는 해마다 소득세를 신고하는 시기에만 고인을 만났다. 그러나 세무상 처리는 주로 고인의 아들과 했기 때문에, 고인에 대해서는 자그마하고 온후한 노인이라는 인상밖에 없었다.

장례식장이 아니라 자택에서 장례식을 치르고 있어, 보기 좋게 손질된 노송이 가지를 쭉쭉 뻗은 넓은 정원에 상복 차림을 한 조문객들이 여기저기 흩어져 있다.

"저걸 보면 꼭 운동회가 떠오른다니까."

조문객들이 방명록을 쓰는 하얀 천막을 가리키면서 말하자,

"나도"

하고 미노루도 대답했다.

요즘 오타케는 장례식에 참석할 때마다, 오래 살아야겠다고 생각한다. 아직 젊은 아내 야미를 위해서.

쇼난 신주쿠 라인의 특등석 차량은 텅 비어 있었다. 오타케는 짐 선반 밑에 있는 센서에 교통 카드를 쓱 댄다. 빨간 램프가 초록으로 바뀐다.

"안쪽에 앉는다."

미노루에게 말하고 창가 자리에 앉자마자 야미에게 문자를 보낸다. '장례식 종료. 지금 기차 탔어.' 이렇게 이동할 때마다 문자를 보내는 건 거의 습관이다.

"왜 이렇지, 아무 반응이 없는데."

선 채로 미노루가 그렇게 말해서 보니, 발매기에서 산 승차권을 센서에 대고 있었다.

"너, 그렇게 뭘 모르냐."

그건 카드 전용 센서라고 가르쳐주었다.

"됐으니까, 아무튼 앉아."

미노루는 납득이 안 된다는 표정이었다.

"램프가 그냥 빨갛잖아. 특등석을 샀는데, 이럼 무임승차한 것처럼 보일 것 아냐."

휴대전화가 부르르 떨렸다. 야미에게 회신이 와서 오타케는 미노루의 항의를 묵살했다.

'수고 많았어요. 잊지 말고 문 앞에서 소금 뿌리고 들어와요.'

"야미 씨? 조금 전에도 통화했잖아."

이제야 앉은 미노루가 말한다.

"그때는 화장터에 있었잖아. 앞으로 어느 정도 시간이 걸릴지 모르는 상황이었으니까 그렇지."

스스로도 뭐라는 건지 모를 항변을 했다. 플랫폼에서 산 캔 맥주를 따서 돌아가신 노인에게 헌배한다.

"그런데 사람이 정말 죽는 거구나 싶다. 다들, 언젠가는."

그만 너무도 당연한 감회가 입에서 나오고 말았다.

"음. 이런 열차 안에서, 불쑥 목이 잘려 죽는 수도 있고."

오타케는 소스라친다.

"무슨 소리야, 그건."

창밖은 엷은 파랑, 해거름의 거리다.

변호사 다나베와 둘이 작성한 미노루의 유서를 생각한다. 오늘 화장터에서 재가 된 미노루의 작은할아버지도 그렇지만, 미노루네 집안사람들 같은 자산가는 사후에 상속을 둘러싸고 발생할 수도 있는 문제를 미연에 방지하기 위해 반드시 유서가 필요하다.

"유마 씨는 요즘 어떻게 지내?"

상속이란 말 때문에 생각나 물었다. 유마는 올 초에 아들을 낳았다. 그 아들은 호적상 미노루의 자식으로 되어 있다.

"잘 지내겠지. 한동안 못 만났어."

여자에 한해서, 오타케는 미노루 생각을 이해할 수 없다. 나기사가 미노루의 자식을 낳았다는 것은 안다. 두 사람은 연인 관계였으니까. 그러나 유마는.

"왜 못 만났는데?"

"왜는. 별다른 이유 없어. 기회가 없었을 뿐이지."

"기회가 없기는. 준코는 만나면서."

미노루가 몸을 움찔거렸다.

"설마 그런 일 없겠지만, 준코랑 잔 건 아니겠지."

질문으로 한 말도 아니었다. 강한 부정이 돌아올 것이라 확신했다. 그런데 미노루는 대답하지 않았다. 그게 바로 대답이었다.

"거짓말이지?"

믿을 수 없었다. 대체 무슨 생각이면 그런 여자와.

"언제?"

묻고 난 후에야 언제였는지는 중요하지 않고 알고 싶지도 않다고 생각했다.

"얼마 전에."

미노루는 무심하게 대답한다.

"그럴 생각은 없었는데, 그만."

오타케는 자신의 입이 쩍 벌어졌다는 걸 알았다. 입은 벌어졌지만 말은 나오지 않았다.

"치즈는 무난하니까."

미노루가 말한다.

"그렇게 말했어, 준준이."

무슨 말인지 알 수 없었다. 오타케는 고등학교 시절 친구 둘의 그 장면을 상상하지 않으려 애썼다.

"어쩌려고 그런 짓을 하는지 모르겠네. 임신하면 어떻게 할 거야. 이 이상 자식은 금지라고 했잖아? 정말 대책 없군."

맥 풀린 목소리가 나왔다.

"준이 지금 몇 살인데 그래? 보통 50대 여자는 임신하지 않아."

그건, 뭐 그럴지도 모른다. 그럴지도 모르지만 무슨 일이 있어도 절대, 확실하게 하지 않는지, 오타케는 알지 못한다.

한눈에 장례식장에서 오는 길이라는 걸 알 수 있는 차림으로 주인과 그 친구가 가게에 들어왔을 때, 사야카는 카운터 앞자리에 앉아 토마토 젤리를 먹으면서 아주 오래전 영어 수업 시간에 배운 예문을 생각하고 있었다. 여자 없는 남자는 물 없는 물고기 같고, 남자 없는 여자는 자전거 없는 물고기 같다, 라는 예문이다. 당시에는 의미를 잘 몰랐는데 지금은 알 것 같다. 요컨대, 남자에게는 여자가 필요하지만 여자에게는 남자가 필요 없다는 뜻이다.

"어머나, 오타케 씨. 오랜만이네요."

치카가 그렇게 인사해서, 주인 친구의 이름이 오타케라는 것이 기억났다. 전에는 종종 드나들었는데, 그러고 보니 요즘 한동안 보지 못했다. 사야카는 앉은 채, 둘에게 살짝 고개 숙인다.

"그래서, 사야카 선생님은요?"

테이블에 물수건을 갖다 주고 온 아르바이트생 마미가 물었다. 지금 갖고 싶은 것 얘기를 하고 있었다. 치카는 휴가, 마미는 새 자전거가 필요하다고 했지만, 사야카는 어느 쪽이나 자신에게는 필요치 않은 것이라 그런 영어 예문만 떠올리고 있었다.

"글쎄, 뭘까. 잘 생각이 안 나네."

"에이, 정말요? 겸손하시네."

마미의 그런 말에, 겸손이란 말을 이런 때 쓰나, 하고 생각했지만 말은 하지 않았다. 자신은 이미 이 아이의 국어 선생이 아니니까.

"갖고 싶은 거, 난 정말 많아요. 자전거 말고도 옷이랑 구두, 다리도 좀 더 날씬했으면 좋겠고, 남친도."

그렇게 말해놓고, 주문을 받으러 간다. 옷과 구두와 날씬한 다리와 남친. 사야카는 생각해본다. 그 어느 것이나 사야카는 조금도 원치 않는다. 나이를 먹는다는 것은 어쩌면, 원하는 게 없어진다는 건지도 모르겠다. 하지만, 만약 그렇다면, 안도해도 좋을지 어떨지 사야카는 판단이 서지 않는다. 원하는 게 많은 인생도 피곤하고 성가실 것 같지만, 그렇다고 하나도 없는 인생은 과연 어떨까.

"아 참! 그릇."

주인이 커다란 소리로 말해서,

"괜찮아요. 그런 것쯤, 언제든"

하고 치카가 대답한다.

그렇지, 별장.

불쑥 자신이 원하는 것이 떠올랐다. 사실은 시골로 이사하고 싶으니까 별장이 아니라 새집이라고 해야겠지만, 별장이라는 말의 울림

83

이 훨씬 낭만적이다.

　나무로 만든 소박한 오두막 같은 집이 이상적이다. 커다란 창문으로 보이는 마당에는 잔디가 아니라 들풀이 자란다. 거실과 부엌 그리고 자신과 치카의 방이 각각 하나씩. 커튼은 물에 휘휘 빨 수 있는 튼튼한 면이 좋겠다. 책상이 하나, 침대도 하나, 책꽂이도 하나. 옷가지를 보관할 서랍장도 하나는 필요하리라. 서랍장 위는 마당에서 꺾어온 꽃으로 장식한다. 상상 속 그 작은 방은 마치 소녀의 방 같았다.

　누가 속마음을 아는 것도 아닌데, 사야카는 볼이 화끈 달아올라 눈을 내리깔았다. 유치한 걸까. 이 나이에 소녀 같은 방에 살고 싶어 하다니. 가게 안에는 갯장어를 찌는 달짝지근한 냄새가 고여 있다.

7

이곳으로 끌려온 지 며칠이 지났는지, 이제 조야는 모른다. 알고 있는 것은 전부 얘기했는데, 그들이 자신에게 뭘 더 원하는지도. 처음에는 거칠게 대하더니 — 만약 그 남자가 다시 한 번 나타나면 사타구니를 걷어차주리라 — 지금은 대우가 나쁘지 않다. 창문이 없는 지하실이지만 텔레비전과 오디오와 냉장고도 있고, 욕실과 에어컨도 있다. 하루에 두 번 그런대로 괜찮은 식사가 제공된다. 한번은 신선한 채소와 과일이 부족하다고 불평하자 과일도 곁들여 나오기 시작했다. 그리고 부탁하지도 않았는데, 여성용 대중잡지가 따라온 날도 있다. 그 여형사의 지시였을 것이다. 친절을 베푼다고 생각할지 모르나, 조야는 자신이 유행하는 화장법이나 다이어트법, 연예계 스캔들에나 관심을 갖는 경박한 인간으로 여겨지는 것 같아 불쾌했다. 그렇다고 달리 할 일은 없어 몇 가지 기사를 읽기는 했지만.

에릭이 걱정스러웠다. 가엾은 에릭. 마지막 만났을 때는 완전히 겁에 질려 있었다. 그렇게 선량한 사람인데. 여형사는 협력하면 그의 신상에 해는 끼치지 않겠다고 약속했지만 믿어도 좋을지는 알 수 없었다. 우선 협력하면, 이라는 강압적인 조건을 형사가 시민에게 갖다붙이는 게 옳은 일인지. 하기야 에릭은 지금까지 조야가 굳게 믿었던, 평범한 '시민'은 아니었다.

텔레비전을 켠다. 개그맨이 한 손에 커다란 개의 목줄을 쥐고, 다른 팔에는 조그만 개를 안은 채 요리 중이다. 중요한 때마다 어느 쪽개가 반드시 짖어 놀라는 바람에 냉장고 문에 부딪치기도 하고 볼에 담긴 계란이 깨져 밖으로 쏟아지기도 한다. 시시하다. 그렇게 생각하면서도 개와 연대한 연기가 우스워서 조야는 그만 키득 웃고 만다. 평소엔 낮에 텔레비전을 보는 일이 없다. 생활하기에 필요한 설비는 갖추고 있지만 도저히 편안히 쉴 수는 없는 방에서 조야는 계속 채널을 돌린다.

집에 돌아가고 싶다. 회사 동료와 촌스러운 유니폼, 컴퓨터 키보드까지도 그리웠다. 어머니 얼굴도 보고 싶었고, 라스도 만나고 싶었다.

조야는 라스의 사고방식을 좋아했다. 온화한 말투와 조심스러운 성격도, 작은 요정처럼 장난기 가득한 눈과 사랑을 나눌 때 예의 바른 점, 머리 크림이든 데오도런트든 그 뻔한 남성용 화장품 냄새가 전혀 나지 않는 것도.

무척 걱정하고 있을 텐데. 아니, 어쩌면 화가 났을지도 모르겠다. 조야가 그와의 관계를 일방적으로, 한 마디 말없이 끊어버렸다고 생각한다면. 그 여형사가 가족들에게는 충분히 사정을 설명하겠노라고 약속했다. 그러니 어머니와 모나는 알고 있을 것이다. 하지만, 라스는. 그때 조야는 라스에게도 연락해달라는 부탁을 도저히 할 수 없었다. 부탁하려면 관계를 설명하지 않을 수 없고, 라스에게는 가정이 있으니까.

하지만, 하고 조야는 지금에야 생각한다. 그들이 가담하고 있는 일은 국가적인 중대사이니, 처자 있는 남자와의 불륜 따위는 전혀 상관치 않을 것이라고. 다음에 누가 오면, 그에게 연락을 취해달라고 부탁해보면 어떨까. 곤란해하면, 그 사람이 보는 앞에서 전화를 걸어도 좋다. 조야 자신의 휴대전화는 압수되었으니 그들 전화기를 빌려서 전화를 거는 건 문제없지 않을까. 번갈아 다른 사람이 이 방을 찾는다. 늙은 가정부와 양복 차림이어도 양아치 같은 두 남자는 별 도움이 안 돼 보이고, 내게 엄청난 친절을 베풀고 있다 여길 여형사와 가끔 찾아오는 그 상사 — 이름이 아마 오라프일 것이다 — 정도라면, 어떻게든 해줄지도 모른다.

텔레비전을 끄고, 방 안을 서성거린다. 지금까지 얼마나 이렇게 서성거렸는지 모른다. 갇힌 공간에서 얘기할 상대 하나 없는 불안과 고독도 견디기 힘들지만, 가장 싫은 것은 창문이 없다는 점이다. 방은 조야가 끄지 않는 한 언제나 불이 켜져 있어서 시계를 보지 않고는 밤인지 낮인지도 알 수 없다.

경찰서에서 나오니 완전히 밤이었다. 저녁때보다 눈발은 약해졌지만, 그래도 가로등 빛 속에는 자잘한 눈이 무수히 떠다닌다. 뼛속까지 스미는 추위에 모나는 몸을 떨었다.

빨간 복스홀 아스트라 지붕에는 눈이 쌓여 있었다. 운전석 옆에 선 모나가 눈을 쓸어낸다. 팔뚝을 와이퍼처럼 움직이면서. 반대쪽에 선 라스가 똑같이 눈을 쓸어내자 모나는 싱긋 웃었다.

"고마워요."

조야와 정말 꼭 닮은 작은 목소리. 본인이 아니란 걸 아는데도, 라스는 또 깜짝 놀라면서 모나의 하얗고 조그만 얼굴을 빤히 쳐다본다. 조야는 대체 어디 있는 것일까. 한 인간이 이렇게 갑자기, 아무런 흔적도 없이 지상에서 모습을 감출 수 있는 것일까.

모나가 시동을 걸자 싸늘한 차 안으로 따뜻한 바람이 횡횡 불어나왔다. 동시에 와이퍼가 앞 유리창을 오갔다. 사륵사륵, 얼음 조각 떨어지는 소리가 난다.

"할 수 있는 건 다 한 셈이군요."

라스가 그렇게 말하자, 모나의 눈에 순간적으로 분노가 번뜩였다.

"무슨 뜻으로 하는 말이죠?"

라스는 대답을 못 하고 우물쭈물한다. 깊은 뜻이 있어 한 말은 아니었다. 할 수 있는 얘기는 다 했고 피아니스트의 지갑도 제출했는데, 상대가 죄를 묻지 않아 안심했는지도 모르겠다.

"조야는 여전히 행방불명인데, 아무것도 해결되지 않았는데, 자기 역할은 끝났다는 뜻인가요?"

모나는 금방이라도 울음을 터뜨릴 것처럼 보였다. 또는 필사적으로 울음을 참는 것처럼도 보였다.

"설마, 그렇지 않아요. 그런 생각은 아예 하지도 않았는데."

라스가 말한다. 그러나 결국,

"미안해요"

하고 사과했다. 헤드라이트가 비추는 눈길을, 한동안 말없이 달렸다.

"어디로 데려다주면 되죠?"

안나에게는 나흘 동안의 출장이라고 했다. 오늘이 나흘째이다. 아직은 오슬로행 열차가 있을지도 모른다. 설령 없다 해도, 역에서 안나에게 전화를 걸어 마지막 열차를 놓치는 바람에 내일 아침 첫차로 돌아가겠다고 하면 된다. 여기 남는다고 해서 자신이 할 수 있는 일이 있을 것 같지도 않았다. 그런데 라스는,

"이 근처에 호텔이 있는지 모르겠네요"

하고 말하는 자신의 목소리를 들었다.

"조그만 호텔이면 되는데. 그리 비싸지 않고."

미노루는 책갈피를 끼우고 책을 덮는다. 라스가 집으로 돌아가지 않아 기뻤다. 침대의자에서 일어나 에어컨을 끄고 대신 침실 에어컨을 — 한 시간 후에 꺼지도록 시간을 맞추고 — 켰다. 전기 모기약 전원을 켜고, 나기사가 사준 잠옷으로 갈아입은 후 침대에 들어가 곧바로 잠이 들었다.

다음 날 아침, 여느 아침처럼 햇살이 쏟아지고 더워서 견디다 못해 눈을 뜨니 여덟 시가 조금 넘어 있었다. 바로 샤워를 한다. 목욕을 할

때나 샤워를 할 때나, 미노루는 미지근한 물을 좋아한다. 너무 뜨거우면 피부가 따끔거리고, 기껏 땀을 씻어냈는데 욕실에서 나오고 나면 몸이 화끈거려 다시 땀이 나기 때문이다. 스즈메는 반대로 목욕물은 뜨끈해야 한다고 한다. "뜨겁지 않으면 개운하지가 않잖아" 하고. 대대로 도쿄에서 산 할머니를 닮았다. 그런 누나가 귀국할 때마다 몇 개씩이나 주는 액체비누는 유칼립투스 향이 지독하다. 머리도 몸도 다 씻을 수 있다는데, 물과 섞이면 욕실에 숲 냄새가 가득해져 숨이 갑갑할 정도다. 머리와 온몸에 거품을 두른 채, 미노루는 어젯밤에 읽은 책 속 한 구절을 떠올렸다. 라스에게서 남성용 화장품 냄새가 전혀 나지 않는다는 부분이다. 조야는 그래서 좋다고 했다. 예로 머리 크림과 데오도런트를 들었는데, 샴푸나 비누는 어떨까. 그 냄새도 나지 않는 것일까. 아니면 그것들은 화장품 범주에 들지 않을까.

샤워를 끝내고 커피를 끓이러 부엌으로 갔다. 개수대 안에 평소에는 없던 것이 들어 있었다. 퍼뜩 놀랐는데, 금방 기억이 났다. 그렇다, 대합. 어제 작은할아버지 장례식에 가기 전에 택배로 왔다. 일단 큰 볼에 물을 담아 풀어놓고, 소금을 뿌렸다. 보낸 사람은 미노루가 옛날부터 이름만 아는, 가족의 어느 지인이다. 누구인지 분명치 않지만 종종 뭔가를 보내주는 사람이라고 인식하고 있다. 현관에는 상자에 든 복숭아와 건강 음료가 놓여 있고, 냉장고에는 잔 생선조림 세트와 알렉산드리아 포도가 들어 있다. 바로 얼마 전에 여러 사람들에게 감사 엽서를 보낸 것 같은데, 또 쌓이고 말았다. 연애편지는 찬찬히 생각하고 써라, 그러나 뭘 보내줘서 고맙다는 편지는 생각하기 전에 써

라. 돌아가신 어머니는 늘 그렇게 말했다.

　미노루는 선물이란 받는 사람의 도량이 시험대에 오르는 것이라고 생각한다. 미노루의 부모님이나 조부모님이나 도량이 넓어서, 집에 간혹 이상한 것들이 배달되곤 했다. 가마에 든 쌀, 살아 있는 거북, 어디 놓아두면 좋을지 모를 모형 정원, 아주 희귀하다는 한방약, 그날 아침에 땄다는 쇠뜨기 새순(아이스박스에 담겨 배달되었다. 바로 살짝 데친 다음에 조리, 라고 쓴 편지와 함께), 색감이 선명한 포켓치프 세트, 금박이 붙어 있는 삶은 계란. 그런 것들이 떠올라, 미노루는 피식 웃는다.

　한번은 그 도량 넓은 어머니를 질겁하게 한 선물이 배달됐다. 대량의 방울벌레였다. 풍류를 아는 누군가가(아마도 단가와 관련된 사람일 것이다), 그 곤충의 울음소리로 계절을 느끼라고 보내준 것이었다. 곤충을 싫어하는 어머니는 미노루를 사육 담당으로 임명했는데, 미노루 역시 곤충을 몹시 싫어했다. 놈들의 허연 바탕에 검은 반점이 얼룩거리는 긴 더듬이. 떠올리기만 해도 여전히 소름이 끼친다. 오이와 수박 조각을 젓가락으로 집어 조심조심 유리 케이스 안에 집어넣곤 했다. 더 골치 아픈 것은 물을 갈아주는 작업이었다. 바닥이 얕은 플라스틱 용기는 젓가락으로 집기가 여간 힘들지 않았다. 케이스에 손을 넣고 싶지 않았던 미노루는 필사적으로 젓가락을 놀렸다. 공포로 일그러진 얼굴을 하고 몇 번이나 실패를 거듭하다가 겨우 집어 꺼내도, 신선한 물을 담아 케이스에 다시 집어넣는 일은 거의 불가능했다. 결국은 늘 물을 쏟았다. 방울벌레들은 유리 케이스 밑바닥에 깔린 물로 버텨야 했을 것이다. 더욱 끔찍한 것은 놈들이 서로를 잡아먹는다는 점이었다. 먹이를 넉넉하게 주는데도, 볼 때마다 어느 한 놈의 몸이 떨어져나가 있었고, 그러다 점차 죽어갔다. 어머나, 또 죽었어? 사체를 마당에 (움찔움찔하면서 나무젓가락으로 집어서) 묻을 때마다, 스즈메는 미노루에게 그렇게 말했다. 마치 미노루가 잔인한 연쇄살인범이라도 되는 것처럼.

당시에 살았던 집은 부모님이 돌아가셨을 때 처분했다. 지금 거기에 사는 사람들은 마당에 방울벌레 사체가 수십 마리나 묻혀 있는 줄은 꿈에도 모르리라.

그런 선물에 비하면 대합은 아주 멋지다. 미노루는 커피를 끓이려다 말고, 맑은 장국을 끓이기로 한다. 다시마 우린 물에 맛술을 약간 넣고.

어렸을 때, 조개가 입을 여는 순간을 보는 게 좋았다. 요리하는 어머니 옆에서 종종 구경하곤 했다. 어느 조개가 제일 먼저 입을 열지 마음속으로 점찍고는 그 조개를 응원하면서 지켜보았다. 지금은 점찍지도 응원도 하지 않지만, 그래도 눈을 뗄 수가 없다. 물이 보글보글 끓으면서 기포가 오르기 시작한다. 대합은 꿈찍하지 않는다. 거품을 떠낼 때 국자가 둥그런 조개껍데기에 부딪쳤다. 미노루는 끈질기게 지켜본다. 틈이 살짝 벌어지더니 동시에 냄비에 타닥타닥 부딪치는 소리가 나면서 대합이 몸을 떨기 시작한다. 맑았던 국물이 보얗고 반투명하게 흐려졌는데도 대합은 열리지 않는다. 미노루는 숨죽이고 기다린다. 불쑥, 정말 불쑥, 처음 한 개가 입을 짝 벌린다. 이어서 두 번째도, 세 번째도.

"오오."

아침, 부엌에서 미노루는 기쁜 환성을 지른다.

남편은 회사에, 딸은 수영장에 보낸 후 아침 설거지를 하고 나서 나기사는 평소보다 꼼꼼하게 현관과 복도와 화장실과 거실을 청소했다. 옷을 갈아입고 가볍게 화장도 한다. 오타케는 열한 시에 온다고 했다. 서류를 읽고 서명만 하면 되니까 5분이면 끝날 거라고 했지만, 5분이 지났다고 쫓아낼 수는 없을 것이다. 오타케에게 연락이 올 줄은 알고 있었다. 미노루의 인생에 관여하게 되면 반드시 오타케가 따라온다.

미노루와 사귈 때에는 셋이서 곧잘 ─ 하토가 태어난 후부터는 넷이서 ─ 외식을 했다. 친절하고 보수적이며 일에 열심인 오타케가 싫지는 않지만, 지금은 그렇게 만나고 싶은 사람이 아니다. 지금 남편과 미노루 사이에서 마음을 정하지 못하던 시기가 있었다. 미노루에게 헤어지자는 말을 꺼냈을 때는 이미 지금 남편에게 청혼을 받은 상태였다. 그리고 미노루가 아니라 어째서인지 오히려 오타케에게 미안했고, 오타케 눈에는 자신이 배신자로 비칠 것처럼 느꼈다. 그렇게 생각할 필요는 전혀 없다고, 이성적으로는 알고 있었지만.

나기사는 방 안을 돌아보고, 가족사진 액자를 부엌 서랍에 집어넣는다.

인터폰이 울렸다. 그런데 오타케가 아니라 수영장에서 돌아온 하토였다. 다녀왔어, 하는 소리를 듣고 잠금을 해제한다.

"누가 와?"

현관에 한 걸음 들어서자마자 손님용 슬리퍼를 보고서 하토가 물었다. 머리도 피부도 보송보송한데, 수영장에서 돌아와서인지 물을 머금고 있는 것처럼 보여 재미있다고 나기사는 생각한다.

"어서 와. 오타케 아저씨가 볼일이 있어서 잠깐 오실 거야."

하토가 눈을 동그랗게 뜬다.

"우리 집에 온다고? 왜? 혼자?"

"응, 볼일이 있어서."

마지막 질문에 담긴 기대감은 모르는 척하면서 대답하고, 젖은 수영복과 수건이 든 비닐 백을 받아들고서 물었다.

"수영장, 재미있었어?"

"조금 재미있었어."

애매한 대답을 조용히 건네고, 하토는 맨발로 타박타박 안으로 들어간다. 벗어놓은 작은 비치 샌들, 작은데도 어엿하게 사람 발가락 모양으로 찍혀 있는 얼룩. 나기사는 미소 짓지 않을 수 없다. 그리고 그만, 미노루에게도 보여주고 싶다고 생각했다.

오타케는 정확히 열한 시에 하토에게 줄 푸딩을 들고 나타났다. 나기사가 기억하는 대로 작은 키에 마른 몸, 각이 사라진 양복과 묵직한 가방을 들고.

"오랜만이네."

인상 좋은 웃음 — 그러나 나기사는 그가 고문 세무사로서는 영리

한 실무가라는 것도 잘 알고 있다 — 을 머금고 오타케는 머리를 꾸벅 숙였다.

하토를 불러 인사시키고, 나기사는 홍차를 끓인다.

"오타케 씨, 점심은?"

형식적으로 묻는다. 오타케가 이 집에서 점심을 먹지 않는다는 건 알고 있다. 거리. 나기사와 오타케 사이에 무슨 일이 있었던 건 아니지만, 그래도 사람 사이의 거리는 변한다.

"먹고 싶은데, 다른 약속이 또 있어서."

물론 오타케는 그렇게 대답했다.

미노루와 나기사, 지금보다 훨씬 어렸던 하토, 그리고 오타케와 오타케의 현재 아내인 야미, 그렇게 다섯이서 한 번 여행을 한 적이 있다. 야미가 소녀 시절을 보냈다는 오사카로. 두 밤인가 세 밤을 자는 짧은 여행이었다. 나기사에게 그것은 미노루와 하토와 함께하는 가족 여행이었고 오타케에게는 새 연인인 야미와의 관계를 더욱 굳히기 위한 여행이었지만, 미노루에게는 그 어느 쪽도 아니고 오랜 친구 오타케와 오랜만에 하는 여행이었을 것이다.

각자의 생각이야 어떻든, 빛나고 즐거운 여행이었다. 나기사는 그 여행 내내 자신이 웃었던 것 같다. 가장 큰 이유는 당연히 하토였다. 어린 하토가 낯선 거리의 공기를 마시고, 온통 새로운 경험을 하고 있었다. 그 모습을 지켜보는 것만으로도 한순간 한순간이 행복했다. 수족관에서, 미노루의 품에 안긴 채 천장에서 헤엄치는 물고기를 가리키는 하토, 호텔의 하얗고 커다란 침대에서 혼자 자본 하토, 광

장에서 퍼포먼스하는 사람들을 겁먹은 표정으로 빤히 쳐다보는 하
토, 유람선 갑판에서 바람을 맞으며 가늘고 부드러운 머리칼을 흩날
리는 하토. 20대에 이혼한 후 고독했던(것 같은) 오타케가 마흔이 넘
어 만난 야미에게 흠뻑 빠져, 보는 쪽이 민망해지는 언동을 하는 것
도 나기사에게는 흐뭇한 풍경이었다. 다 같이 강가를 산책했다. 마침
단풍철이라 낙엽이 떨어진 길을 미노루와 나기사는 하토의 손을 양
쪽에서 잡고 걸었다. 오타케와 야미는 낙엽이 깔려 있든 그렇지 않
든 팔짱을 끼고 걸었다. 아침에도 낮에도 밤에도, 다섯이서 와글와글
식사를 했다. 간식도 엄청 먹었다. 타코야키, 우동, 튀김 꼬치. 그 시
절에는 아직 젊었다고 나기사는 생각한다. 미노루와 오타케는 그렇
게 젊지 않았는지 몰라도(그리고 야미는 지금도 젊을지 몰라도), 적어도
자신은 젊었고, 앞으로 뭐든 할 수 있다는 생각이었다. 어쩌면 한번
졸업한 청춘 시절을 갑자기 되찾은 기분이었는지도 모른다. 미노루
와 만나고, 하토를 잉태하자 온 세상이 완전히 새롭고 아름다워 보였
다. 미노루 덕분에 경제적으로는 안정되어 있었고, 호적 따위에 구애
받지 않는 자신들을 자유롭다고 생각했다. 그 여행. 기억을 떠올리자
가슴이 먹먹해졌다. 그 무렵, 자신들은 분명히 자유로웠다. 자유로웠
지만, 나기사는 자유의 대가인 고독을 견딜 수 없었다.

열한 시에 정확하게 나타난 오타케는 열한 시 30분에 돌아갔다.
전화에서 들었던 대로 서류는 간결했다. 읽고 서명하고 도장을 찍는
데까지 5분도 걸리지 않았다.

8

어쩔 수 없었다고 소냐는 생각한다. 자신과 이사크를 지키기 위해서는 그럴 수밖에 없었다고. 에릭과의 추억이 가득한 집에서, 소냐는 지금 짐을 싸고 있다. 직접 고른 가구와 식기, 날마다 청소했던 마룻바닥과 창문, 그 모든 것과 작별해야 한다. 방을 돌아보면 눈물이 날 것 같아, 펼쳐놓은 여행 가방에 의식을 집중하려 했다. 제대로 보지도 않고 옷을 던져 넣고, 속옷은 따로 한데 모으고, 세면도구와 화장품을 끌어모은다. 이른 아침에 걸려온 전화에서 이사크는 모든 일이 잘 풀렸다고 했다. 바로 데리러 갈 테니까 준비하고 기다리고 있으라고. 소냐는 서유럽에는 가본 적이 없다. 여행을 좋아하는 성격이 아니다. 하지만 지금은 이사크 옆에만 있을 수 있다면 어디든 갈 생각이었다. 이 집에 혼자 있는 걸 더는 견딜 수 없었다.

불과 1년 전까지만 해도 행복한 결혼 생활이었다. 에릭은 자상하고 성실한 남편이었고, 소냐 또한 남편에게 충실한 아내였다. 자식을 얻지 못한 건, 지금에 와선 오히려 잘된 일인지도 모른다. 만약 자식과 손자가 있었다면, 이렇게 된 자신을 절대 용서하지 않았으리라. 라디에이터를 계속 틀어뒀는데도 추워서, 소냐는 두 팔로 자기 몸을 꼭 껴안았다. 언제부터인가 살이 붙고 늘어진 두 팔로, 꼭. 이사크는 소냐의 보드라운 몸이 좋다고 말했다. 아주 여성적이고, 관능과 편안함을 동시에 느낄 수 있다고 하면서. 그는 언제 올까. 빨리 와서 꼭 안아주었으면 싶다. 그 우람한 몸과 화려하고 요란한 몸짓으로.

에릭의 옛 친구라는 이사크는 처음부터 화려하고 요란하게 등장했다. 아무런 예고도 없이 불쑥 현관에 나타나 에릭을 보더니 양팔을 쫙 벌리고 환성을 질렀다. 마치 생이별한 형을 이제야 겨우 만난 동생처럼. 1년 전, 결혼 생활이 아직 평온했던 무렵의 그 장면을 소냐는 지금도 선명하게 기억할 수 있다. 버스 정거장에서부터 걸어왔다는 이사크는, 코트에도 털모자에도 눈이 쌓여 있었다. 그리고 차가운 바깥 냄새를 풍기고 하얀 숨을 토하면서 에릭과 포옹했다. 그러나 에릭은 누가 봐도 당황한 표정이었다. 옛 친구를 거실 소파에 앉으라고 권하고, 화이트 와인과 향신료가 든 쿠키를 대접하기는 했지만, 재회를 기뻐하는 것처럼 보이지는 않았다. 저녁을 함께하자고 한 것도 소냐였다. 저 먼 서유럽에서 찾아왔다는 남편의 옛 친구라면 대접하는 것이 당연하다고 생각했고, 자신을 만나기 전의 에릭을 아는 사람과 얘기할 수 있는 것도 반가웠다. 에릭은 친구도 별로 없고, 결혼도 늦어서(소냐가 서른여섯 살, 에릭은 쉰두 살 때였다) 부모님은 이미 돌아가셨고, 옛날이야기를 해줄 사람이 그때까지 전혀 없었기 때문이다.

그날 밤 이사크는 명랑했고, 느긋하게 즐기고 있는 듯 보였고, 농담을 하면서 웃고, 소냐가 원하던 대로 옛날 추억을 들려주기도 했다. 서유럽에서 하던 일을 그만두고 오랜만에 돌아온 고향에 한동안 머물 것이라고 했다. 그러니 간간이 놀러오겠다고. 그리고 그는 자기가 말한 대로 했다.

이사크의 시선은 처음부터 감지하고 있었다. 똑바로 쳐다보지 않는다(그는 그렇게 멋없는 짓은 하지 않는다). 에릭과 얘기를 나누면서, 또는 음식을 먹으면서 힐금 이쪽으로 향하는 뜨거운 예찬의 눈길. 소냐는 등으로, 또 머리칼로 그 시선을 느낄 수 있었다. 그러면서도 이사크는 단 둘이 있을 때는 고집스럽게 눈을 마주치려 하지 않았다. 셋이 있을 때에는 말도 많고 명랑하게 굴면서, 소냐를 대할 때는 서툴고 우물쭈물 조심스러워졌다.

"왜 그래요? 이쪽을 똑바로 봐야죠."

그렇게 놀리면서 웃을 수 있어 즐거웠다. 에릭의 아내라는 보호받는 입장에서 안심하고 남자를 놀릴 수 있다는 것이. 그런 기억이 떠올라 소냐는 미소 짓는다. 자신은 아직 아름답다는 것을, 나이를 먹는다는 것이 반드시 여자를 피폐하게 하지는 않는다는 것을, 이사크가 가르쳐주었다.

제자리로 돌아갈 수 없는 지점까지 돌진하는 데는 그리 오랜 시간이 걸리지 않았다. 이사크는 매력적이고 유머 감각이 있고 평소에는 자신만만하면서, 소냐 앞에서는 소년처럼 쑥스러워했다. 게다가 그

큰 몸이 듬직해서.

에릭에게도 어느 정도 책임은 있다. 아내인 자신에게 그렇게 긴 세월 동안 과거를 숨겼다는 걸 알았을 때는 배신당한 기분이었다(그래서 이사크와 관계를 가진 것은 아니다. 그때는 이미 관계를 가진 후였다). 눈앞에 있는 남편이 타인처럼 보여 무서웠고, 비밀을 털어놓을 수 있을 만큼 자신을 신뢰했던 것도 아니라고 생각하니 내장이 뒤틀릴 듯이 고통스러웠다. 반석이라고 믿어 의심하지 않았던 지면이 애당초 아무것도 없는 허공이었다는 걸 알게 된 꼴이었다.

이사크와 둘이 온 집 안을 뒤져 그 서류를 찾아냈을 때, 이사크는 무척 기쁜 표정이었다. 이걸 가지고 있으면 위험하다고, 찾았으니 이제 소냐와 에릭의 안전을 보장할 수 있다고 했다.

소냐는 부르르 몸을 떤다. 너무 춥다. 여행 가방을 닫고, 차를 끓이려고 부엌으로 갔다. 도중에 생각이 바뀌어, 거실 장식장에서 약초주병을 꺼낸다. 소냐 자신은 술을 잘 마시지 않는데, 에릭을 위해 늘 사두는(남편에게 충실했던 과거의 자신이 한 일이다) 술이었다.

"몸을 좀 따끈하게 해야지."

그렇게 소리 내어 중얼거리면서 그 끈끈한 액체를 잔에 따른다. 그러나 소냐가 그 술을 마시는 일은 없었다. 소리 없이 다가온 커다랗고 듬직한 이사크가 등 뒤에서 왼팔로 그녀의 몸을 껴안고(그의 오른손은 소냐의 오른팔 밑으로 파고들어왔다. 부드러운 살이 늘어진 팔뚝으로), 단숨에 목을 그었기 때문이다. 그 순간, 흥미로울 만큼 피가 솟구쳤다. 그 피가 바닥과 러그와 그 주변을 적시는 광경을, 이사크는 물끄러미 쳐다보았다. 소냐에게는 저항할 틈도, 상황을 파악할 여지도 없었다.

"에리—!"

마지막으로 부른 남편 이름조차 끝까지 발음하지 못했다. 어차피 자신이 왜 이런 때 그 이름을 부르는지도 이해 못 했을 것이다.

"어리석은 여자군."

숨이 끊어진 소냐를 바닥에 내던지고 이사크는

휴대전화가 울려서, 계속 읽고 싶은데 어쩔 수 없이 책을 덮었다. 솟구친 피가 눈앞에 선하다. 소냐가 매일 닦았다는 바다와 유리창에 둘러싸인 그 방의 광경도. 액정 화면에 떠 있는 '준준'이라는 글자를 보고 있는데도 머리에서는 그 장면이 사라지지 않았다.

"잘 지내?"

준코는 누구라고 밝히지도 않고 대뜸 물었다.

"어떻게 지내나 싶어서."

"잘 지내지."

미노루는 대답한다. 눈앞은 솟구친 피로 범벅이고. 몸은 아직도 북유럽에 있지만.

"웬일이야?"

묻자, 잠시 후,

"웬일은"

하는 목소리가 들렸다.

"혹시 웬일인지 걱정되면, 안심시켜줄 테지만."

뭐야? 무슨 뜻이지? 당황하고 있으려니,

"만날 수 있어?"

하고 이제야 평소의 준코답게 밝은 ─ 조금은 어리광을 피우는 듯한 ─ 목소리가 들렸다.

"물론 만날 수 있지. 언제가 좋겠어?"

"다음 주는?"

미노루는 좋다고 대답하고, 가게 조사는 맡기겠다고 덧붙이고 ─ 준코는 새로 문을 연 가게, 음식이 맛있는 가게, 편안히 얘기할 수 있는 가게, 분위기가 좋은 가게, 쉽게 예약할 수 없는 가게, 그런 가게들을 정말 잘 알고 있다 ─, 날짜와 시간을 정한 후 전화를 끊었다.

저녁은 생강으로 맛을 낸 돼지고기 볶음이었다. 그리고 물냉이 샐러드와 무 된장국.

"음식 솜씨가 많이 늘었네."

설거지를 하고 있는 유마 뒤에서 아카네가 말했다. 무릎에 덩치 큰 갓난아기를 앉혀놓고.

"간단해."

유마가 대답한다.

"그런가. 나는 영 안 되던데, 요리."

"그건 아카네가 아직 부모님이랑 같이 살기 때문이지. 나처럼 혼자 살아봐, 저절로 늘어."

유마는 어머니를 일찍 여의었고, 아버지가 재혼한 상대와는 성격이 잘 맞지 않았는데, 미혼모가 된 탓에 아버지와도 결별하고 말았다.

"유마는 혼자가 아니잖아. 후지에다 씨도 있고, 라이루도 있고."

아카네는 그렇게 말하고 무릎에서 일어서고 싶어 바동거리는 라이루를 어떻게든 앉히려고 한다. 일어서면 조그만 두 발이 허벅지를 짓눌러 무겁기 때문이다.

"라이루, 침 엄청 흘리네."

"혼자가 아닌 것도 맞지만 혼자인 것도 맞지, 현실적으로 말해서."

거리낌 없는 말투였지만, 아카네는 중학생 때부터 친구인 유마의 목소리에서 외로움을 감지한다. 외로움이나, 그게 아니면 피로감을. 스물두 살에 싱글맘이 되었다. 용기가 필요한 일이었으리라.

"매일 오기는 하지? 후지에다 씨."

"거의 매일. 오늘은 안 오지만."

유마는 그렇게 정정하고, 물을 잠그고 수건에 손을 닦는다. 주전자를 불에 올려놓은 다음, 냉장고를 열어 아카네가 사온 와플 상자를 꺼낸다.

"어느 걸 먹을까나."

뚜껑을 열고, 신난 표정으로 망설이는 모습은 10대 때와 다름없는데, 이 친구가 지금 무릎에 얹혀 있는 묵직한 물체의 엄마라고 생각하자 아카네는 경외심을 느낀다. 학교를 땡땡이치고 '하이킹'이라는 명목으로 둘이 다카오산에 올랐고(등산하는 맛을 들여 다이유산에도 올랐다), 수업 중에 문자를 주고받다 선생님에게 들켜서 나란히 교직원실로 불려갔던 날들이 바로 얼마 전인 것 같은데.

중학교에 한번 들어가면 대학교까지 쭉 올라갈 수 있는 여학교여서, 고등학교도 단기 대학도 같이 다녔다. 졸업한 후, 취직도 하지 않고 부모 슬하를 떠나지도 않은 채 이것저것 배우면서 지낸 아카네와 달리, 유마는 단기 대학 시절부터 적극적으로 아르바이트를 했다. 그리고 그중 한군데였던 패밀리 레스토랑에서 본사에 근무하는 후지에다 씨를 만났고, 졸업과 동시에 또 다른 아르바이트 자리였던 소프트아이스크림 가게 '슈프레 파크'에 정사원으로 고용되었다. 아르바이트를 통해서 애인과 일자리 양쪽을 다 얻은 셈이었지만, 그러다 얼마 후에 임신하는 바람에 더는 일을 계속할 수 없었다. 그래서 마침 배우는 일에도 싫증이 난 아카네가 부탁을 받아 대신 일하게 된 것이다. 그러니 결과적으로 유마는 아카네에게 지금 일자리를 준 은인이라고 할 수 있다.

라이루가 칭얼거리면서 두 발에 힘을 모아 자유를 원했다. 힘이 놀라울 정도다. 아카네는 당황해서 친구에게 아기를 넘겼다. 홍차는 내가 끓일 테니까, 하면서 김이 오르는 주전자 옆으로 간다. 텔레비전에서는 조금 전까지 해양 생물에 대한 다큐멘터리를 하고 있었는데, 언제 시작되었는지 옛날을 배경으로 한 멜로드라마가 흐르고 있다. 70년대 포크송과 80년대 가요, 트로트도 들려왔다.

"얘. 이거 좀 그렇지 않아? 이런 거 라이루에게 들려줬다가 아저씨 같은 아이가 되면 어쩌려고."

그러네, 하면서 유마가 웃고는 채널을 돌렸다.

"일은 잘돼가?"

아카네가 끓인 홍차를 한 모금 마시고 유마가 묻는다.

"그럼, 잘돼가지. 다음에 라이루랑 같이 와. 서비스 잘해줄게."

대답하고는 생각이 나서,

"아, 올해부터 벌꿀 소프트 새로 시작했는데, 내가 말했던가"

하고 말했더니, 유마는 고개를 저었다.

"맛있어. 다른 것보다 조금 비싸지만."

아카네는 원액 공급원이 다르고 유지방이 좀 많다는 설명을 했다.

"흐음, 그렇구나."

유마는 그렇게 대꾸했지만 표정은 시큰둥했다. 아카네는 잘 이해가 안 됐다. 일을 그만두기 전까지 유마는 그 직장을 좋아했다. 사장들과도 사이가 좋았고, 특히 미노루는 유마를 신뢰하면서 여러 가지 일로 의논도 했다. 그런데 라이루가 태어난 뒤로 유마는 그를 피하는 것처럼 보인다.

"어떻게 가. 이제 못 가, 그 가게에는."

유마가 말했다.

"스즈메 씨는 나를 돈을 노리고 달려든 여자라 여기고 있다고. 동생에게서 돈을 뜯어내려고, 아닌 거 뻔히 알면서 인정하라고 한 여자로."

아카네는 할 말이 없다.

"그리고, 사실이 그렇기도 하고."

그렇게 말을 이은 유마는 웃고 있었다. 아주 슬프게.

"하지만 미노루 씨는? 그 사람은 그렇게 생각지 않잖아."

처자식이 있는 후지에다 씨가 끝내 서류에 도장을 찍지 못해 — 책임감 하나 없는 저질이라고 아카네는 생각하지만 — 대신 사장이 도장을 찍었다. 그리고 양육비를 지불하고 있다. 이 집의 집세도 주인의 '가족'이라는 이유로 면제받는다. 그런 사장을 아카네는 엄청 좋은 사람이라고 생각하지만, 유마는 의견이 다른 듯하다.

"그렇게 생각지 않으니까, 그 사람이 한심한 거지."

더는 웃지 않는 얼굴로 그렇게 중얼거렸으니.

기가 막혀서.

휴대전화를 가방에 넣고, 준코는 본의 아니게 느낀 외로움 조각을 서둘러 분노로 전향시킨다. 젊은 아가씨도 아니니까 미노루와의 관계는 어른의 우정일 뿐이라고 해석하고 있다. 하지만, 아무리 그래도 그런 일이 있고난 다음인데 마치 아무 일도 없었던 것처럼 평소와 전혀 다르지 않은 그 태도는 뭐란 말인가. 처음 — 만난 지 30여 년이 지나고 처음으로(!) — 서로의 옷을 벗겼는데.

한숨을 한 번 내쉬고, 이미 닫힌 사옥 정문의 포치 밑에서 보도로 내려간다. 짜증이 나는 건, 자신이 마음 한구석에서 미노루의 연락을 기다리고 있었기 때문이다. 지금까지 그쪽에서 먼저 연락이 온 적은 단 한 번도 없는데. 화가 난다기보다 어이없어하면서 역을 향해 걷기 시작한다. 그러고는 웃고 만다. 참 자신과 미노루답다. 지금이 학생 시절이었다면, 바로 가나코에게 다 털어놓았을 것이다. 그러나 물론 지금은 가슴에 묻는 수밖에 없다. 별일 아니다. 그렇게 생각할 수도 있게 되었다.

후덥지근한 밤이다. 길 건너, 스테이크 전문 레스토랑 앞에 손님이 길게 줄 서 있다. 저런 데 서 있으면 모기에게 물릴 텐데. 준코는 걸음을 재촉한다. 수선집에서 돌아온 하이힐에서 또각또각 경쾌한 소리가 났다.

전화를 끊은 미노루는 바로 침대의자에 비스듬히 누워 다시 책을 읽기 시작했다.

이사크는 그 집에서 나왔다.

비슷한 시간, 오라프는 에릭의 집 사진 몇 장을 지그시 쳐다보고 있었다. 망원렌즈로 찍은 것이고, 어느 사진에나 그 집 현관과 에릭의 아내 소냐 그리고 초로의 남자가 찍혀 있다.

"언제지?"

"금요일입니다."

오라프는 남자 얼굴이 확대된 사진을 집어 들었다.

"그래서, 이 남자가 열차에 탄 게 분명하다는 말인가?"

"닐스가 그렇게 말했습니다. 식당차에서 와인을 마신 놈이라고."

"뭐하는 사람이야?"

"모릅니다. 닐스도 오늘 아침에야 이 사진을 봤는데, 그때는 별 신경 쓰지 않았다고 합니다. 그 후에 바로 에릭이, 그…… 움직이지 않는다는 걸 알고, 그다음에는 팀 전체가 흔적을 없애느라 정신이 없어서."

어떻게 된 일인지 알 수 없었다. 오라프는 사진을 테이블에 내던진다. 스톡홀름 교외에 있는 이 저택으로 조야를 데리고 온 후로 매사그쪽이 앞지르고 있다.

계획은 단순했다. 열차에서 그런 일이 벌어지기 전까지는 모든 일이 잘 돌아가고 있었다. 오라프에게 사람을 죽일 생각 따위는 없었다. 이미 소비에트 시대는 지났으니까. 증거만 회수하면 충분했다. 조야를 미끼로 압박을 가하자 에릭은 겁을 먹었다. 그리고 술술 털어놓았다. 모든 것을 포기한다는 것에도 동의했다. 그런데 어떻게 된일인지 증거는 사라졌고, 게다가 누구 손엔가 죽고 말았다. 그것도우리 코앞에서.

"이놈 대체 누구야?"

오래도록 느끼지 못했던 분노에 지금까지 낮게 깔려 있던 오라프의 목소리가 약간 높아졌다.

"에릭 마누라를 잡아와. 이놈이 누구인지 실토하게 하라고. 필요하면 고문을 가해도 좋아."

오라프는 그렇게 명령하고, 창밖으로 눈길을 돌린다. 부하 두 명이 등을 웅크리고 벌벌 떨면서 무료하게 담배를 피우고 있다. 불현듯 피로감이 느껴졌다. 별것 아닌 임무다. 개인적으로는 정치가의 스캔들 따위에 관심이 없다. 그러나 눈앞에서 사냥감을 가로채일 수는 없었다. 우리가 임무를 수행하지 못하는 일은 절대 있어서는 안 된다. 오라프는 그놈이 누가 되었든 용서할 마음이 없었다.

부하 두 명이 각자 담배꽁초를 내던지고 구둣발로 짓뭉갰다. 오후의 엷은 햇살이 헐벗은 겨울 정원을 적막하게 채색했다. 빨리 일을 끝내고 돌아가고 싶었다. 소리 없이 내리는 청결한 눈이 모든 추악한 것을 덮어버리는 러시아로.

9

일요일, 나기사는 딸의 학원 가방에 수를 놓으면서 — 무늬는 짐차를 끄는 당나귀와 짐차에 묶여 있는 풍선 여러 개 —, 옆에 앉은 남편이 보는 텔레비전에서 나오는 소리를 무심히 듣고 있다. 보고 있다고 할 정도는 아니다. 창밖 공기가 아른아른하게 보인다. 아마도 너무 더워서 그러리라. 창가에는 달리아 화분이 놓여 있고, 베란다에는 딸아이 수영복이 널려 있다. 점심에 소면을 먹었는데, 반찬으로 준비한 가지 튀김 소스의 기름을 머금은 짙은 냄새가 아직도 거실에 떠다니고 있다. 문득 나기사는, 이 순간은 두 번 다시 돌아오지 않지, 하는 감상에 젖는다. 어디 하나 특별하지도 않고 어느 가정에나 있을 수 있는 한 장면이고 시간이지만, 확실하게 지나가고 두 번 다시 돌아오지 않는다.

"여보."

바닥에 정좌하고 텔레비전을 보던 남편이 돌아본다. 나기사보다 두 살 아래인 남편은 제 나이보다 훨씬 동안이라 젊어 보인다. 탄산음료 로고가 찍힌 티셔츠에 허리를 끈으로 묶는 회색 트레이닝 바지. 거뭇거뭇한 머리는 휴일이면 늘 그렇듯 헝클어진 채이다.

"아무것도 아니야."

나기사는 말하고, 손에 쥔 천으로 시선을 떨군다. 남편은 이상해하는 기색도 없이 다시 텔레비전으로 고개를 돌렸다. 중년 여자 탤런트 세 명이 온천을 여행하는 프로그램으로. 나기사는 결혼할 때까지는 텔레비전이라는 것을 그다지 본 적이 없었다. 부모님이 엄격해서, 어렸을 때는 좋아하는 프로그램을 일주일에 두 번밖에 볼 수 없었고, 고등학교에 진학할 무렵에는 그 두 번마저 보지 않았다. 혼자 살기 시작하고는 일과 연애와 육아로 너무 바빠서 텔레비전을 볼 여유 따위는 없었다. 그리고 솔직하게 말하면, 텔레비전을 장시간 보는 인간은 한가하고 고독하든지 지성이 없든지(아니면 양쪽 다), 그 어느 쪽이라고 단정하고 내심 경멸했다. 그래서 남편이 쉬는 날이면 종일(평일에도 매일 아침, 매일 밤) 텔레비전을 보자 처음에는 몹시 당황했다. 하지만 지금은 그것도 어떤 유의 친절함이라고 느끼게 되었다. 적어도 책만 보고 있는 것보다는 훨씬 낫다. 텔레비전은 남편이 지금 뭘 보는지 알 수 있고, 같이 볼 수도 있다.

"방에 저런 욕실이 딸려 있네"

하고 말할 수도 있고,

"저 여자, 배우야? 아니면 옛날 아이돌 가수나, 뭐 그런 거?"

하고 물을 수도 있다. 아마 '공유'의 문제이리라. 텔레비전을 보는 남편은 지금 여기 있다고 느낄 수 있지만, 책만 읽는 미노루는 옆에 있어도 없는 것처럼 느껴졌다. 나기사를 혼자 내버려두고 늘 저 혼자만 다른 장소로 가버린다고밖에.

그래서 나기사는 어떻게 된 일인지 책 읽는 버릇을 물려받은 듯한 하토가 걱정이다. 지금도 옆방에서 다다미 위에 다리를 쭉 뻗고 벽에 등을 기댄 자세로 두꺼운 어린이 책을 읽고 있다. 책에 몰두하는 딸이 나기사에게는 현실을(또는 엄마를?) 거부하고, 자신의 껍데기 안에 틀어박혀 있는 것처럼 보인다. 나기사와 둘이 있을 때 미노루가 그랬던 것처럼.

"하토."

불러보았다.

"하토, 이리 좀 와봐."

그러나 두 번째 부름은 남편의,

"하토, 엄마가 부르는데"

하는 커다랗고 또렷한 목소리에 거의 지워지고 만다. 그리고 하토는 아빠 목소리에 반응하고 책을 덮는다.

"왜?"

덮은 책을 손에 든 채 이리로 온다.

"이 풍선, 무슨 색깔로 하고 싶어?"

나기사는 수놓을 그림을 보여주고, 여러 가지 색깔 실을 가리키면서 묻는다. 하토는 고개를 갸웃하고 실 뭉치를 물끄러미 쳐다보고는,

"핑크?"

하고 말꼬리를 올렸다.

"아니면 갈색"

하고 덧붙인다.

"갈색?"

나기사는 살짝 놀란다. 이미 수놓은 당나귀가 짙은 갈색이고, 짐차는 엷은 갈색이다.

"아무 색깔이나 괜찮아."

하토는 다시 그렇게 말하고 몸을 빙글 돌려 다다미방으로 돌아갔다. 이런 때 나기사는 조금 혼란스럽다. 핑크나 갈색, 아무 색깔이나 좋아. 결국 나기사는 분홍색 실을 골랐다. 짙은 분홍과 엷은 분홍 그리고 더 엷어서 하양에 가까운 분홍을. 여섯 가지 색깔이 섞여 있는 실뭉치는 매끄럽고 색감도 좋다. 나기사는 옛날부터 손에 올려놓았을 때의 감촉과 가볍다고 느껴지는 무게를 좋아했다. 풍선 다섯 개 중에서 세 개는 분홍색으로 한다고 치고, 나머지는 무슨 색으로 할까 잠시 고민하다가, 짙은 초록색과 파랑으로 결정했다. 텔레비전에서는 유카타 차림을 한 여자 탤런트 셋이 술집에서 느긋하게 즐기고 있다. 그 술집은 족욕을 하면서 술을 마실 수 있는 듯했다.

진단명 : 우측 측설치의 반대교합과 하악 전치의 총생.

치료 방법 : 클리어 얼라이너로 피개 개선과 레벨링을 행한다.

장치 : 클리어 얼라이너.

치료 기간 : 약 10개월.

보정 기간 : 6개월 이상.

교정 치료비 : 21만 6천 엔.

처치료 : 1회당 5,400엔 또는 3,240엔.

오타케는 지난주에 치과에서 준 서류를 지그시 쳐다본다. 그 외에도 여러 가지 가능성과 주의 사항이 두 장에 걸쳐 자잘한 글자로 빽빽하게 인쇄되어 있다. 책상 서랍에서 평소 코털을 자를 때 사용하는 조그만 손거울을 꺼내서 입을 옆으로 좍 벌리고 입안을 비춰 본다. 아닌 게 아니라 치열도 고르지 못하고, 오랜 흡연 습관 때문에 어느 이나 다 누렇기도 하다. 야미가 권해서 교정 치료를 받는 것에 동의는 했지만, 자신이 지금 와서 새삼스럽게 — 흰머리도 늘고 노안도 온 지금 — 그런 치료를 받는다니 기분이 묘했다. 게다가 오타케는 교정이란 외모에 신경 쓰는 여자아이들이나 하는 것이란 생각이 강하다. 야미는 "그런 사고는 성차별"이라고 일축했지만.

일요일인데 야미는 외출하고 없다. '여자 친구들끼리 런치'를 먹는다는 말에 거짓이 없다는 건 알고 있고(장소가 다이칸야마에 있는 '미미'라는 이름의 중국요리점이라는 것도, 식사 후에는 근처에 있는 옷가게에 몇 군데 들르고 역 옆에 있는 카페에서 차를 마신 다음 헤어져 집에 돌아올 예정이라는 것도 들어서 알고 있다), 외출이 아주 가끔 있는 일이라는 것도 사실로 인정하지만, 그런데도 야미가 없는 집 안이 공허하고 쓸쓸해서 1분 간격으로 자신이 싹 무시당한 듯한 기분이 든다. 여자 친구를 만나려면 자신이 일하는 날 만날 것이지, 하는 생각도 든다. 그러나 자신이 없는 동안 아내가 밖에 나간다고 생각하면 그 역시 불안하다. 그러느니 이렇게 일요일에 자신이 집에서 기다리고 있다는 걸 아는 상태에서 외출하는 편이 좋은 것도 같다.

이제 식사 끝났어?

조금 전에 오타케가 보낸 문자다.

아직. 지금 디저트 먹을 거야. (방긋 웃는 얼굴 마크).

이건 야미가 보낸 문자다. 그 시간이 오후 두 시 1분, 지금은 오후 두 시 40분이니까, 아무리 느긋하게 굴었어도 중국요리점에서는 나왔을 것이다.

쇼핑하는 중인가?

오타케는 그렇게 문자를 찍었다가 한 글자씩 지우고,

마음에 드는 거 찾았어?

하고 찍었다가 또 망설이고는 한 글자씩 지워나간다. 조금 생각하고는 결국,

재미나게 쇼핑해.

그렇게 찍어 보냈다. 야미는 늘 쇼핑을 빨리 끝낸다. 뭘 고를까 이래저래 망설이다가 끝에는 뭐가 뭔지 갈피를 못 잡고, 점원의 말에 더욱 혼란에 빠져 사고가 정지되는 오타케와 달리, 야미는 마음에 드는 옷이 있으면 바로 입어보고, 점원이 뭐라고 하든 말든 관계없이 살지 말지를 그 자리에서 바로 판단한다. 오타케에게 의견을 구하지도 않는다. 피팅룸에서 나오면서 "살래, 어울려" 하고 말하든지 아니면 "안 살래. 안 어울려" 하고 말한다. 그러니까 아마 쇼핑은 금방 끝

날 것이다. 야미의 친구들이 오타케처럼 망설이다 못해 사고 정지 상태에 빠지는 스타일이 아닌 한.

손에 쥐고 있던 휴대전화가 진동했다.

네. (방긋 웃는 얼굴 마크).

이런 회신이 왔다. 아내의 밝은 목소리가 들리고 얼굴까지 보인 듯한 느낌이 들어서 오타케는 미소 짓는다. 휴대전화는 정말 고마운 것이라고 생각했다.

해가 저물자 바람이 살랑살랑 불어 더위가 조금은 누그러졌다. 그래서 미노루는 써놓은 답례 편지 아홉 통을 보내려고 밖에 나갔다. 돌아오는 길에 치카 씨 가게에 들러 저녁을 먹을 생각으로, 돌려주지 않은 플라스틱 용기와 선물 받은 알렉산드리아 포도를 들고 나선다. 여름날 저녁의 냄새가 난다. 무슨 냄새인지 구체적으로는 알 수 없지만, 미노루는 이 냄새를 정겹게 느낀다. 길가에 돋은 잡초에서 올라오는 뭉근한 냄새, 낮 동안 뜨거운 열기에 덥혀진 아스팔트와 콘크리트와 목재, 어느 집 욕실이나 부엌에 떠다니는 기척, 초등학교 체육관 창고, 해충 방지 스프레이, 무성하고 짙푸른 나무들, 부는 바람에 시원해진 공기, 그 모든 것들을 녹여 희석한 듯한 냄새다.

우편함이 있는 골목에서 초등학생 세 명이 킥보드를 타며 놀고 있었다. 편지를 우편함에 넣고 아직 밝은 하늘에서 샛별을 발견한 미노루는, 오늘 밤은 별이 아름다울 거라고 생각했다. 이 계절치고는 드물게 공기가 맑았다.

천체망원경을 가져본 적은 한 번도 없고, 딱히 별자리에 대해 잘 아는 것도 아니지만, 미노루는 옛날부터 별을 좋아해 하늘을 종종 올려다본다. 나기사와 사귈 무렵에는, 오늘처럼 공기가 맑은 날이면 오직 별을 보기 위해 멀리까지 간 적도 있었다(나기사가 운전을 했기 때문에 마음 내키면 언제든 차를 렌트해서 떠났다). 가는 곳은 언제나 닛코의 산속이었다. 지금까지 미노루 인생에서 별이 총총하게 뜬 그곳 밤하늘이 가장 아름다웠다. 그야말로 지상으로 쏟아져 내리겠다 싶을 만큼 무수한 별이 밤하늘에 얼음 알갱이처럼 흩어져서는, 그 하나하나가 차가운 빛을 내며 그저 반짝이고 있었다. 산 위는 여름에도 추웠고, 떨어지는 폭포의 물소리가 구릉구릉 들렸다.

기억을 떠올리자 또 그 밤하늘이 보고 싶어졌다(하지만 미노루는 운전을 하지 못한다). 손목시계를 보니 다섯 시 반이다. 이른 저녁을 먹고 출발해도, 가장 아름다운 깊은 밤의 별을 바라보기에는 시간이 넉넉하다. 셔츠의 가슴 주머니에서 휴대전화를 꺼낸 미노루는 오타케가 보낸 메시지를 띄우고, 문자를 보냈다.

안 돼, 라는 오타케의 회신이 왔다. 매정하다. 외출하고 돌아오는 아내를 데리러 역으로 나갔다가 둘이 슈퍼마켓에 들러 장을 봐야 한단다.

"어린애도 아닌데 그렇게 갑자기 말하면 안 되지. 난 데 없이."

그러나 미노루 생각에, 이런 일은 갑자기 하는 것이 중요하다.

"어른이니까 그럴 수 있는 거지."

그렇게 말하지 않을 수 없다.

"뭐 때문에 어른이 됐겠어"

하고.

"적어도, 별을 보기 위해서는 아니지."

오타케는 그렇게 대답한다.

"왜. 별이 얼마나 예쁜데."

한숨 소리가 들렸다.

"너 말이야, 좀 더 어른이 될 수 없냐. 부탁이다."

미노루에게 그 말은, 나기사를 떠오르게 한다. 부탁할게, 좀 더 어른답게 굴어. 나기사는 수도 없이 그렇게 말했다.

"야미가 전화할지도 모르니까 끊는다."

그리고 오타케는 정말 전화를 끊어버리고 말았다. 미노루는 덩그러니 홀로 남는다. 여름날 해거름의 거리에.

바로 뒤이어 두 번째 충격이 기다리고 있었다. 치카 씨네 가게 문이 닫혀 있었던 것이다. 미노루는 플라스틱 용기를 들고 나오는 것은 잊지 않았지만, 오늘이 일요일이라는 것은 까맣게 잊고 있었다. 일요일은 정기 휴일이다. 정말 운이 없다. 그렇게 생각하는 순간 '더블 쇼크'라는 말이 머리에 떠올라, 미노루는 스스로 놀란다. 미노루 자신은 지금까지 단 한 번도 그런 말을 한 적이 없다. 그러나 그 말에 그리움이 배어 있고, 남자아이들 목소리와 함께 떠올랐으니 아주 오래전, 아마 초등학생이나 중학생이었을 무렵에 반 아이 중 누군가가 한 말이리라. 언제나 '쇼'와 '크' 사이를 길게 늘어뜨려서.

더블 쇼오오크. 더블 쇼오오크. 까맣게 잊고 있던 아득한 말이, 머리 어딘가에 묻혀 있다가 긴 시간을 지나 불쑥 나타난 것이 흥미로워, 미노루는 마음속으로 다시 되뇐다. 더블 쇼오오크. 더블 쇼오오크. 쇼크라면서, 그걸 장난스럽게 발음하는 그 울림의 허망함과 가벼움이 마음에 들어 미노루는 미소 짓는다. 오타케에게 거절당한 충격이 조금은 남아 있었지만, 계획이 좌절된 실망감은 사라지고 없었다. 어차피 불현듯 떠오른 충동이었다.

이왕 여기까지 왔는데, 플라스틱 용기는 그렇다 치고 포도는 상하면 안 되니까 그녀들이 사는 아파트까지 배달하기로 마음먹는다. 산책하기에 더없이 좋은, 상쾌한 여름날 저녁이니까.

사야카는 참 이해할 수 없다. 치카는 혼자 미용실에 가는 걸 꺼린다. '창피하다'고. 그렇다고 이발소에 가는 것도 아니다(그건 '다른 의미에서 더 창피'한 듯하다). 짧았던 머리가 길어지면 귀찮아하면서 목덜미에 닿는 머리만 끙끙거리며 고무줄로 묶고는, 어디로 보나 이상한 머리 모양인데도 태연하다. 그러고는 사야카가 미용실에 데리고 갈 때까지 가만히 기다린다. 문제는 머리가 짧은 치카 쪽이 세미 롱스타일인 사야카보다 자주 머리를 잘라야 한다는 것이다. 그래서 사야카는 늘 필요 이상 미용실에 자주 드나들게 된다. 오늘처럼. 하기야 사야카는 치카와 달라서 미용실을 싫어하지 않는다. 다른 사람이 머리를 손질해주면 기분이 좋다(특히 머리를 감긴 후에 해주는 두피 마사지는 황홀할 정도다). 비용이 좀 들지만 자주 간다고 해서 곤란할 일은 없다. 그보다, 이렇게 치카와 나란히 거울 앞에 앉아 있는 것이 즐겁다. 평소에는 말도 많고 기세등등하면서, 미용사가 말을 걸어도 최소한의 대답밖에 하지 않고 긴장한 표정으로 거울만 노려보는 치카를 보는 게.

"왜 그렇게 잔뜩 인상을 찡그리고 있어? 미인이, 아깝게."

사야카가 그렇게 말하면서 웃어도, 치카는 뚱한 채 대꾸하지 않는다. 일련의 시술이 끝나기를 오직 인내하며 기다릴 뿐이다. 싫은데 목욕을 하게 된 고양이처럼. 사야카는 거울에 비친 둘의 모습을 바라본다. 물론 타인에게 보이고 싶은 꼴은 아니다. 환자복 같은 가운을 입고, 젖은 머리칼 여기저기에 기묘한 각도로 핀이 꽂혀 있고, 너무 밝은 조명 탓에 거칠어진 피부도 눈에 띈다. 하지만 동시에, 사야카는 그런 자신들을 인생을 공유하고 있는 동지라고 실감한다. 오랜 세월을 함께 살았고, 서로를 철저하게 알고 있다는 걸 노화의 정도가 말해준다고 느낀다. 그러니까 자신들은 부부도 자매도 아니지만, 그에 견줄 만큼 가족이라는 사실은 피할 수 없다고.

가벼워진 머리와 한 올 한 올이 건강해진(듯한 기분이 든다) 머리칼로 미용실에서 나와 지하철을 타고 집으로 돌아오자, 치카가 물만두를 만들겠노라고 선언했다.

"이런 날에는 물만두지. 물만두에 맥주."

이런 날이 어떤 날인지 알 수 없었지만, 사야카는 그냥,

"좋네"

하고 반응했다. 치카가 만들어주는 물만두는 맛있다.

"토마토도 넣어, 토마토."

창문을 열어 실내를 환기하면서 희망사항을 전한다. 해거름의 하늘은 파르스름하고, 전깃줄에 참새가 다닥다닥 앉아 있었다. 머리칼이 바람에 흩날리자, 아직도 미용실 냄새가 난다. 인터폰이 울린 것은 그때였다. 치카가 수화기를 들어서 사야카는 그대로 하늘과 참새를 바라보고 있었다. 아직 어두워지려면 시간이 있는데 별 하나가 빛나고 있다. 거뭇거뭇한 그림자처럼 보이는 참새들과 끊임없이 쩍쩍거리며 지저귀는 소리를 사야카는 다소 불길하게 느꼈다. 영락없이 히치콕의 영화가 연상된다.

"어머나, 들어오세요. 잠깐 볼일이 있어서 나갔다가 막 들어왔어요. 다행이네요, 엇갈리지 않아서."

치카의 마지막 말과 함께,

"그럼, 실례하겠습니다"

하는 남자의 목소리가 바로 옆에서 들려, 깜짝 놀라 돌아보니 주인 아저씨가 뒤에 서 있었다.

"도리어 미안하네요. 이런 것까지 받아서."

뒤따라 들어온 치카가 말한다. 미용실에서 느낀 긴장에서 해방되어 평소 말투로 돌아와 있다.

"마침 물만두를 만들려고 했는데. 저녁, 아직이죠? 꼭 드시고 가세요."

사야카는 자신이 아직 인사를 하지 않았다는 것을 알고,

"안녕하세요"

하고 주인에게 말했다.

"참새가, 아주 많아."

치카에게 그렇게 말하고 방충망을 닫는다.

"창문도 닫고 에어컨 켜지 그래. 덥죠? 켤게요."

앞말은 사야카를, 뒷말은 미노루를 향했다.

"그래도, 시원한 바람이 들어오는데"

하고 대답한 사야카의 말은,

"우리 누나 이름이 스즈메입니다. 즉, 참새죠"

하고 말한 주인의 목소리에 거의 가려지고 만다.

"전에 가게에도 데리고 간 적이 있는데, 기억하시는지 모르겠습니다."

주인의 누나라는 사람을 만난 적이 있다는 걸, 사야카는 물론 기억하고 있지만 이름을 들은 적은 없었다. 들었으면 기억했을 텐데, 스즈메라니까. 그런데 치카는,

"그래요, 스즈메 씨! 당연히 기억하고 있죠. 잘 지내고 계세요? 외국에 사시죠?"

하고 능청스럽게 대답했다. 식탁 의자를 끌어내 주인을 앉으라 하고, 마냥 서 있기만 하는 사야카가 답답했는지 제 손으로 창문을 닫고 에어컨을 켠다. 더위가 어떻다느니 날씨가 뭐라느니 주절거리면서 물에 적신 수건을 손님에게 내미는 치카의 모습을 보면서 사야카는 피식 웃었다. 정기 휴일에도 가게 여주인의 태도 그 자체였기 때문이다.

10

모든 것이 악몽 같았다. 역 구내에 오가는 사람들의 흐름, 커피와 페이스트리 냄새, 에릭은 그 평온함과 자신 사이에 메우기 어려운 간격이 있다고 느낀다. 상대가 KGB('전'을 붙여야 한다는 건 알고 있지만, 붙였다 한들 실제로는 자신을 위한 것임을 또한 알고 있다. 본질적으로 그들의 체질은 바뀌지 않고, 그 지휘 계통이 얼마나 확고하고 강력한지, 임무에 있어 한 명 한 명이 — 개인적으로는 충분히 '좋은 놈'이라 할지라도 — 얼마나 냉혹하고 비정해질 수 있는지를 에릭은 잘 알고 있다)여서는 도망칠 수 있는 가능성이 없다. 아이러니한 일이지만, 아내가 자신을 더는 필요로 하지 않는다는 것이 그나마 구원이었다. 과거에서 나타난 망령. 에릭에게 이사크는 그야말로 그런 존재였다. 그 이사크에게 감사할 날이 올 줄은 꿈에도 몰랐고, 지금도 자신이 정말 감사하고 있는지 어떤지는 모르겠지만 그럼에도 아내의 인생에 '새로운 빛'(그렇다, 소냐는 분명하게 그렇게 말했다)을 비춰주었다면 감사할 일이라고 생각한다. 특히 빼도 박도 못하는 궁지에 몰려 있고, 조야를 대신해 지난 15년 동안 쌓아올린 생활 전부를 잃을 수도 있는 지금은.

15년.

자기 자리를 찾아 짐을 선반에 올려놓은 에릭은 한숨을 내쉰다. 스파이가 아니라 일개 시민으로 두려움에 떨면서도 평범한 자유를 향유했던 15년. 소냐의 남편이었으며 술집 피아니스트로 지냈던 나날들.

당신은 줄곧 나를 속였어.

그렇게 말하던 소냐의 상처 입은 표정이 뇌리에서 지워지지 않는다. 그녀를 사랑한 것은 진실이었고, 소냐와 함께한 모든 시간이 에릭의 인생에서 유일하게 '새로운 빛'이었는데.

열차가 역을 떠나 낯익은 거리가 천천히 멀어져간다. 열차에 오르기 전에 매점에서 산 커피는 아직도 뜨겁고 의외로 맛도 좋았지만, 에릭은 자신이 손에 쥐고 있고 실제로 마시고 있는 그 커피와 자신 사이에서 메우기 어려운 간격을 느낀다. 열차도, 창밖 경치도, 커피도, 눈앞에 있고 또 보이는 것들이 현실이라는 실감이 나지 않는다. 마치 자신만 현실 밖에 있는 듯한 이 감각은 전에도 경험한 기억이 있다. 과거, 에릭은 언제나 그 감각 속에서 눈을 뜨고, 그 감각 속에서 잠이 들었다. 그러니 어떤 의미에서는 그립다고도 할 수 있는 감각이다.

KGB 시절, 에릭의 임무는 다른 수많은 스파이들과는 달랐다. 지금은 해체된 소비에트연방이 전 세계에 파견한 다양한 스파이, 반드시 우수하지만도 조국에 충실하지만도 않았던 그들을 감시하는 것,

즉 스파이의 스파이가 에릭에게 주어진 임무였다. 수많은 배신자를 보았으며 때로는 동지의 원한도 샀다. 그러나 에릭 자신은 끝까지 조직에 충실하게 임무를 다했다. 그런데 지금은 쫓기는 신세가 되었다. 앞으로 자신이 모든 것을 상실하리란 것을 에릭은 알고 있었다. 이 열차에 놈들이 적어도 다섯 명, 아니 아마도 일고여덟 명은 타고 있으리란 것도. 그러나 아무도 직접적으로 접촉해오지는 않을 것이다. 아직은.

조야에게 위해를 가할 마음은 없다고 오라프는 말했다. 신뢰할 수 있는 인간으로 보이기는 했지만, 에릭은 그 말을 곧이곧대로 믿을 만큼 녹슬지는 않았다. 그래서 놈들과 거래를 하기 전에, 만에 하나의 사태에 대비해 모나에게 모든 것을 털어놓을 필요가 있었다. 그리고 우스타오세역에서 이 열차에 탈 예정이라는 조야의 연인 ― 모나는 그의 이름이 라스라고 말해주었다. 처자식이 있는 사람이며 에릭보다는 젊지만 조야와는 나이 차가 상당하다는 것도 ― 에게도 얘기하게 될 것이다. 만에 하나 자신이 거래에 응한 후에도 조야가 풀려나지 않으면, 그들이 국가 경찰에 신고할 수 있도록.

4인석 객실 전체 표를 구입했으니, 모나가 기다리는 뮈르달까지 그 남자와 단 둘일 것이라고 예상했다. 그래서 우스타오세역에 도착하기 전에 객실 문이 열렸을 때, 에릭은 그놈들이 마음이 바뀌어 자신의 입을 막으러 온 것이라고만 여겼다. 그런데,

"들어가도 되겠나?"

그렇게 물은 사람은 소냐의 '새로운 빛' 이사크였다.

"어어. 그런데 자네가 어떻게 여길?"

"걱정할 거 없어. 금방 나갈 테니."

친구의 목소리인지 말투인지, 아니면 눈초리인지, 아무튼 뭔가에 에릭은 불안했다. 왜인지는 알 수 없었다. 몹시 불안했다.

"소냐는? 소냐에게 무슨 일이 있는 건 아니겠지?"

일어서려는 순간 배를 걷어차였다. 벽에 머리를 쾅 부딪치면서 다시 좌석에 털퍼덕 주저앉았다. 이어 이사크가 머리칼을 움켜쥐고 머리를 뒤로 젖혔다. 너무 젖혀져 숨이 잘 쉬어지지 않는다.

"걱정 말라잖아. 그녀는 아직 무사해. 하지만 바로 그쪽으로 보내주지."

에릭이 생애에서 마지막으로 본 것은, 선반에 얹혀 있는 자신의 짐이었다.

문이 열려, 아카네는 책을 덮는다. 자신도 모르게 몰두해서 읽었던 탓에 목소리가 잘 나오지 않았다. 짧게 한 번 숨을 들이쉬었다가 내쉬고,

"어서 오세요"

하고 말하고, 이어서,

"안녕 —"

하고 어미를 늘어뜨려 명랑하게 말했다. 들어온 손님이 단골 여학생 4인조였기 때문이다.

"안녕하세요."

"와, 시원하다."

"진짜, 시원하네."

저마다 한 마디씩 하며 들어와 주문하기 전에 의자에 가방을 내려놓는다.

"그래도 잘됐잖아, 아키는 특별반이니까."

"잘되기는, 아니야."

"그거 튀김이니?"

"애는, 그럼 그거는 와타나베?"

늘 그렇지만, 저 아이들의 대화를 아카네는 이해하지 못한다. 그런데도 흐뭇하고 조금은 그리운 풍경이다. 의자에 앉자 동시에 둘이 스마트폰을 꺼낸다.

"나는 벌꿀."

"나도."

"치, 그럼 너는 바닐라로 해."

"왜?"

저 애들에게 나름의 수순이 있다는 것을 아카네는 알고 있다. 신중하게 말을 자르고, 조금은 헤아리고, 조금은 용납하고, 최대한 가볍게. 그렇게 천하태평을 연기한다. 자신들이 있는 곳이면 어디서든.

"아, 카리야다."

"뭐래?"

"에스프레소는?"

"됐어."

"나는 마실까 보다."

늘 그렇듯 테이블 위에서 돈이 오가고, 네 명을 대표해서 둘이 카운터 앞으로 다가온다.

"저기요. 벌꿀 둘하고 초코 믹스 둘, 그리고 에스프레소 하나 부탁해요."

여고생들은 아카네에게는 말을 짧게 잘라 하지 않는다. 다들 공손하고 명쾌하게, 그리고 예의 바르게 주문한다.

소프트아이스크림 네 개를 한 명에게 두 개씩 건네고,

"에스프레소는 나중에 자리로 갖다 줄게요"

하고 말하는데, 하필 하품이 나왔다. 순간적으로 꾹 참았지만, 한 명 — 아이스크림을 나중에 받은 쪽 — 은 눈치챘을지도 모른다.

이 아이들이 돌아가면 자신도 에스프레소를 한 잔 마셔야겠다고 아카네는 생각한다. 안쪽 사무실에 다른 커피 메이커가 있어서 종업원들은 거기 커피만 마셔야 하지만, 오늘은 괜찮을 거라고 생각했다. 어젯밤에 사장이 뜬금없이 불러냈고, 덕분에 네 시간 — 아카네로서는 평소의 절반 — 밖에 자지 못했으니까.

"당신, 어디 있는 거야?"

안나가 걱정스러운 목소리로 물었다.

"어떻게 된 일인데? 라스, 제대로 설명해봐."

뒤에서 울리는 오페라 소리가 들린다. 정원 장면, 라벨이다. 출산을 앞두고 친정에 돌아와 있는 딸이 태교를 위해 듣고 있는 것이리라.

"라스? 대체 어떻게 된 거야?"

집 거실이 떠올랐지만, 아주 멀게 느껴졌다.

"미안해. 일이 복잡하게 돼서, 지금은 자세한 얘기를 할 수 없어."

"뭐야, 대체. 라스, 뭐가 복잡하다는 건데?"

"아무튼 걱정하지 말고. 또 연락하지."

스스로도 확신이 없는 말을 하고 라스는 휴대전화를 닫았다.

라운지 바로 돌아가자, 모나가,

"문제없겠어요?"

하고 물었다.

"그럼요, 물론이죠."

또 확신 없는 대답을 하고 말았다. 모나는 검은 스웨터에 청바지를 입은 꾸밈없는 차림이다. 그리고 그 꾸밈없음이 오히려 생기발랄하고 아름다워 보인다. 생기발랄하고 아름답게, 꼭 조야처럼.

"당신을 의심하는 건 아니지만, 정말 에릭이 죽었나요?"

라스와 모나는 오늘도 경찰서에 다녀왔다. 그쪽에서 부른 것도 아닌데. 함순이라는 늙은 형사는 라스가 탔던 열차를 조사해봤지만 수상한 점은 없었다고 했다. 승무원 전원에게도 확인해봤지만, 열차는 정상적으로 운행되었고 도중에 어떤 문제도 발생하지 않았다고 했단다.

"아니 어떻게, 있을 수 없는 일이잖습니까? 사람이 그렇게 살해당했는데, 아무도 본 사람이 없고 혈흔조차 남아 있지 않다니."

라스는 도무지 알 수 없었다. 그런 일이 있을 수 있는지 없는지도,

경찰이 정말 수사를 했는지 어떤지도.

에릭이 죽었다는 걸 인정하고 싶지 않은 모나의 기분은 이해가 갔다. 모나에게 에릭은, 조야가 무사할 것이라고 약속했다. 반드시 집으로 보내주겠다고.

"조야가 살아 있다는 건 알아요."

모나는 그렇게 말하고, 비장하게도 보이는 미소를 지었다.

"조야는 꼭 돌아올 거예요. 그러니까, 웃어요. 알잖아요? 조야는 언제나 웃고 있었다는 거. 삼촌 장례식 때도 농담하면서, 자기 농담에 자기가 웃었어요. 나도 조야도 삼촌을 무척 좋아했는데."

모나는 미소 지은 채 말했다. 미소 지은 채 눈물을 글썽인다. 코를 빨갛게 물들이고.

라스는 고개를 끄덕였다. 웨이터를 불러 각자의 술을 대신 주문한다. 모나를 외면한 것은 모나가 조야처럼 보였기 때문이다. 그것은 '닮았다' 정도의 문제가 아니라, 지금 여기에 조야와 모나 둘이 동시에 '있는' 것 같고, 그 느낌이 오히려 불길하게 다가왔기 때문이다.

조야가 싱긋 웃었다. 가정부가 들고 온 식사가 피티판나였기 때문이다.

"이거, 엄청 좋아하는데."

가정부에게 그렇게 말한다.

"누군지는 모르지만, 요리해준 사람에게 전해줘요. 그 이상한 생선 요리보다 이쪽이 훨씬 좋다고."

그러나 가정부는 무슨 이유에서인지 대답하지 않는다. 지난번 그 릇을 봉지에 담고, 빨랫감을 다른 봉지에 담기 위해 욕실로 향한다. 그런데도,

"있죠"

하고 부르자 돌아보았다. 가정부는 두 사람인데, 양쪽 다 조야의 어머니 나이쯤으로 보였다. 체력은 자신이 더 좋을 테니 덤벼들어 열 쇠를 빼앗을 수도 있을지 모르지만, 그래서는 에릭을 구할 수 없다.

"오라프를 불러주었으면 하는데. 할 얘기가 있어서."

가정부는 여전히 아무 대답 없이, 표정 하나 달라지지 않은 채 욕 실로 들어갔다.

준코와의 약속을 깜박 잊은 것은 아니었다. 전에 만났던 요요기의 비어가든에서 여섯 시에 만나기로 했으니, 다섯 시에 나가면 충분하 다. 지금은 아직 네 시 42분. 옷을 갈아입거나 특별한 준비만 하지 않 으면 조금 더 책을 읽어도 괜찮겠다고 판단하고, 시계에서 책으로 시 선을 돌린다.

조야는 일어나 그 뒤를 쫓아갔다.

"있잖아요, 그럼 잠깐만이라도 밖에 내보내주면 안 될까요? 절대 도망치지 않는다고 약속할게요. 바깥 공기를 마시고 싶을 뿐이에요. 이 방에서는 날씨가 어떤지도 알 수 없으니까."

"맑았어요"

가정부는 딱 그렇게만 말하고는 조야 옆을 지나 방으로 돌아간다. 봉지 두 개를 들고 문을 연 다음 나가는 그녀 뒤를 조야도 따라가려고 했다. 문틀을 잡고 복도로 얼굴을 내민 순간, 믿을 수 없는 것이 시야에 들어왔다. 권총. 시야에 들어왔다기보다, 눈앞에 들이대졌다.

"얌전히 있으라고. 상황이 달라졌어."

거기 있는 사람은 늘 친절해 보였던 여형사였다. 가정부는 아무 일도 없는 것처럼 복도를 걸어갔다.

"안으로 들어가."

조야는 뒷걸음질을 쳤다. 권총에서 눈을 뗄 수 없다.

"왜……."

"말했잖아. 상황이 달라졌다고."

이상한 소리가 나서 깜짝 놀랐다. 어디서 나는 무슨 소리인지 몰랐는데, 그것은 테이블 위에서 진동하면서 조금씩 움직이는 휴대전화였다. 책을 덮고 확인해보니, 스즈메가 보낸 문자였다.

'지금 스카이프 할 수 있니?'

딱 한 줄. 미노루는 얼른 컴퓨터를 켠다.

종아리에 앉은 모기를, 준코는 찰싹 때렸다. 손바닥에 들러붙은 검은 잔해와 아주 조금이지만 빨간 선혈을, 늘 가지고 다니는 물휴지로 닦는다. 그리고 몸을 구부리고, 역시 늘 가지고 다니는 벌레 약을 발랐다. 정원식 비어가든은 전망도 좋고 맥주도 맛있지만, 모기가 있다.

지난번에도 여기서 만났다. 그때 기억이 떠올라, 준코는 달콤한 기분에 젖는다. 식사가 끝나고 바에 간 것, 지하로 내려가는 그 가게의 어두운 계단에서 미노루가 키스했던 것, 그의 손이 치마 안으로 들어왔던 것, 결국 바에는 들어가지 않고 내려온 계단을 다시 올라가(그때는 손을 맞잡고 있었다), 택시를 타고 호텔로 급히 갔던 것. 그때 절박했던 남녀 사이의 공기는, 생각만 해도 가슴이 벅차오른다. 하지만, 그러고 보니 그날도 미노루는 약속 시간에 늦게 나타났다.

손목시계를 보고서 준코는 한숨을 쉰다. 의논할 게 있다는 부하 직원에게 오늘은 안 된다고 하고서 급하게 회사를 나왔는데. 부하 직원의 의논거리가 두 번째 출산 휴가를 받고 싶다는 얘기가 아니면 좋겠는데, 하고 준코는 생각한다. 물론 출산 휴가는 몇 번이든 인정해야 마땅하고, 그런 이상 웃는 얼굴로 허락할 수밖에 없다. 그러나 일을 해야 하는 현장의 입장에서는.

"아, 이거, 미안. 미안해."

미노루의 동그란 얼굴이 불쑥 나타나, 준코는 왠지 모르게 당황한다. 자신은 이 사람의 살갗을 알아버렸다. 얼마 전까지도 몰랐는데, 지금은 알고 있다.

"막 나오는데 누나 전화가 걸려와서."

미노루는 그렇게 말하고, 건너편 의자에 앉아 한 손을 들어 웨이터를 불렀다.

"전화라고 할 수는 없지. 누나와는 스카이프로 통화하니까."

맥주, 하고 미노루가 웨이터를 향해 말한다. 그런 일이 있기 전과 똑같은 태도를 취하고 싶은데, 그게 어떤 태도였는지 준코는 잘 기억나지 않았다.

"오타케에게 연락할 일도 생겨서 또 허둥지둥하느라."

오타케? 준코는 자신이 어떤 말을 못 들었다는 것을 깨닫는다.

"이번에는 한 달쯤 있으려는 모양이야."

그런 말을 듣고서야 겨우, 미노루의 누나가 귀국한다는 걸 알았다.

"불쑥불쑥 온다니까, 그 사람은 늘."

"누나가 지금 몇 살이지?"

"나보다 네 살 위."

그렇다면 쉰네 살이다. 미노루가 주문한 맥주가 나와 조끼를 들고 건배한다.

"준준은? 어떻게 지냈어?"

똑바로 눈을 보고서 물어, 준코는 확신했다. 이 사람은 전혀 당황하지 않았다. 준코가 지금 그런 것처럼 기억이 아른아른해서 부끄러운 느낌도 없다.

"여전하지, 뭐. 일에 쫓겨서."

그렇게 대답하고, 힘들다는 식으로 웃음 지어 보인다. 그러고는 바로 와르르 쏟아낸다. 현지에 딱 이틀 머문 파리 총알 출장, 자신을 인텔리라고 착각하고 있는 짜증스러운 상사, 두 번째 출산 휴가를 받으려는(그럴지도 모르는) 부하 직원 얘기까지 줄줄이 늘어놓자, 미노루는 몇 번이나 웃었다. 아들 자랑(출장 선물로 사온 에르메스 로퍼를 기꺼이 신어주었다!)과 지난주 시사회에서 본 영화가 무척 좋았다는 얘기까지 더해져, 알고 보니 '당신 없이도 내 인생은 아주 만족스럽습니다' 하고 어필하고 있었다. 물론 그건 거짓말이 아니다. 예를 들어서 출장은 시간이 빠듯했지만 즐거웠고, 파리에 사는 친구들도 만났다. 전 세계에(라고 하면 허풍이지만, 유럽에도 미국에도 그리고 캐나다와 홍콩에도 있다) 친구가 있고, 준코는 그들을 자신의 재산으로 여기고 있다. 멋진 아들이 있다는 것도, 좋은 영화를 본 것도 사실이다.

　그러나. 저녁 바람이 불어오는 비어가든, 얼마 남지 않은 맥주를 들이켠 준코는 자신이 왜 미노루 같은 사람 앞에서 자기 인생의 충족도를 어필해야 하는지 화가 났다.

11

　사야카는 고민한 끝에 옛날에 봤지만 셜리 맥클레인이 귀여웠다
는 것만 기억나는 「당신에게 오늘 밤을」과 비교적 최근 영화인 듯한
「한나 아렌트」를 빌려 대여점에서 나왔다. 마침 옆에 슈퍼마켓이 있
어 DVD를 보면서 먹을 생각으로 전자레인지용 팝콘도 샀다. 맑게
갠 오후의 거리에는 사람이 많다. 조그만 개를 가슴에 안은 남자와
스쳐 지나, 언젠가 시골에 집을 사서 이사하면 개를 키워도 좋겠다고
생각했다. 소형견이 아니라 성장하면 집도 지켜줄 수 있을 만큼 큰,
그러나 산책할 때 끌려 다니다 넘어질 만큼 크지는 않은 중간 정도
크기의 개를.
　현실적으로는 치카가 가게를 접지 않는 한 이주는 할 수 없는데,
치카에게 그럴 마음이 생길 것 같지는 않다. 하지만 지금은 시골로
이사하고 싶다는 욕구가 난감하리만큼 커졌다. 그날 뜻하지 않게 멀

리 다녀온 탓이다.

놀라운 광경이었다. 그렇게 깊은 어둠을, 사야카는 난생처음 체험했다. 자신의 손발이 보이지 않고, 수목의 푸름도 코로만 느낄 수 있었다. 멀리서 흐르는 물소리는 귀로만. 너무 추워서 버들버들 떨었지만, 공기는 맑아 피부도 내장도 안구도 깨끗하게 정화되는 느낌이었다. 그리고 그 현실 같지 않던 밤하늘. 하기야 그날 밤에 생긴 모든 일이, 어딘가 모르게 현실과 동떨어져 있었다.

주인이 그 장소 얘기를 했을 때, 사야카는 물만두를 먹으면서 맥주를 마시고 있었다. 가보고 싶다고 한 것은 그저 인사치레였지, 설마 그런 시간에 정말 가게 될 줄은 꿈에도 몰랐다. 그것도 모르는 사람의 차를 타고. 주인 말로는 그의 소프트아이스크림 가게에서 일하는 아가씨라고 했는데, 그런 밤에(거의 새벽이 되어서야 집에 돌아갔다) 젊은 아가씨를 불러내는 게 아니었는데, 하고 사야카는 지금에야 죄책감이 든다. 그리고, 그러나, 영험하기 이를 데 없는 그 장소에 치카와 자신과 주인과 잘 모르는 아가씨, 그렇게 넷이(정말 이상한 구성이다)서 있었다는 불가사의함을 생각하면, 왠지 기분이 유쾌해졌다. 유쾌하고 자유롭고.

닛코의 산속, 이란 설명밖에 없었던 그 장소에 과연 자신이 한 번 더 가는 일이 있을까. 그런 기회는 다신 없을 듯했다. 지금, 한낮의 거리를 걸으면서 사야카는 자신이 그 짧은 여행을 즐겼다는 것을 인정한다. 정말 이상하고, 정말 즐거운 여행이었다.

"선생님."

정거장에서 버스를 기다리고 있는데, 누가 밝은 목소리로 불렀다. 여학생 두 명이 빛나리만큼 환하게 웃는 얼굴로 — 이 아이들은 딱히 즐거운 일이 없어도 이런 표정이라는 것을 사야카는 알고 있다 — 서 있다. 교복 차림인 걸 보면 동아리 활동을 끝내고 집으로 가는 길인 듯하다.

"어머나. 미카, 이다."

용케 이름이 기억나 다행스럽게 생각하면서 사야카는 말했다. 이 둘은 아마…… 관악부일 것이다.

"연습?"

네, 하고 둘이 나란히 대답한다.

"선생님은요? 쇼핑하셨어요?"

슈퍼마켓의 비닐봉지(팝콘 외에도 계란과 화장솜, 고추냉이 튜브, 리필용 세제 등, 잡다한 것이 들어 있다)로 시선을 떨어뜨리면서 물어, 사야카는 이유도 없이 부끄러워진다. 30년 넘게 선생으로 일하고 있지만 학교가 아닌 장소에서 학생과 마주치는 것에는 아직도 익숙지 않다.

"응, 뭐."

대답하고 나자 할 얘기가 없었다. 버스가 오기를 기다려야 하니, 그럼 학교에서 보자, 하면서 따로 걸어갈 수도 없다.

"그 치마, 예쁘네요."

이다가 말한다.

"파란색이 참 예뻐요."

하고.

"애는, 선생님 언제나 멋쟁이잖아."

다른 한 명 — 이토 미카 — 도 가세해서,

"선생님 자주 입고 오는 리본 달린 블라우스, 빈티지스럽고 짱 머시쪄요"

하고 말했다. '자주 입고 오는'과 '빈티지스럽다'는 그야말로 요것 봐라, 싶은 말이었지만 학생들이 훨씬 사교적이라고 생각하면서,

"머시쪄요, 가 아니라 멋있어요, 지"

하고 사야카는 발음을 정정했다.

벨소리에 문을 열어준 미노루는 웬일로 독서가 아닌 일을 하고 있었다. 요리다. 미노루가 문을 열어주고는 바로 부엌으로 뛰어 돌아갔고, 뭔가를 볶는 냄새와 소리가 나서 오타케는 그렇다는 걸 알았다. 점심을 먹기에는 늦고 저녁 준비라기에는 이른 시간이었지만 자유로운 미노루에게 시간 따위는 별 상관없으리라. 겉옷을 벗자 늘 그렇듯 거실은 냉방이 지나쳐, 야미와 결혼한 후로 온도에 민감해진 오타케는 리모컨을 집어 설정 온도를 4도 올린다.

"뭐 만즈는 거야?"

부엌을 향해 물었는데, '만드는'이 '만즈는'이 되었다. 안 그래도 발음이 매끄럽지 못했는데, 교정기(치과 의사 말로는 '클리어 얼라이너')를 하고 있어 더욱이 그렇다. 특히 '스' 발음과 '드, 트' 발음이 잘 안 된다.

"피티판나."

미노루가 대답한다.

"뭔제, 그게."

'뭔데'도 '뭔제'가 되고 말았다. 가방에서 필요한 것을 꺼내 테이블에 죽 늘어놓는다. 각종 단체에 기부하는 금액을 재고하는 것이 오늘의 과제다. 자료는 이미, 이미 미노루에게 메일로 다 보냈다. 그러나 미노루가 그걸 제대로 봤을 리 없으니, 결국 직접 얼굴을 맞대고 오타케가 구두로 설명하게 된 것이다. 게다가 미노루의 서명이 필요한 계약서와 회신해야 하는 초대장도 몇 가지 있었다. 전자는 문제가 아닌데, 후자에 대해서는 왜 꼭 참석해야 하는지(거의 모든 초대장에 — 미노루의 희망으로 — 불참 의사를 밝혔기 때문이다. 상식 내지 인정의 관점에서 불참하면 안 되겠다 싶은 것만 들고 왔다), 미노루를 설득하는 것도 오타케의 일이다.

"다 됐다."

부엌에서 목소리가 들렸다.

"나는 괜찮나. 점심도 늦게 먹었고, 오늘은 일찍 돌아가서 야미와 저녁 먹을 거니까."

오타케는 그렇게 대답해놓고서도 부엌에 가, 냉장고에서 멋대로 물을 꺼내고는 미노루의 점심(또는 저녁)을 감상한다.

"뭔제, 그게?"

다시 한 번 물었다. 접시에 정체불명의 볶음이 담겨 있고, 그 위에 계란 프라이가 덮여 있다.

"왜 어린애처럼 말하는 거지?"

미노루가 이상하다는 표정을 지었다. 옆에 책이 뒤집혀 있는 것으로 보아 요리하면서도 책을 읽었던 것 같다. 놀랄 일도 아니다.

"이거 때문에."

오타케는 어쩔 수 없이 투명한 플라스틱에 덮인 앞니를 드러내 보인다.

"이걸 하고 있어서 바름이 잘 안 제."

'발음'은 '바름'이 '안 돼'는 '안 제'가 되었다. 미노루는 겁에 질린 표정이다.

"나는 상관 말고 어서 먹어."

오타케는 그렇게 말하고 의자에 앉아 페트병 채로 물을 마셨다.

미노루가 식사를 마치길 기다렸다가 거실로 자리를 옮겨 일을 처리했다. 초대장 네 건 중 두 건은 설득에 성공했다. 겉옷을 입고 안 그래도 무거운 가방을 드는데,

"바로 집에 갈 거면, 이거 야미 씨에게 가져다주지"

하고 미노루가 말했다.

"괜찮으면 이것도."

사과 주스 세 병짜리 세트와 쿠키 세트였다. 언제 와도 미노루 집에는 이런 선물들이 있다. 오타케는 잠시 머뭇거렸지만, 야미가 좋아할 듯한 것들이라 받지 않을 수 없었다.

"오."

대답하고, 두 가지 다 받아 가기로 했다.

"참, 미술관 기획전, 지금 뭐 하는지 알아?"

그렇게 물어와, 미노루가 스즈메 씨를 걱정하고 있다는 걸 알았다. '일본의 눅눅한 여름이 그리워졌다'느니 하면서 불쑥 귀국하곤 하는 바람 같은 누나를.

"아마 그림책 원화전 하고 있을 거야. 거기는 그런 전시가 가장 많으니까."

오타케는 미술관 세무 업무도 맡고 있지만, 전시 내용은 자기 소관이 아니다.

"걱정되면, 가끔 가서 봐도 좋잖아."

그 미술관은 원래 미노루 조부모님이 살던 집으로, 1910년대에 지어진 건물 자체도 상당한 문화재지만 미술품 수집가였던 그분들의 컬렉션(회화, 다기, 졸자, 벽시계 등)에 스즈메가 찍은 사진을 상설 전시하는 것만으로는 관람객이 잘 오지 않아, 어떻게든 관람객을 끌려는 목적으로 기획전을 열고 있다. 그리고 그 기획전의 질에 스즈메는 시시콜콜 말이 많다.

"누나가 고집스러운 건 내 탓이 아니지."

마치 오타케의 머릿속을 읽은 것처럼, 미노루는 앞서 말했다.

"뭐, 그렇긴 하지만."

긍정했지만, 오타케는 잘 이해할 수 없었다. 물론 스즈메 씨가 고집스러운 건 스즈메 씨 책임일 테고, 미노루의 고집 역시 미노루의 책임일 것이다. 그런데 오타케 생각에는, 둘이 서로의 고집스러움을 보호하고 조장하는 듯이 느껴진다. 남매란 모두 그런 것일까. 오타케는 알 수 없다. 자신에게도 여동생이 있지만, 자신과 여동생의 관계는 아주 다른 것 같다. 그러니 누나와 남동생 사이는 오빠와 여동생과는 아예 다른지도 모른다. 오타케는 이 남매의 관계를 옛날부터 도무지 이해할 수 없었다.

미노루의 아파트에서 나오자 오후 여섯 시가 가까웠다. 하늘은 아직 밝다.

오늘 업무 종료.

바로 집에 갑니다.

늘 하던 습관대로 아내에게 문자를 보냈다. 회신이 없을 것은 알고 있었지만.

눈을 떴을 때, 스즈메는 잠깐 자신이 어디 있는지 몰랐다. 스테판의 방이다. 그것을 아는 동시에 기억이 되살아났다. 어젯밤, 오랜만에 섹스를 했다. 정확하게는 잘 모르겠지만, 아마 1년 만일 것이다. 스즈메는 이불 커버(더워서 그랬는지, 커버만 있고 솜은 없다)를 들어 올려 본다. 알몸이었다. 침대에서 나와 마룻바닥에 서서, 두 다리 사이의 위화감을 확인한다.

"스테판!"

동시에 친구의 이름을 불렀지만, 대답은 없었다. 좁아도 햇볕이 잘 드는 공간(복층 아파트의 로프트)은 너저분하지만 주인의 됨됨이와 생활상이 엿보여서, 이 방에 처음 오는 것이 아닌데도 새삼스럽게 기분 좋은 방이라고 스즈메는 생각한다. 커다란 작업대와 조그만 테이블, 반드시 뭔가가 ― 책, 화분, 옷 ― 놓여 있는 의자. 벽에 기대어 있는 대형 거울과 그 앞에 조르륵 진열된 구두.

스즈메는 그 거울 앞까지 어기적어기적(위화감을 느끼면서) 걸어가, 거기에 비친 여자를 바라본다. 멀뚱멀뚱. 그러자 공기가 새어 나가는 것처럼 웃음이 나왔다. 이런 꼴을 하고서도 그런 행위를 할 수 있다니!

욕실에서 샤워를 하고 있는데 노크 소리에 이어 스테판이 얼굴을 들이밀었다. 밖에 나가 뛰고 왔다고 한다. 이 친구의 꽤 관록 있던 배가 떠올라, 스즈메는 미소 지었다.

"아침 같이 먹을 시간은?"

잠시 생각한 후, 스즈메는 없다고 대답한다. 모처럼 기분 좋은 아침인데, 이대로 집에 돌아가고 싶었다.

"알았어."

스테판은 얼굴을 당기고 문을 닫는다. 실망도 안도도 하지 않는, 여느 때의 말투다.

집에 도착할 무렵에는 스테판을 까맣게 잊고 있었다. 한동안 일본에 가 있기로 한 탓에(섹스도 그렇지만 귀국하는 것도 오랜만이다), 할 일이 무척 많았다. 빈 집 관리와 우편물 정리는 전처럼 패트리치아가 맡아주기로 했지만, 그녀도 다음 달에는 휴가를 떠날 예정이라 그동안은 다른 사람에게 부탁해야 한다. 강사로 일하는 사진학교에 다음 학기 수업 개요를 제출해야 하고, 일본의 친구와 지인과 조카에게 줄 '선물'은 사전에 국제 소포로 보내고 싶었다. 자신의 짐과 함께.

하지만, 그 전에 아침을 먹어야 한다. 스즈메는 유쾌하리만치 배가 고팠다. 어젯밤 꽤나 마셨을 텐데, 술기운은 완전히 가신 것처럼 느껴진다. 옷을 갈아입고, 커피를 끓인다. 요구르트를 먹으면서 읽다 만 소설을 펼쳤다. 독일에 사는 이스라엘 작가가 쓴 코끼리와 남자 이야기다. 주인공인 남자는 코끼리에게 밟히고 싶다는 소망을 품고 있지만, 코끼리는 좀처럼 밟아주지 않는다. 뿐만 아니라 사소한 사고 가 있어, 주인공의 아내를 밟아버리고 만다. 아내는 유령이 되어 이 세상에 머무는데 어떻게 된 일인지 남편이 아니라 다른 남자에게 붙 는다. 거기까지 읽고 외출했다.

무릎에 놓인 학원 가방 ─ 당나귀와 풍선이 수놓인 ─ 에는 읽고 있는 책이 들어 있다. 학교 도서실에서 빌린 세 권 중 한 권인데, 『서 쪽 바람이 준 열쇠』라는 제목이다. 그러나 지금 꺼내서 읽을 수는 없 다. 그랬다가는 후지타 ─ 하토 아빠의 성이고, 하토의 지금 성이기 도 하다 ─ 아빠가 언짢아할 것이다. 하토는 후지타 아빠를 언짢게 하고 싶지 않았다. 이렇게 일부러 야구장까지 데려와 하토에게 야구 규칙을 가르쳐주려고 애쓰고 있으니까.
야구장은 ─ 적어도 선수들이 경기를 치르고 있는 초록과 갈색 부 분은 ─ 넓고 예쁘다. 하늘이 많이 보이는 것도 상쾌한데, 관중석은 꽉 차 있고 다른 사람의 얼굴과 행동과 먹는 모습이 고스란히 보여 서 왠지 이상하다. 게다가 맥주 냄새가 심하게 났다. 어른은 야구장 에 오면 다들 맥주를 마시는 걸까. 하토의 양옆에 있는 아빠와 엄마 도 맥주가 든 컵을 들고 있고, 앞줄에 앉은 사람도 뒷줄에 앉은 사람도 들고 있다.

"카운트는?"

후지타 아빠가 물어서, 하토는 전광판을 본다. 파랑, 빨강, 노랑 램프를 어떻게 읽는지는 조금 전에 배웠다.

"투 아웃, 원 볼, 투 스트라이크."

"정답!"

후지타 아빠는 뿌듯한 듯이 웃는다. 하토는 야구에는 관심이 없지만, 후지타 아빠가 응원하는 팀(지금 수비를 하고 있는 빨간 유니폼 쪽)이 이기면 좋겠다고 생각한다. 엄마도 그렇게 생각할 것이다. 장난감 방망이 같은 도구를 들고 흔들면서 때로 소리 내어 응원한다. 그러나 사실은 엄마도 야구에 관심이 없다는 걸 하토는 알고 있다.

"좋아, 이번에는."

후지타 아빠가 말했다. 바람이 없어 후덥지근하다.

"저기는?"

라이트라고 대답한다. 저기는? 일루. 저기는? 이루.

"똑똑하네, 우리 하토."

엄마가 그런 말을 하면서 하토의 어깨를 껴안았다.

후지타 씨와 결혼해도 괜찮으냐고 엄마가 물었을 때, 하토가 처음 떠올린 것은 미노루였다.

"미노루 아빠는?"

물론 그렇게 물어보았다. 앞으로도 미노루는 미노루 아빠고, 지금까지 그랬던 것처럼 만나고 싶을 때 만날 수 있다고 했다.

"그럼 됐어."

하토는 그렇게 대답했다. 그리고 얼마 후, 후지타 아빠에게 고맙다는 말을 들었던 것까지 하토는 기억하고 있다. 엄마와 결혼하게 해줘서, 내 가족이 돼줘서 고마워, 하고. 교회에서 올린 결혼식에는 미노루 아빠도 왔다. 오타케 아저씨와 야미 씨도. 그때 하토는 자신이 미노루 아빠에게 심한 짓을 한 것만 같은 기분이 들었다. 뭐랄까, 아빠를 불쌍하게 만드는 짓을. 전에는 셋이 가족처럼 지냈는데, 엄마와 하토만 다른 사람과 가족이 되었으니까. 그리고 지금은 이렇게 야구를 구경하고 있다. 집에서 만들어 온 주먹밥을 먹으면서.

후지타 아빠가 응원하는 ― 하토와 셋이 ― 팀에게 좋은 일이 생겼는지, 갑자기 사방에 있는 사람들이 벌떡 일어났다. 장난감 방망이를 열심히 마주 두드리면서(앞 좌석 등받이를 두들기는 사람도 있다) 환성을 지르고 서로 껴안고, 엄청 시끄럽다. 달리 뭘 하면 좋을지 몰라 하토도 일어서본다.

"점수 났어?"

그렇게 물어보았지만, 그 목소리는 장내의 시끌시끌한 소리에 삼켜져 후지타 아빠에게도 엄마에게도 들리지 않았다.

12

오라프는 믿을 수가 없었다. 두 번째 시체. 또 누군가가 앞서고 말았다. 보고에 따르면, 에릭의 아내는 에릭처럼 목이 그었고, 눈을 부릅뜬 채 거실에 쓰러져 있었다고 한다. 벽은 물론 천장까지 핏방울이 튀었고, 러그는 엄청난 피로 완전히 색이 변해 있었던 듯하다. 화가 치미는 것은 또 그 뒷수습을 해야 했다는 점이다. 지금 경찰이 개입하게 할 수는 없었다.

이렇게 해서 그 남자의 신원을 알 수 있는 실마리가 사라져버렸다. 썰렁한 겨울 공원을 빠른 걸음으로 걸으면서 ― 이렇게 매일 아침 한 시간 이상 걷는 것은 소비에트연방이 붕괴된 이후 생긴 습관이다 ― 답답한 기분으로 오라프는 생각한다. 사진에 찍힌 그 남자, 닐스가 열차에서 봤다는 그 남자를 어떻게든 찾아내야 했다.

스톡홀름 사람들은 한겨울에도 공원 산책을 좋아하는 듯하다. 팔짱을 끼고 딱 달라붙어 걷는 연인들은 물론, 어린아이를 목말 태운 젊은 아빠와 신문을 옆구리에 낀 까칠한 인상의 노인, 남들은 안중에도 없는지 웃고 떠드는 젊은 아가씨들 — 스쳐 지나간 후에 달짝지근한 껌 냄새가 풍겼다 —, 온갖 사람들이 사방에 있다. 오라프가 걷는 이유는 뇌에 산소를 원활하게 공급해 사고를 예리하게 하기 위해서지, 즐거움을 얻으려는 목적은 없다. 그리고 오라프는 지금 이 공원에 있는 다른 사람들이 부럽게 느껴졌다. 스스로도 놀라운 일이지만. 물처럼 엷은 햇살과 마른 잔디, 딱딱하고 울퉁불퉁한 지면, 얼음 낀 연못, 그런 것들을 그저 있는 그대로 보고 음미하면서도 음미하고 있다는 자각조차 아마도 없을 사람들.

저택으로 돌아가자, 현관홀에서 마리에가 기다리고 있었다. 오라프를 보더니 앉아 있던 나무 상자에서 일어나 — 그 상자에는 하키 스틱과 낚시 도구가 들어 있다는 걸 오라프는 알고 있다 — 날선 목소리로 묻는다.

"우리, 여기서 대체 뭐하는 거지?"

시체 두 구, 두 번째 뒷수습. 마리에가 폭발 직전이라는 것은 알고도 남는다.

"이제 보초는 서고 싶지 않아. 에릭이 사라진 이상, 그 인질은 아무 가치가 없잖아?"

"실내는 금연일 텐데."

마리에의 손을 내려다보면서 말하자, 그녀는 도전적으로 오라프를 힐금 쳐다보고는 문을 획 열어 담배를 쥔 손만 문 밖으로 내밀었

149

다. 오라프는 한쪽 눈썹을 치켜 올린다. 허, 이 여자는 꼭 어린애 같다. 어이없기보다는 피곤함을 느끼고 오라프는 거실로 들어가 코트를 벗었다. 그리고 가정부에게 홍차를 끓여달라고 부탁한다. 잼도 잊지 말고, 하면서.

"하루빨리 여기서 철수하고 노르웨이로 돌아가야 한다고. 누가 한 짓이었든 살인이 두 건 다 거기서 발생했고, 민간인이 된 다음의 에릭 인생 역시 거기 있으니까."

뒤따라 온 마리에는 이가 들끓어 스트레스를 받는 와중에 월경 증후군에 시달리는 개처럼 짖는다.

"그런 건, 나도 알고 있어."

그렇게 대답하면서 컴퓨터를 켠 것은 크렘린에서 온 지시나 부하들의 보고를 확인하기 위해서가 아니라, 가족들이 보낸 개인적인 메일을 확인하고 싶어서였다.

"조야를 빨리 처리해야 한다는 것도?"

"물론, 알고 있지."

안타깝게도 개인적인 메일은 새로운 게 없었다. 과거 메일을 다시 한 번 읽는다.

아빠, 잘 지내?

나도 엄마도 잘 있어.

이글리도.

이글리가 또 양말을 먹었어. 전부는 아니고, 절반쯤.

엄마가 별로 한 시간 무시하라고 했는데, 못 그랬어.

이글리가 내 비위를 맞추려고 걸레를 물고 왔잖아.

먹지 않아서 멀쩡한 걸레를.

그래서 칭찬을 해줘야 했어.

그럼 또 봐, 아빠.

엄마가 안부 전해달래.

"다행이네."

마리에가 말한다.

"이제 더는 못 참겠어. 당신은 아무도 죽지 않고 다치지도 않는다
고 했지만, 정작 뚜껑을 열어보니까 온통 피투성이잖아. 우리가 뒷짐
지고 있는 사이에, 바로 우리 코앞에서."

가정부가 가져온 홍차 옆에는 살구 잼이 놓여 있었다. 오라프는 고
맙다고 말하면서 받아들고, 하얀 바탕에 장미가 그려진 찻잔을 눈높
이로 들어 올려 향을 맡았다. 산책한 후에 마시는 진한 홍차는, 평소
같으면 아주 행복한 것이다. 오라프는 홍차 한 잔으로 해결할 수 없
는 고뇌는 없다고 했던 어느 영국 사람의 말을 쓸쓸한 기분으로 떠
올렸다. 마리에가 꼬집어 말하지 않아도, 지금 와서 조야를 살려 보
낼 수는 없었다. 그녀는 영원히 에릭과 함께 도망친 여자로 남아야
한다.

"이런 말은 하고 싶지 않지만, 만약 미르코가 살아 있었다면 당신
처럼 미지근하게 굴지는 않았을 거야."

그러고도 마리에는 뭐라고 또 말했다. 오라프는 홍차에 잼을 떨어뜨리고 젓는다. 달콤한 향이 피어오른다. 만약 미르코가 살아 있다면 인질은 물론 상사에게 이런 투로 말하는 마리에에게도 가차없었을 것이다. 질서, 오라프는 생각한다. 질서는 어디로 가버렸을까. 소비에트연방이 붕괴되고 KGB가 해체되면서 모든 것이 급속하게 변해버렸다. 그러나 변한 것이 세상인지 자신인지 오라프는 알 수 없었다.

"아, 참."

거실에서 나가려던 마리에가 돌아보며 말했다.

"인질이 당신을 만나고 싶다고 하던데. 하고 싶은 얘기가 있다면서."

달콤한 홍차를 삼키고, 알았어, 하고 오라프는 대답한다. 조야를 가장 고통스럽지 않은 방법 ― 조그만 알약 두 개 ― 으로 죽게 할 생각이었다.

질서, 하고 미노루도 생각한다. 오라프도 그렇게 생각하지만, 자신에게도 질서는 중요한 것이기 때문이다. 어렸을 때부터 그랬다. 가령 정리 정돈이나, 필통 속에는 연필이 키 순으로 가지런히 놓여 있어야지 안 그러면 기분이 나빠지는 사소한 일부터, 좀 더 큰 일 ― 예를 들어서 아침이 오면 해가 떠오르고, 밤이 오면 해가 지는 사실에 대한 절대적인 신뢰 ― 에 이르기까지, 미노루에게 질서란 결국 '이러이러하지 않으면 곤란한' 개인적인 욕구인 동시에 '그래야 마땅하다'고 믿는 지표이기도 한데, 만사는 물론 변한다. 어린 시절에는 언제나 옆에 있을 것이라 믿어 의심치 않았던 아버지와 어머니는 돌아가셨고, 살아 있는 스즈메는 멀리 떨어져 있다. 생을 함께하려 했고, 상대도 그랬던 여자는 미노루 곁을 떠났고, 즐거운 일을 언제든 공유할 수 있었던 친구도 미노루보다 아내를 선택했다.

이불 건조기 알림음이 울려서, 미노루는 침실로 갔다. 볕이 잘 드는 침실은 온실 못지않게 더워, 한 걸음 들어서자 위화감에 압도되었다. 그렇구나, 지금은 여름이구나, 하고 새삼스레 인식한다. 스톡홀름의 공원은 겨울이라 썰렁한데. 미노루는 우선 플러그를 뽑고, 구불구불한 곳을 따라 조심해서 코드를 정리한다. 비닐에 덮인 짧은 끈을 비틀어 가운데에서 묶고, 건조기 본체에 수납한다. 자바라식 호스도 시트와 본체에서 분리해 꾹 눌러 접고, 마지막으로 커다랗고 파란 시트를 침대 시트와 이불 사이에서 빼낸 다음 접혀진 선대로 접어 역시 본체에 수납한다. 그 본체를 벽장에 넣으면 일주일에 한 번 하는 이불 건조의 모든 과정이 끝난다. 베개 맡에 놓인 시계를 보니, 세 시 5분이 조금 넘었다. 며칠 전에 또 부고가 날아와, 오늘 밤은 빈소에 조문을 가야 한다(올여름 들어 두 번째 장례식이다). 하지만 나가기 전까지 아직 조금은 책 읽을 시간이 있을 듯했다.

해거름이란 걸 알 수 있는 빛에 눈을 찌푸리면서 치카는 모기향 통을 가게 문 밖에 내놓는다.

"그러니까 구체적으로 어떤 소리라는 거야?"

카운터 끝자리에 앉아 있는 사야카를 향해 물었다.

"그걸 알아야 상상이라도 하지."

사야카는 새초롬하게 고개를 갸웃거리고는, 그건 그렇지만, 하고 말한다.

"그건 그렇지만, 절대로 재현이 불가능한 소리랄까, 목소리야."

"손 씻고, 이거 좀 손질해줘."

그렇게 말한 치카는 껍질콩이 담긴 소쿠리를 카운터에 올려놓고 양하를 얇게 썰기 시작한다. 불린 글루텐과 함께 달짝지근한 식초에 버무려 안주로 내놓을 것이다.

"그래서, 어떤 목소린데?"

아파트 창문을 열어두었는데, 남자아이 둘이 괴수 놀이를 하는 소리가 들렸다고 한다. 그 둘이 내는 의성어가 '정말 엄청났고', '귀엽고 재미있었다'고 하면서 사야카는 "요즘 아이들이 괴수 놀이를 하다니" 하고 감탄했지만, 그 자리에 없었던 치카는 그게 어떤 소리였는지 모르니 재미있다고 맞장구를 칠 수도, 감탄할 수도 없었다.

"알았어."

결심했다는 듯이 사야카는 말하고, 껍질콩을 손질하면서 의자에 앉은 채 자세를 바로 했다.

"흉내는 못 내겠지만, 최대한 설명은 해볼게."

그러고는 정말 '설명'하기 시작했다.

"우선은 말이지, 기본은 '슈'나 '샤'나 '쇼' 같은 소리야. 숨소리와 목소리의 중간이라고 할까, 아마 혀나 입술을 전체적으로 움직이는 소리겠지. 필연적으로 침도 많이 튀지 않을까 싶은데, 그런 소리에다 간혹 괴성이 섞여. 자지러지게 아히— 하거나 끼끼끼끼 하고. 또 보통 말소리도 섞이는데, 그게, 습니다, 합니다 체야. 꽂혔습니다, 엄청난 속도입니다, 무슨 무슨 공격입니다, 그렇게. 그리고 구경꾼들 소리, 하는 지시도 들어가. 누가 누구에게 내리는 지시인지는 잘 모르겠지만, 가, 좀 더 빨리, 그렇게."

치카는 어이가 없어 사야카를 물끄러미 쳐다본다. 양하를 썰던 손도 움직임을 멈추었다.

"그다음에는 말이지, 기계 소리야. 기이이잉하거나 가가가가, 푸슛, 다다다다."

여기가 아닌 어딘가를 보는 듯한 표정으로, 그리고 아마도 그때 기억을 더듬으면서 사야카는 '설명'을 끝낸다. 치카는 묘한 감회에 젖어, 남자아이 둘이 놀고 있는 광경에서 눈을 떼지 못한다. 실제로는 사야카에게서.

"이제 알겠어?"

걱정스러운 표정으로 묻기에,

"응, 잘 알겠어"

하고 대답했다.

"후, 다행이다."

사야카는 웃음 짓는다.

"정말 열심히 놀고 있었어."

그러나 썰어야 할 채소를 다 썰고 난 치카의 기억에 남은 것은 노는 아이들도 아니고 '설명'하는 사야카도 아닌, 창가에서 쫑긋 귀 기울이고 있는 사야카의 모습이었다.

아르바이트생 마미가 출근했을 때, 치카는 갯장어에서 뼈를 발라내고 있었다.

"와, 맛있는 냄새!"

하지만 마미가 그렇게 말한 것은 날 갯장어 냄새 때문이 아니라, 낮부터 계속 끓이고 있는 일본식 비프스튜 — 가다랑어 국물에 볶은 채소와 소고기를 레드 와인과 된장으로 맛을 내 끓인 것 — 냄새 때문일 것이다. 치카는 해마다 여름 한때만 이 요리를 선보인다. 겨울에도 팔라는 단골이 적지 않지만, 치카는 이 진한 맛은 여름에만 어울린다고 확신한다.

"조금 전에 역에서 주인아저씨 만났어요."

거스름돈으로 쓸 동전과 지폐를 금전출납기에 넣으면서 마미가 말한다.

"만났다고 하기는 좀 그렇고, 스쳐 지나가면서 눈인사만 해서 아저씨는 내가 누구인지 모르는 것 같았지만."

마미에게 그는 주인아저씨가 아니지만, 치카와 사야카가 주인(본인이 없는 곳에서)이라고 부르는 탓에 그렇게 기억하고 있는 것이리라.

"그 사람, 미노루 씨야."

치카가 가르쳐준다.

"그럼, 미노루 주인아저씨?"

사야카가 웃음을 터뜨린다.

"그게 아니라."

치카와 사야카의 목소리가 겹쳤다.

"아파트 주인이라서 주인이라는 거야. 그 사람, 지주야. 성은……."

치카가 말을 하다 말고 입을 다물었다. 주인의 성이 뭐였더라.

"음, 그게……."

그의 일가는 이 지역에서 유명하고, 치카와 사야카도 전에는 미노루를 성으로 불렀다. 그가 가게에 처음 드나들 무렵에는. 그런데 기억나지 않는다.

"뭐였더라."

사야카에게 도움을 청했지만,

"나도 지금 생각하고 있는데, 안 나오네"

라는 대답이었다.

"아, 괜찮아요. 내가 뭐 주인아저씨의 성을 꼭 알아야 하는 건 아니니까."

마미가 서둘러 말한다.

"그야 그렇지만, 그래도 짜증나네. 나이를 먹으니까 자꾸 잊어버려서."

치카의 말에 사야카가 동조한 탓에 그다음에는 늙음에 관한 얘기가 한참 이어졌다. 흰머리를 염색해야 하느니 말아야 하느니, 골다공증 예방에는 비타민 D가 좋다느니, 최근에는 노안경을 '리딩 글라스'라고 부른다느니, 언젠가는 이 가게에도 휠체어가 들어올 수 있는 시설을 만들어야 할지도 모른다느니. 절반은 농담이었고, 예로 등장하는 지인들도 모두 치카보다 윗세대 사람들이었다. 하지만, 지금은 아니라도 얼마 후면 그렇게 될 것이라는 확실한 인식은 있으니, 치카는 자기 앞에 닥칠 일이면서도 믿을 수는 없다고밖에 표현할 수 없는 기분이었다.

집으로 돌아온 미노루는 상복을 벗어 걸고, 에어컨을 켠 후에 욕실로 들어갔다. 누나가 준 액체비누로 세수를 하고 몸을 씻고 머리를 감는다. 마지막으로 찬 물을 몇 분 동안 맞는 것은 샤워를 하고 나온 다음 땀을 흘리지 않기 위해 미노루가 고안한 습관으로(땀을 씻어내기 위해 샤워를 하는데, 샤워를 하고 나면 땀을 흘리는 현상은 미노루가 생각하는 인생의 아이러니 중 하나이다), 그렇게 하면 두꺼운 목욕 타월로 몸을 감쌌을 때의 따스함을 보다 행복하게 느낄 수 있다. 나기사가 선물한 잠옷을 입고, 시원한 녹차를 준비한 다음 침대의자에 비스듬히 누워 다시 책을 읽기 시작했다.

"그 여형사가 내게 접근하지 못하도록 해요."

오라프의 얼굴을 보자마자 조야는 말했다. 상당히 화가 난 듯하다.

"일반 시민에게 총을 들이댔다고요. 나는 협력하려고 하는데."

그렇다면 이 아가씨는 아직도 우리를 오슬로 경찰이라고 믿고 있다는 뜻이다.

"미안하게 되었군. 그녀가 좀 성격이 급해서."

재킷 주머니에 손을 넣어 알약의 존재를 확인한다. 오라프는 정말 미안하게 생각하고 있었다. 이런 짓을 하지 않고 일을 마무리할 수 있다면 얼마나 좋을까.

"할 얘기란 게 그것뿐인가?"

잠시 후에 가정부가 샴페인을 들고 오기로 되어 있다. 축하해야겠군, 이라고 말하기로 하자. 임무는 모두 종료되었다, 에릭은 무사하고, 당신도 이제 곧 해방될 것이다, 하고. 이 별장의 와인 셀러에서 가장 고급한 샴페인을 골랐다. 오라프가 이 아가씨에게 해줄 수 있는 일은 그 정도다.

"그게…… 그렇지는 않아요."

조야가 말한다.

"사실은 당신에게 다른 부탁을 하고 싶었어요. 말하기가 좀 어렵지만……."

10분 후, 오라프는 자신이 거머쥔 행운이 믿기지 않았다. 조야가 보여준 휴대전화 속 남자 ─ 조야 말로는 '소울메이트' ─ 는 에릭의 집 앞에서 소냐와 함께 사진 찍힌 남자와 동일 인물로 보인다. 자신들이 혈안이 되어 찾고 있는 남자 ─ 어디 사는 누구인지 전혀 추측할 수 없었던 남자 ─ 의 이름과 신원이 백일하에 드러난 것이다.

오라프는 샴페인을 들고 온 가정부를 돌려보냈다. 조야는 아직 쓸모가 있다.

라스는 일이 어쩌다 이렇게 되었는지 알 수 없었다. 모나는 아직 자고 있다. 한 오라기도 걸치지 않은 모습으로, 옆에서.

혼란스러웠던 거야, 하고 스스로 변명해본다. 방을 따로 잡았는데, 한밤중에 혼자 있고 싶지 않다면서 이쪽으로 온 것은 모나였고, 이제 누구를 믿어야 할지 모르겠다고, 경찰도 신뢰할 수 없다고 하면서 운 사람도 모나였다. 그녀 팔이 자신의 목을 껴안았을 때, 그 감촉의 차가움도 무게도 너무나 조야와 비슷했다. 조야가 아니란 것을 알았지만, 어떤 의미에서는 조야였다. 라스에게 모나라는 존재 자체가 조야의 일부였으니까.

새벽 다섯 시.

싸늘한 여명 속에서, 라스는 눈에 익은 천장을 멍하니 쳐다본다. 이 호텔에서 조야와 몇 번이나 사랑을 나눴던가.

"보고 싶었어."

라운지 바에서 먼저 만난 경우에도, 아니, 레스토랑에서 같이 식사를 한 후에도, 이 방에 단 둘이 있으면 조야는 꼭 그렇게 말하면서 반가움에 빛나는 얼굴을 보여주었다. 가녀린 팔로 라스의 목을 껴안고, "마셔야지" 하고 말했다. "마셔요"도 아니고 "마실 거야"도 "마시고 싶어"도 아닌, "마셔야지"였다. 늘. 라스는 그 목소리를 지금도 똑똑하게 듣는다.

옆에서 모나가 잠자고 있다. 하얀 피부도 곡선을 그리는 볼도, 짧은 속눈썹도 조야와 똑같았다. 라스는 눈을 뗄 수 없다. 떼면 모나도 없어져버릴지 모른다. 소리 없이 내리는 눈 속으로 애당초 없었던 사람처럼 사라져, 뒤에는 자신만 남을지도 모른다.

13

 만나고 싶지 않았지만, 이렇게 — 생활을 고스란히 — 뒷바라지를 해주는 이상, 간간이나마 어떻게 살고 있는지 알리지 않을 수 없다. 유마는 그것을 의무라고 생각한다. 라이루가 건강하게 자라고 있으며 엄마인 자신이 적어도 아이를 방기하거나 학대하지 않는다는 것을 보여줄 필요가 있다.

 수건, 기저귀, 비닐봉지, 봉제 인형, 젖병, 영아용 간식, 영아용 칫솔, 물휴지. 가방에 넣어야 할 것도 많고, 생후 8개월이 된 라이루는 덩치 큰 아기라 꽤 무겁다(지난번 검진에서는 10킬로그램이었다). 거기에다 유모차까지 있다. 아기를 데리고 외출하기는 쉽지 않다.

 부르면 미노루 쪽에서 만나러 온다는 것은 알고 있었다. 라이루가 막 태어났을 때는 자주 오기도 했고, 장을 보러 나갈 수 없는 유마를 대신해서 식료품과 일용품을 사다 주기도 했다. 미노루는 조금도 싫어하지 않았다. 뿐만 아니라 "호적상으로는 내 아들이니까" 하면서 값비싼 아기 용품과 장난감, 그리고 아들이 아니라 유마를 위해서 과일을 — 역시 비싸기로 유명한 가게의 — 잔뜩 보내주기도 했다. 하지만 이번에는 유마 쪽에서 외출하기로 했다. 염치없는 생각일지 모르지만, 가능하면 미노루를 이 집에 들이고 싶지 않았다.

"아저씨에게 잠깐 얼굴 보여주고, 바로 돌아오자."

아직 말을 이해하지 못하는 라이루에게 그렇게 말했다. 라이루의 아버지는 약속한 대로, 평일에는 거의 매일 회사에서 돌아가는 길에 들른다. 라이루 목욕도 시켜주고, 유마를 안아주기도 한다. 그러나 물론 돌아간다. 아내와, 다섯 살짜리 아이가 기다리고 있으니까. 개도. 개의 이름은 스페인 말로 레이나이고, 여왕인지 공주인지, 아무튼 그런 뜻이라고 한다.

라이루가 조금 더 크면, 유마는 일자리를 찾을 생각이다. 언젠가는 스스로 번 돈으로 생계를 꾸리고 싶다. 미노루가 일자리는 소개해주겠다고 했다. 그러니 그 때를 위해서도 미노루와는 좋은 관계를 유지해야 한다.

엘리베이터가 없는 저층 아파트라서, 유모차만 먼저 1층에 내려다 놓고 바로 돌아와 라이루를 들쳐 안았다. 조용하고 청결한 입구 — 미노루가 사는 아파트만큼 호화롭지는 않아도, 여기 역시 고급 아파트에 속한다 — 에서 유모차에 라이루를 태우고, 덥고 눈부신 밖으로 나간다. 유마는 자신을 뻔뻔한 인간이라고 생각했다. 미노루를 이용하고 있고, 앞으로도 더 이용하려고 한다. 하지만 그 일로 자기혐오에 빠질 여유가 없다는 것도 잘 알고 있다. 라이루를 키우기 위해서라면, 뻔뻔한 인간이든 교활한 인간이든 얼마든지 될 생각이었다. 누가 뭐라고 비난하든.

지글지글 타는 태양. 공항에서 한 걸음 밖으로 나오자마자 스즈메는 그렇게 생각했다. 뭐야, 이거. 어렸을 때 여름방학 같네, 하고. 지난번에는 겨울에 귀국했고, 그 전에는 봄이었다. 또 그 전에는 늦가을이었으니, 요 몇 년 동안 별다른 의식은 없었지만 자신이 아무래도 이 나라의 여름을 피해왔던 것 같다고 깨닫는다.

짐은 딱 배낭 하나다. 베를린에서도 매일 쓰는 것이라 여행 짐이라는 느낌은 없다. 부피가 있는 것은 노트북과 카메라뿐, 그 외에는 지갑과 여권, 아주 약간의 화장품과 페이퍼백 두 권이 들어 있을 뿐이다. '이동은 가볍게'가 신조다. 하기야 양쪽에 집이 있으니 가능한 일이기는 하지만.

택시를 타고 행선지를 말한다. 그리운 내 집이다. 그러나 스즈메가 그 오래된 집을 구입한 것은 10년 전쯤이고, 같이 사는 사람이 없으니 추억이라 할 만한 기억이 있는 것도 아니다. 아파트도 맨션도 많이 소유하고 있는데 왜 굳이 그 집을 사고 싶어 하는지 이해할 수 없다고 미노루는 말했지만, 평소 편리한 아파트에 사는 스즈메로서는 일본에 있을 때만이라도 마당이 있는 집에서 지내고 싶었다. 지글지글 타는 태양, 하고 스즈메는 차창 밖으로 흐르는 풍경을 보면서 또 생각한다. 자신의 눈이 아직 이방인의 눈이라는 것을 살짝 의식하면서.

바로 집 앞이 아니라 조금 못 미쳐서 내린다. 걷고 싶었다. 햇볕에 달궈진 아스팔트, 전신주, 우편함. 조그만 공원에는 아무도 없고, 알록달록한 놀이 기구가 마치 전시된 현대미술 조형물처럼 보였다. 넓은 언덕길을 오른다. 오른쪽에는 강. 이 부근에는 규모가 크고 새로운 집이 많다. 노출 콘크리트 공법으로 지은 집도 있고, 하얀 타일을 붙인 집도 있고. 그런 집은 모두 밖에서는 생활상이 엿보이지 않는 구조다. 어쩌다 불쑥 고옥이 출현하면, 부엌문에 달린 우유 함이나 퇴창에 놓인 인형, 차고에 있는 자전거 등으로 사는 사람의 생활상을 상상하게 되는 것과는 대조적이다. 스즈메는 카메라를 들어 사진을 몇 장 찍으면서 걸었다. 울타리를 넘어 밖으로 뻗어 나올 만큼 덩굴이 무성한 집, 주택가 안에 덩그러니 있는 세탁소, 파란 스쿨존 표지.

스즈메의 집은 1950년대에 지어진 정평 있는 고옥이고, 이전 소유자들은 이리저리 덧대듯이 증축과 개축을 거듭했다. 욕실이 좁고 어두운 것이 흠이지만, 현관은 넓고 마당도 있고 부엌 싱크대가 옛날식으로 깊고 네모난 스테인리스이고, 작으나마 툇마루가 있는(툇마루 밑에서 길고양이가 새끼를 낳으면 관리를 맡긴 업자가 투덜거리지만) 등, 좋은 점도 많이 있다. 그중에서도 스즈메가 가장 마음에 드는 것은 형광등이 하나도 없다는 점이다. 스즈메에게 형광등은 학교나 기관 같은 공공장소를 연상케 하는 것이라서, 사적인 공간에 절대 들여놔서는 안 되는 물건이다.

배낭을 내려놓은 스즈메는 우선 집을 이리저리 돌아다니며 점검한다. 관리인이 귀국 날짜에 맞춰 청소를 한 덕분에 청결하기는 했지만,

집 전체가 낯설고, 언짢아하는 것처럼 공기가 정체되어 있었다. 이번에는 한 달 반 머무를 예정인데, 슬슬 장기 체류 — 반년이나 1년 — 를 할 때가 온 것인지도 모르겠다.

온 집 안의 창문을 열고 거실 소파에 앉아 미노루에게 귀국을 알리는 전화를 건다. 어차피 밤에는 만날 테지만, 그래도 도착하면 연락해달라고 해서다. 통화 연결음을 들으면서 테이블에 놓인 꽃병을 바라본다. 잎사귀까지 달린 장미가 한 아름 꽂혀 있다. 그 옆에 놓인 메모를 보지 않아도 세무사 오타케가 보낸 것임을 알 수 있다. 늘 있는 일이다. 그리고 아직 열어보지 않았지만, 냉장고에는 시원한 샴페인과 맥주가, 냉동고에는 스즈메가 좋아하는 레몬 빙수가 들어 있을 것이다. 미노루가 그런 것들을 준비해놓는 것도 늘 있는 일이다.

조야를 만나고 싶다. 경찰서에 있는 동안에도 라스는 그 소망을 부적처럼 여기면서 모나의 얼굴을 보지 않았다. 보면 그 밤이 떠오르기 때문이고, 떠오르면 조야와 모나를 착각하게 될 것 같아서다.

"정말 화가 나네."

밖으로 나오자 모나가 말했다.

"아무튼, 조야는, 지금도, 어딘가에, 반드시, 있다고요."

단어를 하나씩 끊어 발음하면서 정문 계단을 재빨리 내려간다. 이제 완전히 익숙해진 경찰서 계단. 눈을 깨끗하게 치우지 않은 노면이 질척해서 미끄러지기 쉬운데도 아랑곳 않고, 뒤에서 걸어가는 라스를 단박에 멀찍이 떨어뜨리고는 주차장으로 향한다. 그 조그만 뒷모습이 모나 같기도, 조야 같기도 하다.

"어이, 라스."

누군가가 커다란 소리로 불러서 돌아보니, 뚱뚱한 남자가 바삐 다가오고 있었다. 뒤뚱뒤뚱 볼품없는 걸음걸이다. 초로에 대머리, 옷깃에 코듀로이를 덧댄 패딩 재킷. 라스는 걸음을 멈추고 기다렸지만, 모르는 남자였다.

"겨우 찾았군. 이 바람둥이."

남자는 친근하게 어깨를 껴안으면서 말한다. 동시에 소리 내지 마, 하고 속삭이더니 재빨리 한 손에 든 것을 보였다. 나이프도 권총도 아닌, 두 장의 사진을. 한 장에는 조야가 찍혀 있다. 손발이 묶인 채 어딘가의 바닥에 나동그라진 조야가. 그리고 다른 한 장을 보았을 때, 심장이 얼어붙었다. 거실에서 편히 쉬고 있는 아내와 딸이다. 자택의 창문 너머로, 망원렌즈를 사용해 찍은 사진이었다.

"벌써 오슬로에 돌아가 있어야 되는 거 아니었나? 다들 걱정하고 있는데."

남자는 들으란 듯이 큰 소리로 말을 잇는다. 그러고는 작은 소리로, 걸어, 하고 속삭인다. 부인과 딸을 잃고 싶지는 않겠지, 하고.

"걱정할 거 없어. 이래 봬도 입은 무거운 편이니까. 부인에게는 자네가 혼자였다고 말하지. 맹세해."

남자는 라스의 어깨에 팔을 두른 채, 모나의 차를 향해 간다. 뚱뚱한 남자들이 흔히 그러듯, 걸으면서 말하느라 숨을 씩씩거리며. 라스는 아무 생각도 할 수 없었다. 정말 아무것도. 입속은 공포로 가득차고, 뇌의 모든 기능은 정지된 것 같았다. 그저 목각 인형처럼 남자를 따라 걷는다. 고분고분 굴면 가족에게는 손대지 않겠어. 남자는 마지막으로 그렇게 속삭이고는 라스의 어깨에서 팔을 풀었다.

모나는 빨간 복스홀 아스트라 옆에 서서 기다리고 있었다. 말하지 않아도, 그녀의 상처 입은 눈이 하고 싶은 말을 전해왔다. 나와 조야를 포기하는 거네.

"마틴이라고 해."

남자는 허연 숨을 토하면서 웃는 얼굴로 말하고 한 손을 모나에게 내민다. 지친 모습의, 별로 해될 건 없어 보이는 남자.

"모나예요."

모나는 시큰둥하게 악수에 응했다.

"모나, 방해하는 것 같아서 미안한데, 라스는 이제 오슬로로 돌아가야 해. 음, 곧 손자가 태어나거든. 오늘이나 내일이나. 아무튼 곧."

모나가 번쩍 얼굴을 들어 이쪽을 본다. 정말인가요, 하고 묻는 것처럼.

"그래서 말인데, 미안하지만 라스를 데리고 가야겠어. 역에 가서 오슬로행 열차를 태우지 않으면 부인에게 원망을 살 테니 말이지. 내가 그녀와 친분이 좀 두터워서 말이야, 그러니까 안나와……."

마지막 부분은 자신을 향한 메시지라는 것을 라스는 알 수 있었다. 모나의 눈이 뭐라고 말 좀 해보라고 애원하고 있다.

"미안하게 되었어요."

라스는 겨우 그런 말밖에 할

인터폰이 울리고 있다. 미노루는 얼른 책을 덮고 일어나 모니터로 다가갔다. 오늘 유마가 라이루를 데리고 오기로 했다. 잊고 있었던 것은 아니다. 케이크와 수박도 준비해놓았는데 그만 책에 열중하고 말았다. 그래서 짧은 바지 차림으로 문을 열게 되었는데, 유마는 몰라도 라이루는 신경 쓰지 않을 것이다.

"어서 와."

미노루는 말하고, 신발장에서 슬리퍼를 꺼내 가지런히 놓았다.

"오랜만에 뵙네요."

예의 바르게 말하면서 유마는 머리를 꾸벅 숙인다. 뒤로 묶은 탄력 있는 검은 머리, 화장기 없는 얼굴, 눈은 커다랗고 입은 조그맣다. 전부터 그랬지만 작고 굴곡이 없는 몸집에 폴로셔츠를 길이만 늘인 듯한 남색 원피스를 입은 유마는, 미노루가 보기에 아이를 키우기에는 너무 어리다.

"라이루, 깨어 있어요."

보고하는 투로 말하면서 유마는 아기의 양 겨드랑이에 두 손을 넣고 유모차에서 세로로 안아 올렸다. 몸이 축 늘어져, 미노루는 깜짝 놀란다.

"많이 컸는데."

내미는 라이루를 받아 안으면서 말했다. 바로 얼마 전까지만 해도 유마는 무슨 덩어리처럼 가로로 라이루를 안아 미노루에게 안겨주었는데.

"발육 상태가 좋아요."

유마는 그렇게 말하고 유모차를 탁탁 접어 현관 벽에 세워놓는다.

라이루는 묵직했다. 세로로 안고 있는 탓에 미노루의 가슴과 어깨 사이에 뒤통수가 놓였고, 머리카락이 거뭇거뭇 돋은 머리는 축축하고 무척이나 따뜻했다. 게다가 동글동글하다. 라이루는 한쪽 발에 힘을 주고 미노루의 배 언저리를 발판 삼아 위로 몸을 뻗으려 한다.

"소파에 앉혀도 될까?"

묻자, 누가 옆에서 보고 있어야 한다기에 그 역할을 엄마에게 맡기고 미노루는 부엌으로 갔다.

"후지에다 씨는 잘 있어?"

라이루의 아빠에 대해서 묻는다.

"잘 지내요."

이내 짧은 대답이 돌아왔다.

"에어컨, 꺼도 되나요?"

미노루는 물론, 이라고 대답했다. 미안 미안, 아기에게는 너무 춥지, 하고.

어른 둘이 홍차를 마시면서 케이크를 먹는 동안, 라이루는 계속 (절대 얌전하지는 않았지만) 기분이 좋았다. 소파 깊숙이 — 넘어지지 않게 주위를 쿠션으로 막고 — 앉혀두자 왕처럼 당당하고 의젓해 보였다. 앉으면 턱이 겹치는 탓에 더욱 그렇게 보이는지도 모른다. 양손을 갑자기 위아래로 격하게 움직이는가 하면 미노루가 깜짝 놀라리만큼 까르륵 소리 내어 웃기도 한다. 그리고 웃은 다음에는 반드시 눈을 두리번거리면서 무슨 일이 있었던 건지 자기도 모르겠다는 듯한 표정을 지었다.

"아."

불쑥 떠올라 미노루는 휴대전화를 들고 새로운 수신이 없는지를 확인했다. 스즈메가 탄 비행기는 정오가 조금 지나 하네다에 도착할 예정이었는데, 도착이 늦어지는 것일까.

"사장님이 좋은가 보네요."

다 먹은 케이크의 은박지를 포크로 접으면서 유마가 말한다.

"이렇게 기분 좋게 까르륵대는 거, 흔치 않은 일이거든요."

공치사라 해도 기뻐서 미노루는 아기를 안아 올려 바닥에 앉은 자신의 무릎에 올려놓았다. 지난 몇 달 동안, 유마가 자신을 피하고 있다는 기분이 들었다. 아이가 태어나기 전에는 같이 식사도 종종 (때로는 후지에다 씨도 함께) 했고, 유마 쪽에서 연극이나 콘서트를 보러 가자고 한 적도 있었다. 그러고 보니, 준준과 재회한 롯본기의 라이브하우스도 유마를 따라간 곳이었다. 이름은 잊었지만, 중년 여자 가수의 공연이었다. 소프트아이스크림 가게는 (오타케가 꼬집어 말하지 않아도) 취미로 하는 것이나 다름없었고, 미노루는 유마나 아카네를 종업원이라기보다 '도와주는 젊은 친구'라 여기고 있다.

잘 지내요. 유마 소식을 물으면 아카네는 늘 그렇게 대답했다. 최근에는 연락이 잘 없다고 하면, 아이 키우느라 정신없지 않을까요, 라고 대답하곤 했다. 정말 그게 다라면 좋겠지만, 하고 미노루는 생각했다. 성실하고 한결같고 다소 예민한 면이 있는 유마가 미노루는 항상 걱정스러웠다. 처자식 있는 남자의 아이를 낳아 혼자 키우고 있는 지금은 더더욱.

"부모님과는 아직도 소원하게 지내나?"

유마가 환영하지 않을 화제라는 것은 알고 있지만, 묻지 않을 수 없다. 남남인 자신도 안고 있는데, 할머니와 할아버지가 ― 하기야 아기에게 할머니에 해당하는 사람은 유마 아버지의 후처라, 유마도 집을 나온 후로는 거의 만나지 않은 듯하지만, 그래도 ― 이 아이를 안아볼 수 없다는 것은 딱한 일이다. 라이루가 이렇게 귀엽게 자라고 있고, 아기가 아기일 수 있는 기간은 아주 짧은데.

"그렇죠."

딱딱한 목소리였다.

"아마 앞으로도 죽 그럴 테고, 난 그러기를 바라요."

강경한 말투에 미노루는 당황한다.

"미안하네. 괜한 소리를 해서."

라이루는 미노루의 무릎 위에서 일어서려 안간힘을 쓰고 있었다. '아'도 아니고 '오'도 아닌 작은 소리를 내고 팔을 휘두르면서. 짧은 바지를 입고 있어서 라이루의 발바닥 감촉이 피부에 직접 전해진다. 덩치는 커다란데 발바닥은 아주 조그맣다.

호적상으로는 아버지지만, 미노루는 자신을 할아버지 같은 존재라고 생각한다. 나이로 보나 감정적으로나.

"돈은 부족하지 않나?"

묻자, 대답하기 전에 잠시 틈이 있었다. 유마의 얼굴을 본 미노루는 자신이 실언을 한 모양이라고 깨닫는다.

"네. 충분해요. 감사합니다."

유마는 미노루를 보지 않은 채 대답했다. 오래전, 나기사에게 같은 질문을 했다가 오히려 그녀 기분을 거슬렀던 일이 떠오른다. 그런 말밖에 못 해? 나한테 그런 말밖에 못 해주는 거야? 그때 나기사는 그렇게 따졌다. 분노로 일그러진 얼굴로. 미노루로서는 당치 않은 궤변이었다. 당연히 자신은 나기사에게 그 외에도 많은 말을 했으니까.

"그럼 됐고. 혹시 부족하면 사양 말고 말해줘."

유마는 다시 한 번, 감사하다고 말했다.

"지금 읽고 있는 책의 주인공이 곧 손자를 볼 거야."

화제를 바꾼 것은 분위기를 바꾸고 싶어서였다.

"그런데 소비에트연방에 관한 사건에 휘말려서, 태어나는 손자를 무사히 볼 수 있으면 좋겠는데, 좀 위태로운 상황이야."

그러나 유마의 표정을 봐서는 분위기가 바뀌지 않은 듯했다. 그때 하늘의 도움처럼 휴대전화가 울렸다.

"미안. 아마, 스즈메 누나일 거야. 오늘 독일에서 귀국한다고 했거든."

그렇게 양해를 구하고 전화를 받는다. 유마는 말없이 라이루를 받아 안는다. 미노루의 무릎에서 무게가 사라진다.

"나, 왔어."

아니나 다를까, 누나였다. 괜히 그런 건지 모르지만 목소리가 가깝게 느껴진다.

"어서 와. 무사히 도착했어? 늦었는데, 비행기가 늦게 도착한 거야?"

유마가 라이루를 안은 채 부엌으로 접시를 가져가려 한다.

"괜찮으니까, 그냥 놔둬."

불쑥 목소리가 나왔는데, 그런 말을 듣고 되돌아올 여자는 없다는 것을 미노루는 경험상 알고 있다. 스즈메라면 그럴지도 모르지만.

"누가 있는 거야?"

물어서,

"유마와 라이루"

하고 대답하자, 스즈메는 별 관심 없다는 듯이 코웃음을 쳤다.

14

　우윳빛 유리창 너머로 보이는 저녁 하늘과 거실에서 들려오는 야구 중계 소리가 어서 식사 준비를 해야 한다고 알리고 있다. 반찬거리는 벌써 밑 손질을 다 해놓았다. 요리하는 건 고생스럽지 않다. 그런데 나기사는 일어날 마음이 나지 않았다. 조금만 더 여기서 이렇게 있고 싶다고 생각한다. 다다미의 촉감, 창밖과 비슷한 정도의 어둠. 장지문을 꼭 닫아서, 지금 이 방에 자신이 혼자 있다고 느낀다. 장지문 틈새로 거실 불빛이 새어들고, 야구를 중계하는 소리도, 남편이 때로 "좋았어" 하거나 "저런, 저런" 하고 내뱉는 소리도 들려오지만.

　나기사는 흐뭇하게 웃으려 애쓴다. 그래야 한다는 걸 알고 있다. 옆방에 있는 사람은 나기사에게 가장 소중한 둘이고, 둘 다 각각의 방식으로 여름날의 저녁을 즐기고 있으니까. 남편은 목욕을 한 다음이라 비누 냄새를 풍기고 있을 것이다. 부엌에서는 전기밥솥이 갓 지은 하얀 쌀밥 냄새를 풍기리라. 어두운 방에서 다다미 위에 다리를 쭉 뻗고 앉은 채, 나기사는 알고 있었고, 알고 있다는 것이 끔찍하기도 했다. 이것은 그런 순간이다. 많은 사람들이 '흔히 있지만, 무엇과도 바꿀 수 없는'이라고 형용하는 가족의 단란한 순간, 먼 훗날이 되어서야, 잃어버리고 나서야, '그때는 행복했다'고 깨닫는 유의 순간이다. 그런데 왜, 때로 자신은 도망치고 싶어지는 것일까.

나기사는 일어나 우윳빛 유리창을 연다. 전선과 다른 집의 지붕, 그 사이사이로 소복한 녹음이 보인다. 생각하지 말 것. 나기사는 벌써 몇 번이나 마음속으로 되뇐 말을 또 되뇐다. 수많은 놀람, 수많은 위화감, 수많은 답답함. 결혼하면서 나기사의 생활은 완전히 변했지만, 물론 당연한 일이다. 자신이 지금까지 피해왔을 뿐, 세상 사람 모두 — 미노루는 예외로 하고 — 가 그런 일에 일일이 대처하고 있다.

난감한 일(예를 들어서 나기사가 딸에게 금지했던 일을 — 건성 대답, 식사 중에는 물론 종일 보는 텔레비전, 침실이 아닌 곳에서 뒹굴거리며 지내기, 물건 정리하지 않기, 무질서한 간식 섭취 — 남편이 아무렇지 않게 하는 것), 화가 나는 일, 참을 수 없는 일(나기사가 관찰해본 결과, 남편은 나기사가 생각하는 것을 기꺼워하지 않는다. 일상적인 대화 외의 화제, 무슨 주의나 취미, 사상에 관한 화제는 뭐가 되었든 귀찮아한다)은 많고 많지만, 그가 늘 옆에 있어 주기에 그걸 보충하고도 남는다.

모순 — 그렇다면 나는 왜 11일 동안이라는 남편의 여름휴가가 빨리 끝나기를 기다리는 것일까 — 을 미처 모르는 척하면서 나기사는 장지문을 열고 '흔히 있지만 무엇과도 바꿀 수 없는' 순간으로 발을

들여놓는다. 휘황하게 밝고 시끄러운 거실의 식탁 의자에서 하토는
책을 읽고 있었다.

"이기고 있어?"

먼저 남편에게 말을 건네고,

"이제 밥 먹을 거니까 책 그만 읽어"

하고 딸에게 말했다.

"밥 차리는 거, 도와줄래?"

하자, 하토는 순순히 책을 덮고 따라온다.

"낮에 산 폭죽, 밥 먹은 후에 해도 돼?"

그럼, 하고 나기사는 대답한다. 밥 다 먹고 아빠가 보고 있는 야구
중계가 끝나면 다 같이 하자, 하고.

늘 그렇지만, 오랜만에 누나를 만나려니 가슴이 두근거린다. 병맥
주를 제 손으로 따라 마시면서 미노루는 생각한다. 두근거린다는 표
현은 정확하지 않을지도 모른다. 기대하는 동시에 불안한, 오히려 공
포와도 비슷한 이 기분을 뭐라 표현하면 좋을까. 차라리 재회를 미루
고 싶기도 하다. 내일, 아니, 모레, 아니, 역시 오늘 밤, 하지만 지금은
말고 앞으로 한 시간 후. 스즈메가 자신이 잘 아는 그 스즈메와 똑같
을지 어떨지, 약속 시간이 다가오면 다가올수록 걱정스러워졌다.

옛날에 가족끼리 종종 들렀던 오래된 초밥집이나, 얼마 전에 준준
이 가르쳐준 감동적으로 맛있는 샤오룽바오 가게에 데리고 갈까 했
는데, 스즈메는 여기가 좋다고 했다. 외국에서 돌아온 사람을 초밥집

에 데리고 간다는 발상은 지나치게 안이하고, 그렇다고 중국요리집에 데리고 가는 것도 작위적이라는 게 그 이유였는데, 처음부터 여기에 가자고 했으면 보나마나 아무 고민 없이 편리한 곳으로 가려 했다고 투덜거렸을 것이다.

"자요, 안주. 생강 양념에 조린 닭 간."

카운터 안에서 치카가 그렇게 말하고 조그만 접시를 내민다.

"이쪽은 서비스. 지난번의 답례. 무화과와 깨 무침."

서술어 없이 말을 이어나가는 건 치카가 손님을 대할 때 버릇이라고 할까, 특징의 하나이다.

"지난번?"

그 왜, 폭포, 라고 해서 바로 기억났다. 치카와 사야카, 그리고 아카네까지 넷이 밤하늘의 별을 보러 드라이브를 갔다.

"뭐가 그렇게 좋았는지 모르겠지만 사야카가 엄청 감동해서요. 아직도 그 얘기를 해요. 정말 멋졌다느니, 수명이 늘어났다느니."

"수명이라니, 사야카 씨가 그런 말을 할 나이는 아닐 텐데."

미노루는 피식 웃어 보였지만 사실이 어떤지는 잘 모른다. 그 사람은 과연 몇 살일까. 이미 젊지 않은 여성이라는 것은 확실하지만, 아직 일도 하고 있고 때로는 수줍은 많은 소녀처럼 행동하기도 한다.

"게다가 그날은 물만두를 얻어……."

느닷없이 옆에 사람이 앉았다. 물론 스즈메였다.

"어서 오세요."

치카가 곧바로 영업용 목소리로 말한다.

"마미, 여기 물수건."

"잘 왔어. 소리도 없이 들어오네."

미노루가 말은 그렇게 했지만, 사실 아주 스즈메다운 일이었다. 옛날부터 집이 아닌 장소에서는 유난히 존재감이 희미하다고 할까, 있는데도 없는 것처럼 존재할 수 있는 사람이었다.

"맥주?"

묻자 고개를 끄덕이고는,

"덥네, 이 나라는"

하고 불만스러운 듯이 중얼거린다.

"뭐, 여름이니까 그렇지."

대답한 미노루는 반가움이 불끈불끈 솟는 것을 느꼈다. 불끈불끈 솟은 그것은 내장에 침투해 혈관을 타고 온몸을 돈다. 동시에 피부란 피부가 안팎으로 전부 반응한다. 바로 옆에 있는 스즈메의 피부에.

"선물, 벌써 도착했는데 아직 짐을 뜯지 않았으니까, 다음에 가지러 와."

여전히 제멋대로 말한다. 희끗희끗한 단발머리, 색이 바랜 남색 폴로셔츠와 겨자색 면바지(여러 번 빨아 입었는지 편해 보였다) 차림에 끈이 빨간 게타를 신고 있다. 스카이프를 통해서 얼굴은 종종 보았지만, 그럼에도 지금 눈앞에 살아 있는 스즈메가 반가웠다.

"완전한 휴가야?"

맥주잔을 부딪치며 묻자,

"거의 그런 셈이지"

라고 대답한다. 스즈메의 오른쪽 광대뼈 언저리에 돋은 짙은 기미가 눈에 띈다. 전에도 있었을까. 아니면 최근 들어 생긴 것일까. 알 수 없었다. 스즈메는 옛날부터 피부색이 좀 칙칙한 갈색이었다(그래서 피부가 하얘야 진짜 미인, 이라는 속담을 즐겨 말했다).

"얼마 전에 게이코 씨 아버지가 돌아가셔서 장례식에 다녀왔어. 그리고 며칠 전에는 즈시에 사시는 작은할아버지도 돌아가셨고. 이번 여름에는 장례식이 많았어."

스즈메는 "그랬구나"라고만 대답하고는 조의라기보다 체념 섞인 표정을 띤다. 사람은 죽지, 하고 말은 안 했지만 눈으로 전하기에 미노루로서도 동의하지 않을 수 없다. 당연히, 사람은 언젠가는 죽는다.

생선회를 먹고, 차가운 계란찜을 먹었다. 계란찜에는 가지와 풋콩과 누에콩, 그리고 뭔지 모를 반투명한 채소가 들어 있었다. 치카에게 물으니, 토란대라고 가르쳐주었다.

"학교가 재미있어졌어."

그쪽 생활은 어떠냐고 묻자, 스즈메는 그렇게 대답했다. 강사 노릇을 막 시작했을 무렵에는, 가르치는 게 적성에 맞지 않는다고 하면서 등교 거부 강사가 될 것 같다고 하더니, 심경의 변화가 있었나 보다.

"젊은 아이들이 이상하고 흥미로워."

맥주 다음으로 주문한 시원한 정종을 마치 물처럼 꿀꺽꿀꺽 마시면서 말했다(스즈메는 미노루보다 술이 세다).

"어떻게 이상한데?"

물었는데, 스즈메가 갑자기 "있지" 하면서 등을 쫙 펴고는 무언가를 호소하는 눈빛으로 미노루를 보았다. 뭐? 하고 미노루도 눈으로 되묻는다.

"멋대로 내놓지 말라고 해."

스즈메가 작은 소리로 중얼거린다. 안주를 이르는 말이라는 걸 몇 초나 걸려서야 알았다. 마침 은어 튀김이 나온 참이었다. 이 계절이면 치카가 즐겨 하는 요리 중 하나라서 미노루는 맛있다고 생각하는데, 누나에게는 맛이 있고 없고의 문제가 아닌 모양이다. 메뉴판(미노루는 언제나 치카에게 '오늘의 추천 메뉴'를 부탁한다. 이 가게에도 그런 것이 있다)을 달라고 해서 스즈메는 토마토 샐러드와 은대구 된장 구이를 주문했다. 그리고,

"학생마다 이상한 게 달라"

하고 겨우 질문에 대답한다. 그 후 몇 십 분 동안이나 미노루는 스즈메의 학교 얘기를 들었다. 여장을 하고 오는 노먼, 고양이 사진밖에 찍지 않는 에펠린, 자해하는 버릇을 제외하면 무민에 등장하는 리틀 미이처럼 건방지고 귀여운 예시카. 미노루는 그 한 사람 한 사람을 상상할 수 있었고, 누나가 그들을 좋아하고(그런 한편 일정한 거리를 유지하고), 서로 교류하는 모습도 상상할 수 있었지만, 동시에 그런 일들이 현실이 아닌 것처럼 아주 멀게 느껴졌다. 라스와 모나가 등장하는 책 속 같은 거리감을.

미노루는 스즈메가 사는 베를린에 한 번도 가본 적이 없다. 하지만 그들은 현실에 존재한다. 지금 이 순간에도.

"잠깐, 잠깐, 잠깐."

나기사가 베란다로 나가려는 딸과 남편에게 그렇게 말하고, 두 사람의 손발에 모기약을 뿌렸다. 그다음에는 머리에도 칙 뿌린다. 모기는 두피도 찌르고, 두피를 찔리면 가려울 뿐만 아니라 아프기 때문이다. 칙, 하는 소리와 함께 바람이 닿자 남편도 딸도 얼굴을 찡그렸지만 투덜거리지는 않았다. 물 담긴 양동이를 남편 손에 넘긴다. 나기사는 자기 몸에도 모기약을 뿌리고 베란다로 나간다. 하토는 폭죽을 '분류'하고 있다.

"밤인데도 후덥지근하네."

한 손에 캔 맥주를 쥔 남편이 말한다. 아닌 게 아니라 바람 없는 밤이어서 공기에는 한낮의 열기가 남아 있었다. 구석에 있는 에어컨 실외기 주변은 한층 푹푹 찌는데, 하토는 그 실외기를 테이블 삼아 폭죽을 나누고 있다. 매번 그렇다. 우선 무서운 것과 무섭지 않은 것을 나누고, 좋은 것과 좋아하는 것과 귀중한 것을 따로 나눈 다음 터트리지 않아도 될 것을 골라낸다. 왜 그렇게 나누는지 알 것 같기도 하지만, 나기사는 그 분류법을 완벽하게 이해한 적이 없다. 두 가지 항목에 겹치는 것도 있을 테고, 터트리지 않아도 되는 것에 관해서는 그 의미를 알 수가 없다. 좋은 것과 좋아하는 것의 차이도 나기사에게는 수수께끼지만, 아무튼 먼저 '분류'하지 않으면 하토는 불꽃놀이를 시작하지 않는다.

"다 됐다."

하토가 말하자, 남편이 "아빠 건 어느 거야?" 하고 묻는다.

"아무 거나 다 괜찮아. 아빠 좋은 거 해. 그래도 내가 나눠놓은 거 섞지는 마."

작년에도 남편과 딸 사이에 비슷한 대화가 오갔다는 것을 나기사는 기억하고 있다. 미노루 아빠는 이거. 하토가 미노루에게 그렇게 말했던 것도.

셋이 각각 폭죽을 한 개씩 들고 불을 붙이자, 치직, 하고 종이 타는 소리가 나면서 이내 알록달록한 빛이 후드득 떨어진다. 동시에 하얀 연기가 오르고, 화약 냄새가 자욱해졌다. 늘 그렇지만, 하토는 무서운 것에는 손을 대지 않는다. 장소가 베란다라서 할 수 있는 것도 한정되어 있다. 아파트 앞길은 '사유지이므로 음식, 흡연, 폭죽놀이, 집회 등 인근에 폐가 될 수 있는 행위는 금지'이다.

"이게 제일 밝네."

폭죽 하나에 불을 붙이자 하얀 빛이 비처럼 쏟아져 나기사가 그렇게 말했다.

"그거, 슈르슈르"

하고 하토가 가르쳐준다. 자기 식으로 이름을 붙인 것이다. '슈르슈르'는 과연 슈르슈르 하는 소리를 냈다. 마치 힘차게 쏟아지는 것이 빛이 아니라 소리 그 자체인 것처럼.

"연기가 엄청나네."

남편이 말하고, 나기사의 엉덩이를 슬쩍 잡았다.

"잠깐, 이리 와봐."

귓가에 속삭이고, 유리문을 연다. 남편에게 팔이 잡힌 나기사는 실내로 들어가기 전에 아직도 불꽃이 튀고 있는 '슈르슈르'를 얼른 양동이에 떨어뜨렸다. 남편이 원하는 것은 키스였다. 입술에 입술을 꾹 누를 뿐인, 기껏해야 5초 동안의 키스. 유리문은 그냥 열려 있었지만(그래서 나기사는 연기 냄새를 맡아야 했지만), 커튼은 닫혀 있어 하토에게는 보이지 않았을 것이다. 키스가 끝나자 남편은 바로 베란다로 나가 하토에게 뭐라 말을 건네고, 이번에는 연기와 모기가 들어가지 않도록 유리문을 꼭 닫았다. 나기사만 거기에 남겨두고.

간간이 이런 일이 있다. 어린애처럼 성급하고 난폭하게, 그리고 반드시 하토가 있을 때 남편이 나기사의 몸을 더듬고 짧지만 강렬하게 키스하는 일이.

불쾌해하는 심리가 이상하다는 것은 알고 있다. 후지타 — 과거 직장의 후배로 착실한 젊은이라고 생각했던 상대, 나기사의 고독을 달래주고, 하토와 자신을 '책임지겠다'고 말해준 남자 — 는 남편이니까. 오히려 기뻐해야 할 일이다. 만약 몇 년 전, 어린애 눈을 피해가면서 아내에게 키스하는 남편을 봤다(또는 그런 얘기를 들었다)면 부러워했을 테니까.

이런 것 역시 그런 한순간일 것이라고 나기사는 '분류'해본다. 훗날이 되어서야 그때는 행복했다고 깨닫는, 가족이 보내는 일상의 한 장면. 유리문을 열고 나기사는 연기가 뭉글거리는 베란다로 돌아간다. 하토가 언제나 마지막까지 남겨두는 스파클라 폭죽 — 귀중한 것 — 세 개가 실외기 위에 가지런히 따로 놓여 있었다.

미노루가 자기 아파트는 걸어서도 갈 수 있으니 하룻밤 자고 가라고 권했지만 스즈메는 내 집이 편하다면서 돌아가겠다고 했다. 늘 장거리 이동에서 오는 피로감도 시차도 느낀 적이 없다고 호언하는 만큼 잘 먹고 잘 마신 스즈메는, 치카 씨네 가게에 대해서 '안주를 멋대로 내놓는 것만 빼면, 역시 아주 좋은 가게'라고 평했다('역시'라는 말은 자신이 선택한 가게인 만큼, 이라는 뜻이라는 걸 미노루는 알고 있다).

　"성묘도 해야 하고."

　역까지 걸어가면서 스즈메가 말한다.

　"그리고 타이완에도 가야 되고."

　"타이완?"

　놀라서 되묻자, 이쪽에 있는 동안 사진을 찍으러 가고 싶다고 한다.

　"이쪽이라니."

　미노루는 피식 웃는다.

　"마치 옆 동네 말하듯이 하네."

　올려다보니, 달도 별도 없다. 게다가 바람까지 없어 푹푹 쪘다. 역을 10미터쯤 앞두고, 스즈메가 갑자기 걸음을 멈췄다.

　"미노루."

　장난거리가 생각난 어린애 같은 표정으로 말한다. 가로등이 희끗희끗한 머리를 바로 위에서 비추고 있다.

　"슈프레 파크에도 가야지."

　지금? 하고 말할 뻔했는데, 간신히 억눌렀다. 아슬아슬했다. 그렇게 말했으면 누나는 기분이 상했을 것이다. 누나에게는 '갑자기' 함께 뭔가를 할 수 있고 없고가 상대와의 거리를 가늠하는 하나의 잣대였다.

"열쇠, 갖고 있지?"

갖고 있지만 집에 있다고 대답하자, 도움이 안 된다고 면박을 준다.

"유비무환이라고 옛날에 가르쳐줬을 텐데."

그러나 스즈메의 목소리는 밝았다.

"됐어. 가지러 가자."

그렇게 결정하자, 미노루는 그리움이 밀려왔다. 한밤중에 자신들이 소유한 소프트아이스크림 가게에 침입한다. 그 유치함과 은밀함. 스즈메를 만나기 전에 느꼈던 긴장감은 이미 흔적도 없었다. 스즈메는 여전히 스즈메였다. 옛날이랑 똑같다. 그렇게 생각하자, 누나에게 흰머리와 기미가 있다는 게 묘했다. 아니, 자신에게도(누나만큼 많지는 않지만) 그것들이 있다는 게.

"느낌이 좋은데."

캄캄한 아이스크림 가게를 밖에서 들여다보더니 스즈메가 그렇게 말했고, 미노루도 그렇게 생각했다. 두툼하고 반짝거리는 참나무 문하며 위아래로 길쭉한 창문하며, 정면에서 본 외관이 유럽의 조그만 카페 못지않게 세련되고 정취가 있다. 주변이 평범한 주택가라서 그 정취가 다소 해학적이기도 한데, 스즈메가 '느낌이 좋다'고 한 것은 그 해학적인 부분을 가리키는 것이리라.

"도둑이라도 된 기분이다."

문을 열면서 미노루는 말했다. 목소리도 저절로 작아졌다.

한밤의 가게 안은 썰렁하고 낯설었다. 불을 켜자 그 인상이 더욱 강해져 미노루는 조금 전까지의 고양된 기분이 싸하게 식는 것을 느꼈다. 여기 있는 것은 현실 그 자체다.

"여기, 청소 도구함 같은 냄새 안 나니?"

스즈메가 묻는다.

"아마 카운터를 닦아서 그렇지 않을까. 나무와 신주 소재로 된 것은 매일 닦으라고 했으니까."

불 켜진 가게 안에 누나와 단 둘이 있자니 미노루는 갑자기 어색해졌다.

"아이스크림, 만들 수 있어?"

스즈메가 물어서, 못 만든다고 대답한다.

"커피만 내릴 수 있어."

말은 그렇게 했지만, 에스프레소 머신(위에 수건이 덮여 있다)을 어떻게 사용하면 되는지 몰랐다. 아카네에게 사용법을 묻는 문자를 보내고, 라디오 스위치를 찾는다. 해외 방송을 들을 수 있는 인터넷 라디오를 구입해 설치했다는 것은 기억하고 있는데, 뭘 어떻게 해야 소리가 나는지는 기억나지 않는다.

"책을 들고 올 걸 그랬나 봐."

칸막이가 있는 자리에 앉은 스즈메가 따분하다는 듯이 그렇게 말하고, 미노루는 스위치를 찾지 못한 채 침묵 속에서 몇 분이 흘렀다. 다행히 아카네에게서 에스프레소 머신 사용법을 설명하는 친절하고 정중한 문자가 와서 미노루는 안도한다.

15

　6개월 예약이 전부 찼다는 온천 여관에 묵을 기회가 생겼을 때, 같이 갈 상대로 준코 머리에 가장 먼저 떠오른 사람은 미노루였다. 가나코에게 같이 가자고 할까도 싶었지만, 각 방에 테라스와 노천탕이 딸린 그야말로 '은밀한' 장소에는 아무래도 남자와 함께 가는 것이 바람직하다. 미노루와 자신은 피차 독신이고, 그런 일도 한 번 있었으니 동행을 청해도 부자연스럽지는 않을 것이다.

　퇴근 후로 미루면 결심이 흔들릴 것 같아 준코는 점심을 먹으러 나간 길에 전화를 걸기로 했다. 사람들이 잘 오가지 않는 골목에서 걸면 된다. 오늘은 점심시간 끝나고 바로 회의가 있어서 느긋하게 점심을 먹을 수 없다. 최근에 새로 생긴, 수프와 천연효모 빵을 제공하는 카페에 가든지, 옛날부터 있는 조그만 중국집에서 볶음밥을 먹든지. 지상 4층에 있는 사무실은 냉방이 되고 있지만, 창밖은 햇살도 강하고 무척 더울 것 같다. 중국집이라고 판단한 순간, 자신이 아주 배가 고프다는 것을 자각했다.

기내에는 단조로운 비행 소음만 울리고 있다. 남자는 검은 빵과 치즈를 순식간에 해치웠다.

"내가 먹어도 되겠나?"

라스가 기내식에 손도 대지 않은 것을 보고는 남자가 싱글거리며 물었다. 자신들을 주시하는 승객 따위야 없겠지만, 만약 있다 해도 사이좋은 친구로 보이리라. 그러나 라스는 발목에 특수한 고랑을 차고 있고, 어젯밤의 거친 대접 덕분에 온몸이 아프다. 남자는 하라는 대로 말을 잘 들으면 안나와 딸에게는 손대지 않겠다고 장담했지만, 도저히 신뢰할 수 있는 상대가 아니었다. 조그맣고 두꺼운 유리창 너머로 라스는 흐르는 구름을 쳐다본다. 옆에 있는 남자는 물론 지금 상황도 자기 자신도 믿을 수 없었다. 오슬로에서 아내와 둘이 평화롭게 살던 남자, 이제 곧 손자를 보게 될 남자는 정말 자신이었을까. 전생의 기억인 양 멀다.

모나의 부드러운 몸이 뇌리에 어른거린다. 그 역시 믿을 수 없는 일이었다. 자신은 아내도 조야도 배신했다. 라스는 조야의 몸을 떠올리려 했다. 헤아릴 수 없을 만큼 수도 없이 사랑을 나눴던 그 몸을. 그러나 기억 속의 그 몸은 아주 애매하고, 오히려 모나를 닮았다.

모나와의 정사는 물론 사랑에서 비롯된 것은 아니었다. 그날 밤 모나는 "무서워요" 하면서 대놓고 라스에게 격렬히 매달렸다. 행위 중에도 몇 번이나 무섭다는 말을 했다. "언니가 없어질 것 같아서 무서워요" 하고. 그리고 그 말을 할 때마다 공격적으로 굴었다. 마치 라스에게 덤벼드는 것으로 조야를 위기에서 구출하려는 것처럼.

전혀 모르는 남자의 손에 끌려 비행기를 타고 발목에 고랑까지 차고 있는 비상사태 속에서 자신이 떠올리고 있는 것이 최근의 성행위라는 사실에 라스는 묘한 감정을 느낀다.

입국장 로비에서 라스와 남자를 마중한 것은 고급스러운 짙은 남색 코트를 입은 마흔 줄의 남자였다. 키는 그렇게 크지 않은데, 그냥 봐도 군살 하나 없는 단단한 몸집이라는 것을 알 수 있었다.

"오라프라고 하네."

남자는 자신을 그렇게 밝히고 라스를 빤히 쳐다본다. 몹시 지치고 감정 없는 눈초리에 라스는 오싹했다.

"대체."

묻고 싶은 말은 산더미 같았다 대체 왜 자신이 이런 곳으로 끌려왔는지, 조야는 지금 어디에 있는지, 당신은 누구인지. 그러나 오라프는 라스에게 등을 보인 채 출구 쪽으로 걸어가기 시작한다.

"질문은 당신이 하는 게 아니야."

뚱뚱한 남자가 히죽거리며 말했다.

자동문을 나서자 파란 하늘이 펼쳐졌다. 화단에는 새하얀 눈이 남아 있었지만 도로는 완벽하게 제설되어 있다. 바로 앞에 검은 차가 서 있고, 라스는 시키는 대로 그 차의 뒷좌석에 올랐다.

"미리 말해두지. 이성적으로 구는 게 좋을 거야. 그러면 아무 일도 없을 테니."

조수석에 앉은 오라프가 앞을 향한 채 말한다.

"더 이상 불필요한 피는 보고 싶지 않으니까."

열차 안 광경이 되살아났다. 더 이상 불필요한 피는. 그 말은 이 남자가 에릭을 살해했다는 뜻일까.

"왜 에릭을 처리했지?"

그렇게 물어, 라스는 혼란스러워한다.

"무슨 소리. 나는 아무 짓도 하지 않았어."

몸을 앞으로 내미는 순간, 뚱뚱한 남자가 가슴팍을 짓누르고 배를 걷어찼다. 무릎이 위장을 파고들어 라스는 숨을 못 쉬고 신음한다.

"이게 무슨 짓이야."

호흡이 돌아오기를 기다려, 겨우 목소리를 쥐어짜냈다.

"당신들…… 경찰인가?"

이쪽으로 고개를 돌린 오라프는 혐오감에 이글거리는 표정이었다.

"허튼 연극은 그만하지."

라스는 등받이에 몸을 기댄다. 그리고 배를 감싼 채 눈을 감았다. 정말로 목숨이 위험에 처해 있는지도 모른다. 차는 고속도로를 타지 않고 한적한 교외의 길을 달리고 있다.

책에서 고개를 들자 스즈메가 보였다. 얇은 면 소재로 된, 무척이나 편해 보이는 청록색 원피스를 입은 모습으로 소파에 누워 책을 읽고 있다. 미노루 자신은 팔걸이가 있는 의자에 앉아 테이블에 다리를 올려놓고 역시 책을 읽고 있다. 어렸을 때 같다. 어린 시절 여름방학, 미노루는 스즈메와 둘이 이렇게 종일 책을 읽곤 했다. 스즈메가 구입한 이 집은 목조 가옥이라는 점도 마당이 있다는 점도 가구가 중후하고 고풍스럽다는 점도, 옛날에 살았던 집과 비슷하다.

"재미있어?"

스즈메를 이쪽으로 불러오기 위해 미노루는 말한다.

"재밌어."

스즈메는 대답하고, 동시에 한쪽 다리를 들어 보였다. 어렸을 때부터 보아 낯익은 스즈메의 발.

"다행이네. 나도 재밌어."

묻지도 않았는데 미노루는 그렇게 말을 더하고는 책으로 돌아간다. 이런 식으로 때로 말을 나누어 상대의 존재를 확인하면, 서로 다른 장소에 가 있으면서도 같은 장소에 있다는 신기함과 만족감과 행복감이 높아진다.

아주 세련된 저택의 정면 주차 구역에서 내렸다. 현관 앞에서 양복 차림 남자 둘이 담배를 피우고 있다. 라스는 오라프에 이어, 뚱뚱한 남자에게 팔을 잡힌 채 들어갔다.

같은 집 안에 있는 조야는, 라스가 그 먼 길을 끌려왔다는 것을 당연히 알 리 없다. '상황이 달라졌다'는 말 이후로는 대하는 것도 거칠어졌다. 한번은 손발을 묶고 입에는 재갈을 물린 채 바닥에 내굴리고는 그 모습을 사진으로 찍기도 했다. 로프도 재갈도 이내 풀어주기는 했지만, 그들은 이제 형사처럼 굴지 않았다. 했다고 한들 믿지 않았겠지만. 그들의 정체가 무엇이고 목적이 무엇인지, 조야는 더 이상 생각하지 않는다. 그런 것보다는 도망칠 궁리를 해야 한다. 창문 없는 방에 갇혀 있는 데다 문 밖에는 권총을 든 남자와 여자가 어정거리고 있는 이 상황에서 어떻게 하면 도망칠 수 있을지, 도무지 방법이 떠오르지 않았다.

조야는 최대한 몸을 움직이는 것부터 시작한다. 배와 등 근육 운동, 팔굽혀펴기. 어렸을 때 하고는 한 적 없는 거꾸로 서기까지 해보았다. 이렇게 될 줄 알았으면 그들이 친절한 형사로 행세할 때 잡지나 과일이 아니라 운동기구를 넣어달라고 할 걸 그랬다. 무기가 될 수도 있는 아령이라든지.

거리와 집이 그리웠다. 어머니도, 모나도 그리웠다. 산 위에 있는 롯지와 에릭의 피아노, 토비아스의 색소폰, 자신의 생활 전부가 그리웠다. 파란 하늘과 눈과 침엽수림의 냄새와 모퉁이 카페의 도넛과 커피가 그리웠다.

라스를 생각했다. 전에도 곧잘 그랬던 것처럼, 회사에서 일하는 라스와 통근 전철을 탄 라스, 아내가 있는 집에서 편히 쉬고 있는 라스를 상상한다. 조야는 그 어느 장면도 본 적이 없다.

만난 후로 처음, 라스가 멀게 느껴졌다. 이름만 겨우 아는 타인일 뿐, 서로를 바라본 것도 믿은 것도 사랑을 나눈 것도 모두 환영인 것처럼.

그때 총성이 울려, 조야는 움찔했다. 딱 한 발, 크게 울린 그 소리는 사방이 벽으로 단절되어 있는데도 한 대 얻어맞은 것처럼 충격적이고, 사라진 후에도 귀에 잔향이 남았다. 무슨 일이 생긴 건지 알 수

"미노루."

어깨를 잡혀 돌아보니, 바로 옆에 스즈메가 서 있었다.

"점심 먹자. 배고프다."

의식을 되돌리는 데 몇 초가 걸린다. 누나 집의 거실, 테이블에는 장미, 그 바로 앞에 놓인 자신의 두 발, 여름의 한낮. 총성과 조야를 거기에 남겨두고 미노루는 책을 덮었다.

오전 중에 슈퍼마켓에 다녀온 덕분에 식재료는 고루 풍부한데, 미노루는 또 피티판나를 만들기로 했다. 요즘 소설에 등장하는 요리에 관심이 많다고 말하자, 스즈메는 미노루를 빤히 쳐다보고는,

"정말 변함없구나, 너는. 예나 지금이나"

하고 말했다.

"옛날에 데라무라 테루오 동화책 읽었을 때도 매일 오믈렛만 만들더니."

금방은 뭐라 대답하지 못했다. 까맣게 잊고 있었기 때문이다. 잊고 있었는데 기억이 났다. 옛날에, 아닌 게 아니라 그러곤 했다.

"그때 너 몇 살이었지? 싱크대 앞에다 받침대 놓고 요리했잖아. 키가 작아서."

받침대는 기억이 안 난다.

"초등학교…… 글쎄, 1학년이나 2학년 때였나."

193

"처음에는 좋았는데, 매일 계속해서 만드니까 엄마도 나도 끝에는 싫증 났던 기억이 난다."

스즈메는 재미있다는 듯이 말한다.

"어, 싫증 났었어?"

까맣게 잊었을 만큼 옛날 일이기는 하지만, 의외였다.

냉장고 안에 있는 채소 중에서 미노루는 감자와 양파, 양상추와 피망을 골랐다. 감자만 넣으면 나머지 채소는 뭘 쓰든 상관없는 것이 피티판나의 좋은 점이다. 고기를 볶을 때 전화가 울렸다.

"여보세요, 미노루? 지금 잠깐 얘기할 수 있어?"

준준이었다.

"미안한데, 나중에 다시 걸게. 지금 하는 일이 있어서."

볶는 소리가 나니까 요리하는 중이란 걸 알겠지, 하고 생각하면서 전화를 끊었다. 피티판나는 불을 잘 조절해야 하는 요리다.

결국 미노루는 전화를 걸어주지 않았다. 할 말이 있으면 이쪽에서 다시 걸으면 될 일인데, 회사에서 돌아와 아들과 저녁을 다 먹고 난 후까지 그쪽에서 걸어주기를 계속 기다렸다. 마치 젊은 아가씨처럼, 어리석은 처신이다.

준코가 젊은 아가씨였을 때, 휴대전화 같은 것은 없었으니 전화를 기다리는 것도 일이었다. 외출도 할 수 없고, 부모님과 같이 살고 있어서 노골적으로 전화 옆에 대기할 수도 없고, 그렇다고 부모님 어느 한쪽이 전화를 받았다가 나중에 꼬치꼬치 물어대는 것도 싫었다. 이제 충분히 나이를 먹었으니까 그런 일은 안 해도 된다고 생각했다. 아니, 안 해야 한다. 준코는 그렇게 마음먹고 휴대전화를 들었다. 아줌마니까 아줌마답게, 뻔뻔하지만 몇 번이든 전화를 걸어서 용건을 딱 부러지게 말해야 한다. 있지, 온천에 같이 갔으면 하는데. 그게 말이지, 쉽게 예약할 수 없는 여관인데 어쩌다 빈 방이 생겼대. 전에 우리 잡지에서 소개했던 곳인데, 그런 일이 있으면 연락해달라고 부탁했더니, 정말 연락을 해줬지 뭐야.

준코는 휴대전화를 충전기에 연결하고 아들 방으로 간다. 노크를 하고 문을 연다.

"왜?"

방방 떠나갈 만큼은 아니지만, 그래도 온 방에 가득할 만큼은 커다란 소리로 음악이 울렸다. 클래식이라는 것밖에 준코는 모른다.

"왜?"

아들은 컴퓨터 화면에서 눈을 떼지 않고 다시 물었다.

"엄마랑 온천에 가지 않을래?"

그렇게 묻고, 방으로 들어간다.

"아주 좋은 여관이야. 경치도 좋고, 요리도 최고급이고."

아들의 침대에 걸터앉자, 매트리스의 탄력으로 엉덩이가 적당히 가라앉는다.

"갈게. 무슨 현이야?"

두말 않고 동의해서, 준코는 조금 어리둥절해진다. 온천 같은 건 관심 없다거나 공부할 게 많아서 바쁘다고 할지 모른다고 각오하고 있었다.

"27일 목요일인데."

앞으로 2주밖에 남지 않았다.

"좋아. 무슨 현이야?"

"노천탕도 있지만, 테라스에도 따로 온천탕이 있어. 진짜 호사스러운 방이야."

키보드에서 손을 떼고 돌아본 아들은 이상하다는 표정이다.

"그래서 무슨 현이냐니까."

준코는 돗토리현이라고 대답하고, 여관 이름도 가르쳐주었다. 아들이 인터넷으로 검색해 사진을 보여줄지도 모른다고 기대하고서.

"KGB?"

모나가 되물었다.

"그럼 에릭이 러시아 사람이라는 말인가요?"

믿을 수 없었다. 조야의 피아노를 치는 명랑한 동료. 사근사근하고 늘 웃는 모습이고, 조야와 부녀지간처럼 사이가 좋았던 그 에릭이?

"아니, 고향은 우크라이나야. 그쪽 경찰은 소비에트가 붕괴되었을 때 조국을 버린 사람 중 하나일 거라고 보고 있어."

"우크라이나 경찰이요?"

"아니지, 러시아 경찰이."

노형사 함순은 대답하고, 들추던 서류에서 얼굴을 들고서,

"역사는 당신이 생각하는 것보다 복잡한 거야"

하고 말하고는 소리 없이 웃었다.

"러시아로 돌아갔을지도 모르지. 아니면 우크라이나로."

하지만 그걸 누가 알겠어? 하는 식으로 노형사는 어깨를 으쓱 올렸다.

"그럼 언니는요? 조야는 어디로 간 거죠?"

함순은 이번에는 눈썹을 찡긋 올렸다. 그리고 동정의 눈길.

"우리는 같이 있을 거라고 생각하는데."

있을 수 없는 일이라고 모나는 생각한다. 그렇다면 라스는? 따라갔을지도 모른다. 언니는 그를 사랑하고 있으니까. 라스를 생각하면 가슴이 아팠다. 그 밤은 떠올리고 싶지도 않았다. 그런 일이 생기지 않았다면 얼마나 좋을까. 라스가 아내 곁으로 돌아간 지금은 더욱이.

"몇 번이나 말하지만, 조야에게는 연인이 있어요. 당신도 만났잖아요. 나랑 같이 여기에도 몇 번이나 왔는데. 에릭의 지갑을 신고한 후에도 몇 번이나."

"물론 기억하고 있지."

함순은 그렇게 대답하고 또 모나를 동정의 눈길로 쳐다본다.

"인간도 역사만큼이나 복잡해서 말이지. 사랑 때문에 인간이 얼마나 바보짓을 하는지 알면 당신도 놀랄 거야."

제자리걸음이다.

"젊은 남자에게 끌리는 여자도 있고 젊지 않은 남자에게 끌리는 여자도 있거니와 그런가 하면 연인이 없는 인간도 있고 여러 명의 연인을 거느린 인간도 있고. 그렇지 않나."

모나는 함순이 입고 있는 보푸라기가 인 낡은 카디건으로 시선을 떨어뜨렸다. 이 이상 그 얼굴을 보고 있으면 자신이 그야말로 무슨 짓을 할지 모르겠다 싶었기 때문이다. 이 노인네는 조야를 찾을 마음이 없다. 에릭이 전 KGB라는 걸 알고 있으면서, 아니 알고 있기 때문에 더욱이 사라져도 상관없다고 생각하는 것이다. 또는 사라지는 게 당연한 일이라고.

라스에게 얘기해야 한다. 에릭이 만약 정말 죽은 것이라면 조야가 에릭과 함께 있을 것이라는 함순의 추측은 성립하지 않는다.

"라스가 작성한 서류를 보여줄 수 있을까요?"

모나는 함순에게 물었다.

"주소를 알고 싶어서요, 오슬로의."

노형사는 어처구니없어하면서 라스의 주소를 가르쳐주었다.

미노루는 책을 덮고 침대의자에서 일어난다. 침대로 가서 조금 더 읽을 생각이다. 내일은 스즈메가 미노루 집으로 오기로 했다. 더구나 하토도. 이를 닦으러 세면실에 갔다가 거울을 보는 순간, 준코에게 전화를 걸지 않았다는 생각이 났다. 그러나 이미 열두 시가 넘었으니 내일 걸면 되겠지, 한다.

16

스즈메 명의 회사의 회계 보고를 대충 끝낸 오타케는 헛기침을 한 번 했다. 소파에 앉아 어디가 불편한 것처럼 구는 이 양복 차림의 남자를 스즈메는 오래전부터 알고 있다. 동생의 친구였으니까 그야말로 이 아이 — 눈앞에 있는 남자는 어엿한 중년인데도 스즈메는 어린애 취급을 하고 만다 — 가 부모 몰래 담배를 피우고, 교복 넥타이를 일부러 느슨하게 매던 시절부터 알고 있다. 미노루에게 듣자 하니 지금은 착실 그 자체라는데, 고등학교 시절에는 그런대로 노는 학생인 척했다. 뭐, 어디까지나 '그런대로'였지만.

"정말 안 마셔?"

생각해서 고급 레드 와인을 땄는데, 낮이라는 사소한 이유로 오타케는 물만 마시고 있다.

"운전해야 하는 것도 아닌데, 조금은 마셔도 괜찮잖아."

오타케가 미노루보다 술이 세다는 것도 스즈메는 기억하고 있다.

"아니, 물이면 츄부합니다. 덥기도 하고."

스즈메는 어깨를 으쓱한다.

"양복, 벗으면 되잖아."

오랜만에 만났고, 동생과 자신은 물론 몇몇 친척들까지 세무에 관한 일로 신세 지고 있는 터라 스즈메로서는 대접하고 싶었다. 그러나 스즈메는 애당초 사람을 대접하는 일에 서툴다. 그래서 혼자서만 대낮부터 느긋하게 고급 와인을 마시고 있다. 그런 데다,

"아, 그리고. 오디오가 작동을 안 하는데 고칠 수 있겠어?"

하는 것까지 묻는다. 문득 생각이 난 것이다. 어젯밤, 어머니가 좋아해서 수집한 레코드 중에서 오랜만에 에디트 피아프를 들으려고 했는데, 바늘을 올려도 턴테이블이 돌지 않았다.

"제 선에서는 무리죠. 수리하는 곳을 알아보겠습니다, 최대한 빨리."

오타케는 그렇게 대답했다.

마당에 참새가 잔뜩 날아와 있다. 오늘 아침에 빵 부스러기를 뿌려 주어 그럴 것이다. 나무들 사이에서 종종 새끼를 낳는(듯한) 길고양이가 해코지를 하지 않으면 좋겠는데, 하고 스즈메는 유리창 너머를 바라보면서 생각한다.

어느 어느 친척에게 연락하도록(스즈메에게는 그럴 생각이 없다) 하고, 미술관을 방문할 때에는 사전 연락 바란다는 관장의 전언을(스즈메는 승복하지 않는다) 전하는 등, 오타케는 명료하지 않은 말투로 계

속 얘기하고 있다. 말투가 명료하지 못한 것은 앞니에 교정기를 끼고 있기 때문이라는데, 어떻게 갑자기 그렇게 부자연스러운 것을 낄 마음이 생길 수 있는지 스즈메는 이해할 수 없다. 자연계에 그런 걸 끼고 싶어 하는 동물은 달리 없다. 하기야 미노루 말이 오타케는 '젊은 아내에게 혼이 빠져 있다'고 하니까, 그 탓인지도 모르겠다고 상상할 수는 있다. 누군가를 좋아하게 되면 이상하게도 그 전 인격이 붕괴되는 경우가 있다. 난데없이 채식주의자가 되는가 하면 이전과는 전혀 다른 스타일의 옷과 구두와 속옷을 사들이기도 하고, 자전거로 출퇴근을 하는가 하면 갑자기 와인 마니아가 되기도 하고, 지지하는 정당이 달라지기도 한다. 스즈메도 그런 경험이 전혀 없는 것은 아니지만, 아주 오래전이고 다행히 가볍게 끝났다. 덕분에 인격은 건전하기 짝이 없다. 전과 다름없이 있는 그대로의 자신이다.

"그럼, 전 이만."

오타케가 말하면서 일어섰다. 슬리퍼를 권했지만 무슨 이유인지 사양하고 신지 않아 양말이 보인다. 어두운 회색 양말은 아마 땀으로 눅눅할 것이다.

"오타케 씨, 오늘 밤은?"

대접을 제대로 못 한 것이 걸려 스즈메는 현관에서 물었다.

"미노루와 하토랑 식사하기로 했는데, 괜찮으면 같이 어때?"

"감쟈합니다. 하지만 저녁은 늘 아내와 먹기 째문에."

구두를 신으면서 오타케가 대답한다.

"그래. 그럼, 부인도 같이 오면?"

스즈메에게 등을 보인 채 오타케는 뭐라고 중얼중얼 대답했다. 알아들을 수 없었지만, 오늘 밤은 올 마음이 없는 듯하다.

"오디오 슈리에 대해서는 쟈시 연락하게츱니다."

그렇게 말하고서 오타케는 돌아갔다.

휴대전화가 부르르 진동했을 때, 준코는 인테리어 페이지의 레이아웃을 확인하는 중이었다. 액정 화면에 표시된 이름을 보고, 자기도 모르게 안도하는 마음이 일었다. 적어도, 잊지 않고 전화를 걸어주기는 한 거네.

"네."

자리에서 일어나면서 대답했다.

"준준? 미노루인데, 지금 통화 괜찮아?"

"아, 물론이지. 어제는 미안했네, 타이밍이 안 좋을 때 전화를 한 것 같아서."

쾌활한 영업용 목소리로 말하자 미노루가 순간적으로 주춤하는 것을 알 수 있었다.

"아니, 나야말로 미안하지. 누나 집에 있었어. 때마침 요리를 하는 중이었어서."

여름휴가를 떠난 사람이 많은 탓인지, 엘리베이터 홀에는 인기척조차 없다. 그렇지 않아도 복도에서 개인적인 전화를 하는 일은 다반사이니 그리 신경 쓸 필요는 없지만.

"전화를 걸겠다고 해놓고 깜박했어."

"깜박했다고?"

되묻자, 잠시 침묵이 흐르다 웃음이 터지는 기척과 함께,

"아, 목소리가 낮아졌다. 준준으로 돌아온 게군"

하고 미노루가 말했다.

"그래서, 뭐였는데? 어제 전화한 용건이."

이번에는 준코가 침묵할 것 같다. '용건'은 이미 사라졌다. 그러나 침묵이 허락되는 경우는 좀 더 달콤하고 풋풋한 사이일 때라는 것도 알고 있다. 그래서 급하게,

"그게 말이지, 용건 없이는 전화하면 안 되는 거야?"

하고 둘러댔다.

"좀 매정한 거 아니야?"

미노루는 웃으면서 또 사과하고는, 물론 용건 없는 전화도 대환영이라고 말했다. 이렇게 준준과 얘기하는 거 즐거우니까, 하고.

"바로 그 말투, 그 말투가 성의 없다는 거야."

뭘 얼버무리려는 건지, 아니면 진심으로 하는 말인지 자신도 모르는 채 준코는 대놓고 분명하게 말했다.

"미노루 너, 옛날부터 그랬잖아. 미스터 노 성의."

불쑥, 굳이 엘리베이터 홀까지 나와 할 만한 얘기도 아니라는 것을 깨달은 준코는 편집부로 돌아가면서 말을 계속한다.

"하기야 친절한 건 맞는데."

하이힐에서 또각또각 소리가 났다.

"뭐? 그건 아니지. 오히려 반대 아닌가. 친절하지는 않아도 성의는

있잖아."

미노루가 그렇게 말한다. 어느 쪽이 심하게 말하는 건지 알 수가 없다.

"됐어. 아무튼 전화 걸어줘서 고마워. 조만간 같이 밥 먹자고 할 테니까, 각오하고 있어."

"알았어. 기다리고 있을게."

전화를 끊을 때는 책상 앞에 앉아 있었다. 후지사와시의 I씨 집, 요코하마시의 M씨 집, 미나코구의 Y씨 집. 인테리어가 모던한 방 사진이 진열된 두 종류의 레이아웃 앞에.

스즈메 집에서 나온 오타케는 안도하면서 어깨에서 힘을 쭉 뺐다. 거짓말을 한 것은 아니지, 하고 속으로 중얼거린다. 저녁을 늘 아내와 함께 먹기로 한 것은 사실이니까. 다만 아내가 집에 없을 뿐.

매미가 울고 있다. 이 부근은 환경이 좋은 주택가지만 언덕이 많다. 스즈메의 집도 역에서 먼데, 오늘은 날씨까지 끔찍하게 덥다. 태양은 머리 위에서 지글거리지만 열기는 오히려 지면에서 끓어오른다. 오타케는 유독 자기 주위에만 열기가 몰려온다고 느낀다. 주머니에서 손수건을 꺼내 땀을 닦는다. 벌써 며칠이나 같은 손수건을 쓰고 있다.

어렸을 때. 공원 옆을 지나다 놀고 있는 아이들을 바라보면서 오타케는 생각한다. 어렸을 때는 아무리 더워도 종일 밖에서 놀 수 있었다. 그러나 더위를 견디면서 놀았는지, 아니면 더위를 아랑곳 않고 놀았는지는 기억나지 않는다. 어렸을 때, 저렇게 놀고 있는데 간혹 지금의 나처럼 걸음을 멈추고 바라보는 어른이 있었다. 그 사람들 역시 지금의 나와 비슷한 기분이었는지도 모른다. 지금 공원에서 노는 아이들은, 이 땀에 젖은 아저씨에게도 어린 시절이 있다는 걸 상상도 못 하리라.

다시 걸음을 옮기면서 오타케는 아내에게 문자를 보냈다.

두 번째 건, 미팅 완료.

오늘은 앞으로 한 건 남았음.

그 일이 끝나면 바로 집으로 돌아갑니다.

회신이 없으리란 건 잘 알지만, 습관이 들어서 도저히 그만둘 수가 없다.

"그럼, 이번에는 세탁기."

스즈메가 말했다.

"세탁기이이?"

하토가 이상한 목소리로 말한다. 네모나다는 생각밖에 나지 않았기 때문이다. 스즈메는 어린애처럼 자기 손을 팔뚝으로 가리면서 재빨리 그리기 시작한다. 세 사람은 차례대로 제목을 말하고 그림으로 그리는 놀이를 하고 있는 중이다. 벌써 당나귀와 미피와 바이올린을 그렸다.

"그건 하토가 불리하잖아. 아직 세탁기를 사용해본 적이 없는데."

미노루가 그렇게 말하자, 스즈메는 얼굴을 들고,

"그런 소리 마. 어디까지나 승부가 걸린 거라고"

하고 대답한다.

"어른스럽지 못하기는."

미노루는 쓸쓸하게 웃었지만, 하토는 조금도 개의치 않았다. 현재 2승 1패로 하토가 앞서고 있고, 이상한 그림을 그리게 되고 마는 이 놀이는 이기든 지든 재미있기 때문이다.

"완성."

제일 먼저 스즈메가, 그리고 하토에 이어 마지막으로 미노루가 그렇게 말하고는 각자 연필과 볼펜을 내려놓았다. 동시에 보여주면서 '심의'를 거쳐 승패를 결정한다. 세탁기 그림은 근소한 차이로 미노루가 이겼다.

"이제 하토가 제목을 말할 차례네."

스즈메가 말했다.

"아주 어려운 걸로 내"

하고, 즐거운 듯이.

가끔씩 만나지만 하토에게 스즈메는 특별한 존재였다. 고모라서가 아니라 하토가 비둘기라는 뜻의 이름이고, 스즈메가 참새라는 뜻의 이름이라서 동류라는 느낌이 들기 때문이다. 실제로도 동류라는 것을 하토는 안다. 하토와 스즈메는 아주 가끔이지만, 눈으로 대화를 나눌 수 있다. 오늘도 그랬다. 스즈메는 들어오자마자 하토를 보고는,

"빨리 왔네"

하고만 말했다. 미노루 아빠의 아파트에 하토가 먼저 와 있었다.

그뿐이었다. 그런데도 하토는 스즈메가 하토를 만나 무척 기뻐한다는 것을 알 수 있었다. 잘 지냈니? 오랜만이네, 많이 컸구나, 하는 말도 없었는데.

"음, 음, 미끄럼틀!"

하토가 제시했다.

그 후 사자와 귀부인 그림을 그릴 즈음에 스즈메가 맥주 마실 시간이라고 말해서, 이 놀이는 끝났다.

"아 참. 선물이 있어."

둘은 맥주를, 하토는 제 손으로 만든 칼피스를 마시고 있을 때, 스즈메가 말했다. 외국어가 찍힌 종이 상자 안에서, 포장된 것들을 하나하나 꺼낸다. 그리고 그림책을. 그림책은 포장돼 있지 않았다("나도 읽고 싶었거든").

"풀어봐."

스즈메 말에 하토는 하나씩 포장을 풀었다. 나온 것은 빨간 펠트 천으로 덮인 보온 물주머니("이런 상품도 독일 건 성능이 좋아")와 버찌술("이건 엄마 줄 거야"), 그리고 초콜릿("하토가 좋아하는 마리찌판이 들어 있어")이었다.

"고마워."

그렇게 말하고 하토는 다시 하나씩 포장지에 싸서 비닐 봉투 안에 넣는다. 선물 자체보다 비닐 봉투와 포장지에서 외국 냄새가 났다. 그런 다음 그림책을 들고 바라본다.

"Eine Heirat."

스즈메가 제목을 소리 내어 읽었다.

"글자를 모르니까 읽지는 못하겠지만 그림이 분위기 있어서 보기만 해도 흥미롭겠다 싶었어. 재미있는 얘기야. 착하고 성실한 곰과 허무적인 양이 같이 사는 얘기."

침대의자에서 책을 읽고 있던 미노루가 그 말을 듣고 웃었다.

"허무적이라는 개념, 하토에게는 좀 어렵지 않을까."

"그런 소리 마."

스즈메가 또 그렇게 말한다.

"알지?"

그리고 스즈메가 묻자 하토는 난처해서,

"그런대로"

하고 대답했다. 스즈메는 우쭐한 표정으로,

"그런대로면 충분해"

하고 힘주어 말했다.

유리창 너머에 있는 갓난아기들이 모나 눈에는 다 똑같아 보였다. 의사와 간호사 들 눈에도 그렇게 보일 것이다. 갓난아기들 각각의 발목과 침대에 태그가 붙어 있는 걸 보면. 하지만 지금 옆에 있는 여자 눈에는 다르게 보이리라. 자신의 — 그리고 라스의 — 손자이니까.

"이름은 아릴드예요. 사위가 지은 이름이죠. 이제 곧 올 거예요. 매일 와요, 핸디캠을 들고."

안나는 그렇게 말하고 소리 없이 미소 지었다.

"라스를 만나면, 손자가 무사히 태어났다고 전해줄래요? 그가 무슨 일을 했든, 나는 집에서 그를 기다린다는 것도."

모나는 안나의 눈을 똑바로 쳐다볼 수 없었다. 조야가 이 여자의 남편을 빼앗아서도, 자신이 그와 잠자리를 했기 때문도 아니다. 이 여자의 남편이 이미 살아 있지 않을지도 모르기 때문이다.

모나는 안나에게 모든 것을 설명하지 않았지만, 그래도 중요한 점은 전했다고 생각한다. 조야가 없어졌고, 라스가 찾으려 애썼고, 경찰은 인정하지 않았지만 에릭은 죽었을지도 모르며, 라스가 시신을 보았다고 했다는 것, 그리고 안나의 친구라는 사람이 나타나서 라스를 데리고 갔다는 것도 얘기했다. 숨긴 것은 조야와 라스의 관계뿐이다. 그러나 아마도 그 탓에 안나는 눈치챘을 것이다. 그리고 다른 부분은 믿지 않을지도 모른다. 이렇게 오슬로의 현대적이고 안전한 병원 복도에 서 있는 지금, 모나 자신도 자기가 하고 있는 말을 믿지 못한다.

"나는……. 라스가 여기로, 가족 곁으로 돌아온 줄 알았어요. 그런데 돌아오지 않았다니, 전혀 몰랐어요."

모나의 팔에 안나의 손이 살며시 놓였다.

"괜찮아요, 괜찮아."

"경찰은 에릭이 조야를 데리고 러시아나 우크라이나로 갔을 거라고 생각하고 있어요. 하지만, 그런 일은 있을 수 없어요. 조야는 라스를……."

그 이상, 뭐라 말하면 좋을지 몰랐다.

"괜찮아요."

안나는 다시 한 번 그렇게 말하고 모나의 팔을 톡톡 쳤다. 위로하는 것처럼. 그리고.

"딸을 만나고 갈래요?"

하고 물었다. 모나가 고개를 옆으로 젓자,

"그러네요. 그 편이 좋겠죠."

하면서 그녀는 조용히 미소 지었다. 그 순간에 모나는 불현듯, 분명하게 깨달았다. 이 여자가 알아차린 것은 조야와 라스의 관계가 아니라 라스와 모나의 관계란 걸.

집 안이 꽤나 조용해졌다 싶어서 보니, 스즈메도 하토도 책을 읽고 있었다. 소파의 이 끝과 저 끝에 떨어져 앉아, 양쪽 다 심각한 표정으로. 조각칼로 깎아낸 듯한 누나의 볼과 오동통한 딸의 볼, 흰머리가 섞인 단발머리와 까뭇까뭇하고 앞머리에 핀이 꽂혀 있는 짧은 머리.

가능하면 이대로 계속 책을 읽고 싶었지만, 나기사에게 열 시까지는 데려가겠다고 했다. 공기의 색감 — 불을 켜지 않고 활자를 더듬기에는 이미 상당히 어둡다 — 으로, 일곱 시가 좀 안 되었겠다고 미노루는 짐작한다.

"저녁은 어떻게 할까?"

일어나 우선 불을 켰다.

"눈 나빠져."

자신도 지금껏 책을 읽었으면서 그렇게 말하고, 테이블 위의 빈 캔과 잔을 치운다.

"치카 씨네 또 가도 좋지만, 역 앞에 꽤 맛있는 타이완 음식점이 있어. 그리고 그런대로 맛있는 메밀국수집도."

둘 다 대답이 없다.

"아니면 하토 데려다주는 길에 시부야에 들러도 좋고."

그렇게 덧붙이자,

"시부야까지 나가는 건 귀찮아"

하고 스즈메가 대답했다.

"나도."

하토까지 그렇게 말한다. 어느 쪽도 책에서 얼굴을 들지 않는다. 미노루는 자기만 책 밖에 있다는 것이 부당하게 — 또는 거의 소외당한 것처럼 외롭게 — 느껴져, 더는 버티지 못하고 침대의자로 — 그리고 모나와 안나가 있는 오슬로로 — 돌아간다.

그래서 결국은 피자를 주문하게 되었다. 하토가 그러고 싶다고 해서였다. 놀랍게도 반대할 줄 알았던 스즈메까지 그야말로 그러고 싶은 기분이라고 찬성했다.

17

막 이발한 남자가 평소보다 어려 보이는 것은 왜일까. 밥을 먹으면서도 텔레비전에 정신이 팔려 있는 후지타의 옆얼굴을 보면서 나기사는 이상하다고 생각했다. 머리 스타일도 이발소에 가는 빈도도 저마다 다 다른데, 그러고 보니 후지타 전에 사귀었던 남자들도 모두 이발을 한 후에는 어려 보였던 것 같다.

"상큼해졌네, 특히 귀 주위가."

감상이랄 것도 없는 감상을 말하자, 후지타는 텔레비전을 보면서 "응"이라 대답했다.

"흘리지, 그렇게 다른 데 보면서 먹으면."

나기사가 그렇게 말해도 "응" 하고 똑같은 자세와 말투로 반응했다.

"여보. 그거, 꼭 봐야 되는 거야?"

오늘은 야구단이 이동하는 날이라나, 그래서 프로 야구 중계가 없다. 화면에는 오락 프로그램이 흐르고 있다.

"아니, 뭐."

열심히 보고 있는 주제에, 후지타는 단박에 대답한다.

"채널 바꿔도 돼, 당신 보고 싶은 거 있으면"

그 말을 끝내자마자 제 손으로 리모컨을 집어 채널을 바꿨다.

"그럼, 끄면 되잖아."

나기사가 그렇게 말하자, 후지타가 움직임을 멈췄다.

"어? 왜?"

어리둥절한 표정이다.

"왜는, 오랜만에 단 둘이 밥 먹는 건데."

서로 마주 보는 꼴이 되었다.

"평소에는 하토에게 별로 보여주고 싶지 않다고 끄라고 하잖아. 그러니까 오늘은 봐도 되는 거 아냐?"

하토가 있을 때도 늘 보잖아, 하고 생각했지만 말은 하지 않았다. 말해봐야 후지타 귀에는 들리지 않았으리라. 얘기는 끝났다는 식으로 또 텔레비전을 — 조금 전과는 다른 오락 프로그램을 — 뚫어져라 보고 있었으니까.

그래도 책보다는 낫다. 나기사는 속으로 그렇게 중얼거린다. 그리고 자신도 화면을 향하고 같은 프로그램을 보려 한다. 개그맨 일곱 명이 퀴즈에 답하고 있다. 딱 한 사람만 정답을 말해야 하는 규칙이 있는지, 일부러 엉뚱한 대답을 한다. 누가 얼마나 정답을 맞히느냐가 아니라 엉뚱한 답을 하느냐를 겨루고 있는 것이다. 때로 후지타가 킬

컬 웃는다. 어느 개그맨이 어떤 발언을 했을 때 웃는지 알 수 있으니, 옆에서 책을 읽는 것보다는 역시 마음이 편하다.

온 방에 오렌지 향이 떠다닌다(오랜만에 '단 둘'이 먹는 저녁으로 카르니타스를 만들었기 때문이다. 돼지고기를 오렌지 껍질과 과즙, 그리고 마늘과 함께 푹 쪄내는 멕시코 요리다. 간단한 데다 맛있어서, 미노루와 헤어진 후에도 — 이런 요리가 있다는 것도 만드는 법도 옛날에 미노루에게 배웠다 — 종종 만든다). 나기사는 막 이발을 해 어려 보이는 남편의 옆얼굴을 감탄스럽게 바라본다. 하토가 있을 때는 스킨십을 해주거나 신경 써주기를 바라면서, 없을 때는 거들떠보지도 않는 남편에게 야속함을 느끼지 않는다고 하면 거짓말이다. 그렇지만 이것이 자신이 바란(그리고 거머쥔) 생활이란 것을 알고 있었다. 음식 냄새와 텔레비전 소리, 평범한 가정의 평범한 식사 풍경. 나기사는 얼마 전부터 둘째를 갖는 것에 대해 생각하고 있다. 하토에게 여동생이나 남동생이 생기면 이 공간이 지금보다 훨씬 가정다워지리라.

평일 오전이라 그런지 백화점은 한산했다. 사야카는 미리 정해둔 대로 치카의 생일 선물로 다리 마사지기를 사고, 목욕 수건 두 장과 함께 택배로 보내달라고 부탁한 다음 자기 것으로 자잘한 잡화 — 만년필 잉크 카트리지, 편지지, 손수건(이미 필요한 만큼 갖고 있지만) — 를 샀다. 마지막으로 화장품 매장에 들른다. 사야카는 보통 거의 화장을 하지 않는다. 그런데 얼마 전에 잡지를 보다가 갖고 싶은 것이 생겨서, 그 페이지를 오려내 들고 왔다. '하이라이터'라고 하는 것인데, 기사에 따르면 코 옆이나 눈 아래에 한 번만 발라도 기미가 사라지고 피부가 밝아 보인다는 스틱이다.

일단 그 브랜드 부스를 찾는 데 한참이 걸렸다. 사야카는 자신이 긴장하고 있다는 것을 깨닫고, 고작 이런 일로 긴장하다니 웃기다고 마음속으로 웃었다. 그런데 정작 그 부스를 발견하자, 안도하기는커녕 오히려 더 긴장해 발이 떨어지지 않았다.

그곳만 유난히 밝았다. 카운터와 진열장에 죽 진열된 상품을 손님이 마음대로 발라볼 수 있게 되어 있었다. 립스틱만 해도 수십 종류나 있고, 그 외에도 상품이 엄청난데 대부분이 사야카로서는 그 용도조차 알 수 없는 것이었다. 한시라도 빨리 이 장소를 벗어나고 싶은 기분에 젖는다. 자신이 과연 저 안에서 '하이라이터'라는 것을 찾아 살 수 있을지 의심스럽다. 가방 안에 잡지에서 오려 낸 종이 쪼가리가 있다는 것이 갑자기 부끄럽게 느껴졌다. 누구에게 보여줄 것도 아닌데.

애당초. 매장을 등지고 걸으면서 사야카는 생각한다. 애당초 왜 내가 그런 걸 갖고 싶어 한 것일까. 어떻게 쓰는지도 잘 모르는 물건을.

지하 식품 매장으로 내려가자 긴장이 확 풀린다. 주스를 마시고 돌아가기로 한다.

전철에서 내려 집 근처를 걷고 있는데, 귀가 떨어져 나갈 것처럼 큰 소리가 들렸다.

"가지 마!"

어린애가 외치는 소리였다. 사야카는 놀라서 걸음을 멈춘다. 남자애 목소리다.

"가지 마. 가지 마아아. 가지 마아아아아."

분노를 품은 목소리는 거의 비명에 가까웠다. 저런 목소리를 내면 내장이 튀어나오지 않을까 염려스러울 정도였다. 그러나 주변을 돌아보아도 목소리 주인은 보이지 않는다. 그 비명을 들어야 하는 인물 — 아마도 엄마일 것이라고 상상은 할 수 있지만 — 의 모습도 없어, 한낮의 주택가는 (남자애 목소리를 빼면) 잠잠하고 인기척도 없다. 후덥지근한 날씨에 등에서 땀이 흐른다. 꼭 쥐고 있는 손수건으로 사야카는 이마와 팔 안쪽을 닦았다.

"가지 마아. 바보오. 가지 마아아아."

어딘가 높은 곳 — 가령 2층 베란다 같은 곳 — 에서 나는 소리인 듯하다. 혼신의 힘을 다해 울부짖고 있다. 마치 목숨이 걸려 있는 것처럼 필사적인 그 목소리 뒤에서 매미가 울기 시작한다. 저렇게 계속 울부짖고 있었던 것일까. 아니면 지금 그러기 시작했나? 사야카는 알 수 없다. 누구를 향해 외치는 것이든, 그 사람이 어디로 가는 것이든 생이별을 하는 것도 아닐 텐데, 하고 생각하면서 사야카는 다시 걷기 시작한다. 남자애는 또 분노로 가득한 목소리를 쥐어짰다.

"가지 마아아. 가지 마아아. 가지 마아아아."

앞뒤 가리지 않고 애원하는 비통하기 짝이 없는 목소리인데, 순수한 난폭함도 느껴져 사야카는 그만 미소 짓고 만다. 저 아이는 저렇게 울부짖었다는 사실을 머지않아(어쩌면 이내) 잊어버리리라. 그리고 어느 틈에 어른이 된다. 10년이나 15년이란 세월이 순식간에 흘러서.

"다녀왔어."

아파트로 돌아오니, 치카는 다다미방에서 대나무를 밟으며 발바닥 마사지를 하고 있었다.

"어서 와."

돌아보며 말한다.

"빨리 왔네. 점심은?"

아직, 이라고 대답한 사야카는 자신이 배가 고프다는 것을 이제야 안다. 백화점 식당가에서 뭐라도 먹고 돌아올 생각이었는데, 화장품 하나 때문에 모든 걸 잊고 말았다.

"소면이라도 삶아 먹을게."

세면대에서 손을 씻으면서 대답하고, 바로 준비에 들어갔다. 겨우 반나절 남짓한 외출이었는데, 이곳에 돌아올 수 있어 기뻤다.

여름밤 공기는 어쩌면 이렇게 촉촉한 것일까. 단가 관련 출판 기념 파티라는 익숙하지 않은 모임에 참석해 서툰 사교에 애쓰고 있는 미노루는 파티 장소인 호텔에서 한 걸음 나와 생각했다. 냄새부터가 다르다. 지금은 건너편에 있는 공원의 나무 냄새가 짙게 풍기지만, 같은 장소가 겨울이면 배기가스 냄새로 가득해진다는 것을 미노루는 알고 있다. 이공계 인간들은 쉽게 설명할 수 있는 일일 것이다. 겨울밤과 여름밤. 그야말로 교과서에나 등장할 법한 주제다. 그러나 과학을 싫어하는 어린이였던 미노루에게는 수수께끼다. 나기사를 만나면 물어봐야지, 하고 마음에 새긴다. 나기사는 운전도 하고 수영도 하는(양쪽 다 미노루는 못 하는 것이다) 데다 이공계다.

택시 승차장에 사람들이 길게 줄서 있었다. 같은 파티장에서 나온 사람들인지, 조금 전에 미노루가 받은 것과 똑같은 쇼핑백을 들고 있다. 줄의 맨 끝에 서서 손목시계를 보니, 여덟 시가 막 지난 참이었다. 이 시간이면 오타케가 아직 시내에 있을지도 모른다. 미노루는 휴대전화를 꺼낸다. 뷔페 스타일로 진행된 파티라 음식에 거의 손을 대지 않은 미노루는 배가 고팠다. 애당초 그 무료한 파티에 참석하라고 강요한 사람은 오타케였다. 벨소리가 두 번 울리고 연결되었다.

"난데, 지금 어디야?"

"사무실."

"훌륭하군."

뭐가, 하고 시큰둥한 목소리가 돌아왔다.

"나, 지금 히비야에 있어. 그 왜, 사이키 씨 파티."

사람 이름을 말할 때는 목소리를 낮췄다.

"밥은 야미 씨와 먹는다는 소리는 하지 말고. 이미 알고 있으니까."

미노루는 그렇게 선수를 친다. 그러고는 틈을 주지 않고,

"밥 먹기 전에 딱 한 잔만 같이하자고. 두 잔이라도 좋고"

하고 말한다. 오타케의 사무실은 미타에 있으니까, 히비야에서 가깝다.

"안 돼."

"왜?"

"밥 먹기 전의 한 잔도 야미랑 마시기로 했으니까."

미노루는 하늘을 올려다본다.

"대체 뭐냐."

줄이 생각보다 빨리 줄어들어 미노루는 전화기를 귀에 댄 채 뒷사람에게 한 대를 양보한다.

"게다가 오늘 밤에는 영화를 보기로 했어. 텔레비전에서 「대탈주」를 하거든."

"야미 씨에게 녹화해놓으라고 하면 되잖아."

"안 돼."

"왜?"

한 대를 더 양보했다. 그러다 도어맨의 찡그린 시선이 마음에 걸려 미노루는 결국 줄에서 벗어났다.

"참 말이 많네. 안 되니까 안 되는 거지."

포기하는 수밖에 없을 듯했다.

"알았어. 그럼 시간 날 때 연락 줘. 꼭이야. 음, 야미 씨에게 안부 전해주고."

전화를 끊고 봤더니 다시 줄이 길어져 있었다. 이제 줄을 서기조차 싫은 미노루는 전철역으로 향했다. 건널목만 건너면 바로 역이다. 이런 때, 얼마 전만 해도 유마를 불러낼 수 있었다. 영화를 보든 외식을 하든, 유마는 재미나는 일을 좋아하는데 연인은 만날 수 없는 날이 많았기 때문이다. 그러나 라이루가 있는 지금은 불러낼 수 없다.

그런 생각을 하면서 신호가 바뀌기를 기다리고 있는데, 몸집이 자그마하고 늙은 여자가 미노루를 쳐다보며 인사했다. 같은 쇼핑백을 들고 있어 같은 파티에 참석했던 사람이란 걸 알았다. 멋들어진 은발이 가로등 빛에 빛났다. 미노루도 살짝 고개를 숙이자, 여자는 다카시마 아야코라고 합니다, 하고 이름을 말했다. 할머님이 주재하시던 모임의 동인이었어요. 할머님에게는 정말 신세를 많이 졌지요, 하고 이번에는 깊이 머리를 숙인다.

"아, 아닙니다. 오히려 할머니가 신세를 많이 졌을 테죠."

횡설수설 대답하면서 신호가 초록으로 바뀐 것을 슬쩍 보았는데, 그녀가 말을 계속해서 혼자만 건널 수도 없었다.

"오신 줄 몰라서, 회장에서는 인사도 못 드렸군요. 아까 회장에서 리쓰코 씨가, 저분이 선생님의 손자라고 가르쳐주기는 했어요."

"아, 네."

"리쓰코 씨라고, 아세요? 사이키 씨의 스승뻘 되는 분인데, 리쓰코 씨도 원래 선생님의 제자라서, 나도 그렇지만 꽤 오래 마쓰바라 씨 댁을 드나들었어요."

그녀의 말이 끊이지 않는다. 미노루는 그만, 립스틱이 벗겨진 입술을 빤히 쳐다보았다가 허둥지둥 눈길을 돌린다.

"정말 멋진 집이었죠. 미술관으로 바뀌었다는 소식을 들었을 때 얼마나 안심이 되던지. 왜 안 그렇겠어요, 알 수 없잖아요, 요즘에는."

신호가 반짝거리다가 빨강으로 바뀐다.

"사이키 씨는 단가를 늦게 시작한 탓에 여러 가지로 고생도 많았는데, 리쓰코 씨 말로는 앵초 같은 가인이라……."

괜한 억지라는 것은 알고 있었지만, 미노루로서는 이 상황도 오타
케 탓인 것처럼 생각되었다. 길거리에서 이런 여자에게 잡혀 옴짝 못
하는 꼴이 된 것도.

"아, 혹시 도키자와 씨라고 아시나 모르겠네요."

그녀는 아직도 뭐라고 말하고 있다.

집으로 돌아와서야 한숨을 돌린다. 역시 파티 같은 건 성격에 맞지
않는다고 생각한다. 왠지 식욕이 없어 오늘은 저녁을 건너뛰기로 한
다. 옷을 갈아입고, 양치질을 하고, 우편물을 정리하고, 침대의자에
누워 책을 펼쳤다.

완전한 패배였다. 마리에가 말할 것도 없이 책임은 자신에게 있다
는 걸 알고 있었다. 오라프는 바텐더가 내민 잔을 입에 대고 한 모금
마신 후 얼굴을 찡그린다. 얼리지 않은 보드카는 보드카가 아니다.
만약 미르코가 살아 있는데 이런 술이 나왔다면 그 자리에서 바텐더
머리에 총을 쐈으리라. 미르코는 보드카를 사랑했다. 보드카를, 가족
을, 그리고 조국 소비에트연방을. 임무 중엔 냉철하게 방아쇠를 당겼
지만, 아내가 감기에만 걸려도 어쩔 줄을 몰라 허둥거리는 남자였다.
모피 모자가 트레이드 마크였고, 얼핏 인상 좋은 할아버지로 보였지
만 강철 같은 의지를 가진 남자였다. 인간의 관절은 어떻게 꺾는 건
지, 가장 효과적인 고문은 어떤 것인지를 오라프는 미르코에게 배웠
다. 착한 창부와 못된 창부를 구분하는 방법도. 미르코가 기르는 개

들에 대해서도 기억하고 있다. 늘 몇 마리씩 키웠지만 집을 지키는 개이지, 애완견으로 삼을 생각은 없다고 했다. 거친 성격을 유지할 수 있도록 사료량을 제한했는데도 개들은 미르코에게 순종적이었을 뿐만 아니라 거의 숭배하는 눈길로 주인을 올려다보았다. 미르코역시 개들에게 한없는 애정을 쏟았다. 차에 태워 시골로 가서 운동을 충분히 시키기도 했다. 러시아의 드넓은 설원을 뛰어다녔던 그 개들.

어제저녁 내린 결단이 과연 옳았는지, 오라프는 확신하지 못하고 있다(조야는 무사히 도망쳤을까). 그러나 적어도 별 볼일 없는 정치가를 스캔들로부터 보호하는 것보다 우선되어야 할 일이 있을 것이다. 놈은 실추할 것이다. 그렇게 되어도 상관없다. 그 때문에 오라프 자신에게 무능하다는 딱지가 붙더라도 상관없었다. 그러나 물론, 진짜무능하게 굴 마음은 없다.

시끌시끌한 음악과 관능적이기보다 천박하기만 한 아로마 향초 냄새. 여장한 남자들의 무대가 시작되려면 아직 15분이 남았다. 오라프는 술값을 카운터에 올려놓고 일어나 밖으로 나갔다. 별이 돋아 있다. 살이 찢겨나갈 것처럼 차가운 공기에 내쉬는 숨이 하얗다. 뒤쪽 주차장으로 돌아가자 문 앞에 요쿰 — 지금은 마리아 — 이 서 있었다. 레오타드 같은 무대 의상 위에 싸구려 가짜 털옷을 걸치고 버들버들 떨면서 담배를 피우고 있다. 빨간 머리 가발을 쓰고 요란하게 화장한 얼굴에서 지난날 축구 소년의 흔적을 찾아보려 했지만 찾을 수 없었다.

"하이."

마리아가 맥없이 웃으면서 남자 목소리로 말한다.

"무대가 시작되기 전에는 절대 올라가면 안 돼."

열쇠를 내밀면서 말을 잇는다.

"그리고 이걸 내가 줬다는 것도 레나에게는 비밀로 해줬으면 좋겠어. 그게…… 알겠지만."

오라프는 알고 있다고 대답했다. 주머니에서 지폐를 꺼내 건네려하자, 마리아는 고개를 저었다. 오라프보다 키가 크고 울룩불룩한 체구는 조금도 여성적이지 않았지만 그물 스타킹에 싸인 다리는 꼼꼼하게 손질되어, 문에 달린 전등 불빛 아래에서도 잔털 하나 보이지 않았다.

"돈 때문에 이러는 거 아니니까 필요 없어. 나는 그저, 옛날에 네가 내게 해준 것을……. 아니지, 해주려고 했던 걸 기억하고 있으니까. 그래서……."

오라프는 다시 한 번 알고 있다고 대답했다. 그러고는 지폐를 억지로 마리아의 손에 쥐어준다.

"이제 가보는 게 좋겠군."

"그래."

마리아는 대답하고, 필터까지 타들어갈 만큼 짧아진 담배를 땅에 내던진 후 하이힐 소리를 울리며 사라졌다.

무대가 시작될 시간까지 그 자리에서 기다린 오라프는 마리아가 들어간 그 문으로 들어가, 감자튀김 냄새가 풍기는 어두컴컴한 복도를 걸어 사무실과 분장실 사이에 있는 계단을 올라간다. 첫 공연은

'아빠와 춤추자'인 듯하다. 고풍스러운 음악과 안드레 크라보의 노랫소리 그리고 관객들의 천박한 웃음소리와 야유 소리가 들렸다.

열쇠를 밀어 넣고 살며시 돌린다. 침대에 드러누운 남자는 문이 열렸다는 것조차 눈치채지 못하고 턱을 천장으로 향하고 있다. '레나'는 일솜씨가 꽤나 좋은 모양이다. 너저분한 방이다. 난방으로 후끈한 공기가 고여 있고, 곰팡이와 땀 냄새가 났다. 오라프는 창문을 열고 싶은 어리석은 충동에 사로잡힌다. 그러나 창문을 여는 대신 침대로 다가갔다.

"이쪽을 보지."

눈을 꼭 감고 있는 남자의 미간에 총구를 대고 러시아어로 말했다. 눈을 뜬 남자의 얼굴에 경악한 표정이 번졌다. 한 발로 충분했지만 오라프는 세 방을 연달아 쏘았다. 남자의 머리는 순식간에 피와 뇌와 머리털이 뒤엉킨 채 사방으로 튀었다. 시트를 던져내면서 '레나'가 침대에서 뛰쳐나간다. 공포로 번쩍 뜬 눈을 하고 입을 쩍 벌린 채 벽을 향해 뒷걸음질 쳤다. 갈색 피부, 짙은 화장, 밀어버린 것처럼 짧은 머리. 두 팔로 가슴을 껴안듯 웅크리고, 축 늘어진 페니스가 그대로 노출되어 있다.

"너에게는 아무 짓 안 할 거야."

스웨덴어로 바꿔 말하고 시체의 가슴에 총구를 겨눈다. 이건 에릭 몫이다, 하고 속으로 말하는 동시에 방아쇠를 당겼다.

"힉."

두 손으로 얼굴을 가린 '레나'의 몸이 벽 앞에서 허물어진다. 에릭이라는 남자를 오라프는 한 번도 만난 적이 없다. 그러나 과거에는 조국에 충실하게 일했다고 들었다.

"부끄러운 줄 알아."

러시아어로 그렇게 내뱉고 방에서 나왔다.

'레나'는 범인이 러시아 사람이었다고 증언할 것이다. 죽은 것은 우크라이나 사람이고 죽인 것은 러시아 사람이니, 경찰은 마피아 간 싸움으로 처리할 것이다. 아무도 신경 쓰지 않는다.

18

오늘도 덥다. 기치조지에 사는 고객의 집에서 나온 오타케는 버스 정거장까지 걸어가면서 손수건으로 땀을 닦았다. 오늘 만난 고객도 미노루의 친척인데, 돈에 대한 감각이 상당히 시대착오적이라 논의 차 만날 때마다 매번 괴롭다. 예전 세무사는 훨씬 더 재주가 좋았다 느니, 세무서 정도는 속일 수 있어야 세무사지 뭐하는 세무사냐느니, 그런 말을 태연하게 한다. 당연한 일이지만 같은 일가라도 누구나 미노루와 스즈메처럼 금전에 관대하지는 않다.

오타케는 자신이 하는 일이 때로 싫어진다. 미노루 가문은 아니지만, 어느 상점 주인이 죽었을 때 유산이라 할 정도도 안 되는 유산을 둘러싸고 그때껏 사이좋아 보이던 형제들이 어이가 없을 만큼 집요하게 으르렁거리는 것도 보았고, 남편이 죽은 후 엄청나게 많을 것이라 믿었던 유산이 거의 없자 울면서 원망하는 미망인도 보았다.

덥다. 버스 정거장에 도착해서야 다음 버스가 오려면 17분이나 지나야 한다는 것을 알고 오타케는 안 그래도 무거운 가방이 더 무거워진 것처럼 느낀다. 걸음을 멈춘 탓인지 땀이 죽죽 흘렀다. 일사병에 걸리겠다 싶을 정도로 직사광선이 강한데 아무리 둘러봐도 근처에는 햇볕을 피할 장소가 없다.

사실은 지금쯤 여름휴가를 보낼 예정이었다. 그러나 야미가 없는 집에 혼자 있는 것보다는 차라리 평소대로 일하는 편이 나았다.

야미가 없어진 것은 7월 말이다. 그러니 이제 곧 한 달이 된다.

"잠시 친정에 다녀올게."

그날 아침, 야미에게 그런 말을 들은 오타케는 아무런 걱정도 하지 않았다. 아내의 친정은 도쿄 도내에 있으니, 당연히 그날 중에 돌아올 거라고 생각했다.

"장인어른과 장모님께 안부 전해줘."

그래서 그렇게 말했다. 느긋하게 지내다 와. 그런 말도 했는지 모른다. 정말 걱정할 이유가 하나도 없었다. 그 전날까지 아내와는 아무 이상 없었다. 부부 싸움을 한 것도 아니고(오타케는 야미와 다툰 적이 한 번도 없다. 결혼한 후로 단 한 번도), 오타케에게 무슨 불만이 있는 것 같지도 않았다. 취미로 하는 가드닝에 공을 들이고 요리와 청소도 정성껏 했다. 그러니 오타케가 — 장인의 말을 빌리자면 — '이상하게 생각되고', '불쾌하고', '협박을 하는 것처럼 느껴지고' 하는 것은 마른하늘에 날벼락 같은 일이고, '겁에 질렸고', '다시는 돌아갈 생각이 없다'는 것도 전혀 이해도 납득도 할 수 없는 일이었다.

처음 처가로 야미를 데리러 갔을 때는 장인어른과 장모님이 오타케를 집 안에 들이고 음식과 술을 대접하며 대화할 자세를 보였는데, 두 번째에는 노골적으로 부담스러워하는 표정을 보이더니, 세 번째에는 문전박대를 했다. 문전박대를 하는 어떻든 야미만 돌아와주면 오타케도 그 집에 가고 싶지 않았지만, 스스로 돌아와주지 않는 이상은 어쩔 수 없이 데리러 가야 하는데, 그걸 '스토커 같은 짓'이라느니 '경찰을 부르겠다'느니 하는 것은 정말 뜻밖이었다.

한 건 종료.

기치조지는 여전히 힘들군.

그래도 오늘은 두 건만 처리하면 끝.

야미를 위해서 힘낼게.

버스 정거장에 선 채 열기에 허덕이면서 오타케는 아내에게 문자를 보냈다. 오타케가 잘 아는 야미라면, 이런 회신을 보내줄 것이다. 힘내. 오늘 저녁은 ○○야. 또는, 힘내. 차 조심하고. 또는……. 허망해져서 오타케는 상상하기를 포기한다. 아무 기대 안 한다고 하면 거짓말이지만, 마음속으로는 회신이 오지 않으리라는 걸 알고 있었다.

고개를 들자, 건너편에 청량음료 자동판매기가 보였다. 오타케는 길을 건넌 다음 주머니에서 동전을 꺼낸다. 콜라를 고르고 버튼을 누르는 순간, 사이즈가 큰 캔이라는 걸 알고 낮은 신음을 흘린다. 툭, 하는 커다란 소리와 함께 그것이 떨어진다. 옛날 같으면 벌컥벌컥 다

마셨겠지만, 그 당시에는 — 오타케가 기억하는 한 — 사이즈가 큰 캔은 존재하지 않았다. 오타케는 마시다 만 캔을 손에 든 채 버스를 타는 자신을 상상한다. 페트병과 달리 가방에 넣을 수가 없으니, 손 안에서 액체가 미지근해지는데 이러지도 저러지도 못하는 자신을.

하토는 지금 떠 있다. 바로 근처에서 엄마와 후지타 아빠가 수영하고 있는데, 하토는 그냥 떠 있다. 튜브를 타고 얕은 바다에 둥둥 떠 있을 뿐이다. 튜브는 노란 바탕에 분홍색 물방울무늬가 찍힌 비닐 소재이고, 간혹 하토의 팔 안쪽 피부에 들러붙는다. 젖은 부분은 미끈거리고, 전체적으로 매끄러운 소재인데 왜 들러붙는지 알 수 없다. 하지만 들러붙는다.

하토가 있는 곳은 파도가 찰싹거리는 곳과 좀 깊은 바다의 중간쯤이다. 그래서 직선 하나를 뒤쫓듯 번갈아 수영하는 엄마와 후지타 아빠도, 하토보다 어린아이들이 해변에서 노는 모습도 다 볼 수 있다. 꺄아 꺄아, 와글와글, 수많은 사람들이 내는 목소리가 들린다. 들리지만, 그 소리는 햇살만큼이나 정체가 아득하고, 자기 주변은 아주 조용하다고 생각된다. 너무 조용하게.

눈을 좀 멀리로 움직이면 수평선이 똑바로 — 하지만 부옇게 번져서 — 보인다. 번져 보이는 것은 하늘이 흐리기 때문인데, 흐린데 눈부시게 느껴지는 것은 왜인지 모르겠다.

"하토."

어느 틈에 왔는지, 엄마가 튜브에 한 손을 올리고 말했다.

"조금 더 이리로 와봐, 얼마나 기분 좋은데."

"여기도 좋아."

하토가 그렇게 말한 것은 무서워서가 아니다. 발이 닿지 않는 곳이라도 튜브만 있으면 아무렇지 않다. 다만 깊은 곳은 물이 차갑고 추워서 싫다. 하토 팔에는 이미 소름이 잔뜩 돋아 있다.

"괜찮아. 엄마도 아빠도 옆에 있는데, 뭐."

수영을 잘하는 엄마 — 선 채로 수영을 하는 정도다 — 는 웃으면서 말하고, 튜브를 잡아끌면서 먼 바다를 향해 나아간다. 바닷물이점점 짙푸르러진다.

"좋았어, 그렇게 계속."

평영을 하며 다가온 후지타 아빠가 말하고는 하얀 이를 드러내며싱긋 웃는다.

"추워."

중얼거린 하토는 후지타 아빠가 입은, 무늬가 화려한 수영 팬티를내려다보았다.

"추워?"

엄마가 놀란다.

"그럼, 나가서 뭐 따뜻한 거라도 마실래?"

하토는 고개를 끄덕거렸다. 바닷물에는 한 번도 얼굴을 대지 않았는데 입술을 핥으니 짰다.

"좋아. 그럼 누가 먼저 가나 엄마랑 내기해야지."

후지타 아빠는 그렇게 말하고 하토의 두 팔을 자기 목에 감았다.

그러느라 수평이었던 튜브가 번쩍 들려 하토는 물 위에서 구르다 엎히는 꼴이 되었다.

"싫어."

그만 그렇게 말이 튀어나왔는데, 후지타 아빠는 기분 나빠 하는 기색도 없이,

"괜찮아, 아빠를 믿어"

하고 자신만만하게 말했다. 믿지 않는 건 아니다. 하지만.

"어머, 좋겠네, 하토. 아가 거북이 아빠 거북 등에 탔네."

엄마가 기쁜 듯이 말했다. 후지타 아빠가 갑자기 팔을 휘젓기 시작한다. 하토는 느닷없이 얼굴을 물에 처박혀, 얼른 몸을 돌려 숨을 쉬었다. 들이쉬는 숨과 함께 물이 코로 들어와 컥컥 숨이 막힐 것 같은데, 막힐 틈도 없이 또 물에 얼굴이 처박힌다. 후지타 아빠의 움직임이 격렬해서 등에 들러붙어 있는 하토 역시 격렬하게 흔들리며 물을 덮어썼다. 딱 들러붙으려니 튜브가 거치적거리고 그렇다고 손을 놓기는 겁이 나 그저 기를 쓰고 들러붙는다. 하토는 후지타 아빠의 목덜미 뒤에 얼굴을 묻고, 간간이 고개를 옆으로 돌려 숨을 쉬었다. 그러지 않으면 후지타 아빠의 뒤통수에 얼굴이 부딪히고, 안 그래도 불쑥불쑥 물을 뒤집어쓰기 때문이다. 아무튼 눈에도 코에도 입에도 물이 들어와 아프기도 하고 숨은 조금씩밖에 쉴 수 없고, 지금 바다 어디쯤에 있는지도 모르겠고. 하토는 후지타 아빠의 따스한 등에 들러붙은 채 울었다. 숨을 들이쉬는 게 고작이라 소리도 내지 못하고.

간신히 후지타 아빠의 몸이 모래 위에 퍽 엎어졌다. 몸이 물에서

나와 있어 해변에 도착했다는 것은 알았지만, 공포에 지친 손발이 굳어 하토는 움직일 수 없었다. 조금 전까지 아무 소리도 들리지 않았는데, 다른 아이들이 재잘거리는 소리가 귀에 들리기 시작한다.

"무겁다. 하토, 일어나."

엎어진 채 후지타 아빠가 헉헉거리며 겨우 내뱉는 소리도.

하토는 울면서 일어났다. '내기'에 이긴 듯한 엄마가 비치 타월을 펼쳐놓고 기다리고 있었다.

"왜? 왜 그러는데? 왜 울어?"

엄마가 비치 타월로 둘둘 말고 얼굴에 들러붙은 머리를 쓸어 넘겨주자, 하토는 엉엉 울었다. 이제 무섭지 않았고, 후지타 아빠에게는 아무 잘못도 없다는 건 알고 있었지만, 울음을 그칠 수가 없었다.

나탈리아에게 히아신스는 특별한 말이다.

"미안해요."

그래서 그렇게 말했다.

"이 말은 대여용이 아니에요."

"네 말이니?"

남자는 웃는 얼굴로 묻고는, 무릎길이 면바지 주머니에서 지폐를 꺼내 나탈리아에게 내민다.

"그냥."

미국 달러 — 그것도 백 달러짜리 지폐 — 는 매력적이었지만 나탈리아는 고개를 내저었다.

"잠시 빌리는 것뿐이야. 조심조심 다룬다고 약속하지."

조니 말이 옳았다. 이 남자는 뻔뻔하다.

"얼마를 내든, 안 되는 건 안 되는 거예요. 이쪽에 있는 말을 골라요."

남자는 어깨를 으쓱했다.

"그럼, 오늘은 말을 안 타지, 뭐."

"마음대로 하세요."

나탈리아도 어깨를 으쓱한다. 히아신스는 나탈리아의 말 이름이다. 마구간에서 나가 호텔을 향해 길을 내려가는 남자의 뒷모습을 바라보면서 나탈리아는, 내 손아귀에서 놀아나게 해주겠다고 마음먹는다. 조니도 라우라도 좋아라 할 것이다. 둘 다 오만불손한 관광객은 딱 질색하니까.

할아버지가 아직 새끼였던 히아신스를 나탈리아에게 준 것은 나탈리아 가족이 이 섬에 막 이주했을 무렵이었다. 당시 나탈리아는 열세 살이었고, 영어도 제대로 할 줄 몰라 친구도 없었다. 부모님은 지금 일하는 호텔이 아니라 섬 끄트머리에 있는, 지금은 문 닫은 호텔에서 일했다. 나탈리아도 할 수 있는 일은 거들었다. 부자들만 묵을 수 있는 아주 호사스러운 호텔이었다. 지금보다는 섬 전체의 경기가 훨씬 좋아, 나탈리아가 받는 팁만 해도 이탈리아에 살던 시절 아빠 월급보다 많을 때가 적지 않았다.

'그때가 참 좋았지.'

이제 열아홉 살이 된 나탈리아는 노인네처럼 그렇게 생각하며 짧은 한숨을 쉰다.

그래도 이 섬을 사랑하는 마음은 변함없다. 빈곤과 폭력과 동생의 죽음에서 멀리 떠나와, 일만 하면 가족 모두가 안심하고 살 수 있는 장소에 겨우겨우 정착했다. 밀림의 나무들이 달짝지근한 냄새를 풍긴다는 것도, 이 세상에 분홍색 모래가 있다는 사실도, 나탈리아는 이 섬에 와서 처음 알았다. 자기 돈이 없어진 줄도 모르는 — 알았다고 해도 이미 때는 늦다 — 어리석은 부자가 존재한다는 것도.

히아신스의 목에 볼을 대고 인사한 후, 나탈리아는 마구간에서 나와 눈을 가늘게 뜨고 저녁 공기를 음미한다. 하늘은 장밋빛이다. 벽에 기대둔 자전거를 타고 페달을 밟는다. 가는 도중에 그 남자를 앞지르게 될 것이다.

조니는 잭 센터에서 일하고 있다. 일곱 군데 있는 양철 지붕 달린 포장마차 중 하나다. 가게는 아직 하나도 안 보이는데, 고기를 굽는 향신료 향이 풍겨온다.

"헤에에에이, 나탈리아."

모음을 길게 늘어뜨리는 발음으로 체리가 인사를 건넨다. 진하게 볶은 커피 원두처럼 아름다운 피부를 가진 체리는 나탈리아의 할머니와 나이가 비슷한데, 잭 센터에서 제일가는 인기 포장마차에서 매일 고기를 굽고 있다.

"안녕하세요, 체리."

나탈리아는 자전거를 세우고 인사를 건넨다. 이 고장 사람들은 모두가 서로를 알고 지낸다. 모르는 얼굴은 관광객들뿐이다.

조니는 체리네 가게 다음다음 가게에서 플랜틴 바나나를 이기는 중이었다. 기름에 튀겨 고기와 함께 접시에 담아 판다.

"역시 그 남자를 벗겨 먹어야겠어."

귓가에 대고 쪽 소리를 내는 인사도 생략한 채 나탈리아는 말했다. 피부가 체리보다 짙은 커피색인 조니의 온 얼굴에 웃음이 번진다.

"그렇게 나와야지."

"오늘 밤, 일 끝나고 피시 바에 올 수 있어?"

"물론. 라우라는?"

"내가 전할게."

"다, 코."

활달한 조니는 프랑스어로 알았다고 대답하고 플랜틴 바나나를 이기는 작업을 다시 시작했다. 팝스, 레게, 토크 쇼. 어떤 포장마차에 서든 무언가 음악이 흘러나오고 있다. 평화로운 저녁이다. 달리기 어려운 해변 말고 시내를 통과하는 길을 선택한 나탈리아는 자전거에 올라탄다. 이 시간이면 라우라는 아직 호텔에 있을 것이다. 벤자민과 호텔방에 틀어박혀 있지만 않으면 금방 찾을 수 있으리라. 라우라가 왜 벤자민 같은 인간과 사귀는지, 나탈리아는 이해하기가 어렵다. 라우라에게는 조니라는 연인이 있다. 남자 마음을 호리는 소녀 같은 얼굴에 성격도 좋고 가슴도 멜론처럼 풍만하니까, 바람을 피울 거면 좀 더 좋은 남자를 얼마든지 잡을 수 있을 텐데.

라우라와 조니, 나탈리아는 어린 시절 친구다. 물론 나중에 합세한 나탈리아는 그때 열세 살이었으니까 그렇게 '어리지'도 않았지만,

그럼에도 자신에게 라우라와 조니는 딱 둘뿐인 어린 시절 친구이며, 동네의 모든 곳이 놀이터였던 그날들 ― 흙탕길, 돼지와 말 들. 분홍색 모래사장, 뱀이 있는 밀림, 나뭇가지에 매단 그네. 부락 같은 상점가, 대리석으로 된 은행 로비, 엄마들이 일했던 세탁소. 큼지막한 오이와 토마토를 수확하는 밭, 보드라운 흙의 냄새. 길바닥에 물을 뿌리면 물방울에 무지개가 생기는 소화전, 지금은 이미 없는 호스러운 호텔. 인심 좋은 관광객들, 도망칠 수 없도록 날개 일부를 잘라낸 극채색의 새들 ― 을 공유한 우리 셋은 소꿉친구라고 나탈리아는 생각한다.

라우라는 올해 열일곱이고 조니는 열여덟이다. 둘 다 나무에 열려 햇살을 듬뿍 받은 과일처럼 발랄하다. 조니는 미국의 팝 음악을, 라우라는 남자와의 육탄전을 아주 좋아한다. 조니와 나탈리아는 부모가 있지만, 라우라는 아버지 얼굴을 모른다. 당시, 이 나라에는 그런 일이 드물지 않았다. 광란의 시대. 나이 든 사람들은 종종 그렇게 말하면서 고개를 젓는다. 약물, 범죄, 정사, 검은돈. 모든 것이 지나치고, 사방에는 위험이 도사리고 있었다고 그들은 말한다. 하지만 그렇게 한탄하는 목소리에 그리움과 자랑스러움 같은 울림이 섞여 있는 것도 확실해서, 나탈리아는 그 시대를 보지 못한 것을 아쉽게 생각한다. 지금 이 고장은 완전히 쇠퇴하고 말았다. 식물만이 왕성한 생명력을 뽐내면서 대지에 뿌리를 내리고 있고 쪼잔한 ― 또는 멍청한 ― 관광객만 찾아오고 있다. 1985년. 연대까지 따분하다.

어제 읽기 시작한 새 책에서 눈을 뗀 미노루는 속으로 계산해본다. 1985년에 열아홉 살이면 이 나탈리아라는 여자는, 만약 살아 있다면 ― 그러니까 소설 속에서 병을 앓아 죽었거나 살해당하지 않았다면 ―, 올해 나이 마흔아홉이다. 쉰 살인 미노루와 거의 비슷하다. 당연히 친근감이 샘솟는다. 1985년, 미노루는 대학생이었다. 대개 학교 도서관이나 집에 있었다. 다른 학생들처럼 아르바이트를 한 것도 아니고, 여자 친구도 없었기 때문에 데이트라는 것도(이미 마련된 자리에 억지로 끌려 나간 두세 번을 제외하면) 한 적이 없고 딱히 하고 싶지도 않았다. 그런데도 그럭저럭 술을 마실 수 있게 되었고, 오타케나 가나코, 준준를 따라가는 형식으로 풀 바나 디스코장, 스키장에 간혹 가기도 했다. 마음껏 즐겼다고는 할 수 없지만.

그 무렵에 나탈리아는 이런 장소에서, 이렇게 지냈던 것이다. 소꿉친구인 라우라(멜론처럼 풍만한 가슴을 가진)와 조니와 함께. 미노루는 소꿉친구라 할 수 있는 상대가 없다. 유치원에 다닐 때 '신짱'이라고 불리던 사내아이와 곧잘 놀았던 기억은 있지만, 전체 이름도 제대로 기억하지 못한다. 초등학교나 중학교 시절 친구들과도 졸업한 후로는 전혀 연락을 주고받지 않았다. 고등학교 이후의 친구 몇 명과는 지금도 연하장을 주고받고 있지만, 어느 모로 보나 그들은 소꿉친구 범주에 들지 않는다. 아직 사회성도 충분하지 않고 선악의 판단도 인격도 취향이나 기호도 자리 잡지 않은 시절에, 택해서가 아니라 환경에 따라 친해졌다가 그 후에도 지속적으로 관계가 유지되는 상대를 소꿉친구라 한다면, 미노루에게는 스즈메가 그런 사람일 테지만 남

237

매를 소꿉친구라고 하지는 않는다.

　그 스즈메는 3박 4일 일정으로 타이완에 갔다. 어제 사진이 첨부된 문자가 왔는데, '구경해!'라는 제목에 본문은 없고, 껍질을 벗긴 상태에서 팔리고 있는 식용 개구리를 접사한 사진이 있을 뿐이었다.

　책을 덮고 침대의자에서 일어난 미노루는 소설 속에서처럼 창밖이 저녁 어둠에 싸여 있다는 것을 깨닫는다. 여기에는 밀림도 없고 호화판 호텔도 없고 하늘도 장밋빛이 아니라 엷은 파랑이라는 것도.

19

좍좍 쏟아지던 소나기가 그치면 조금은 시원해질 줄 알았는데 먼지 냄새만 풀풀 났지, 다시 부연 햇살이 비치자 오히려 후덥지근해졌다. 문 앞에다 모기향을 피워도 모기가 침입하는 건 막을 수 없으리라. 문 열기 전, 가게 카운터에서 매실주를 마시면서 사야카는 치카와 마미의 여학생 같은 대화를 듣고 있다.

"잘생겼어?"

"잘생겼다고 할 수 있을지……. 아뇨, 잘생기진 않았을걸요, 아마."

"그러니까 배우로 치면 누구를 닮았다든지, 그런 거 있잖아."

"음, 배우요?"

카운터 위에는 하얀 비닐봉지에 든 말린 전갱이. 대학 시절 친구들과 이즈에 놀러갔다 왔다는 마미의 선물이다. 그 여행에서인지, 아니면 그 전후인지 마미에게 남자 친구가 생긴 듯하다. 그를 닮은 배우는 잘 떠오르지 않지만, 경시청 캐릭터인 '삐뽀 군'을 조금 닮았다고 마미는 말했다. 그러나 사야카는 잘 상상이 되지 않는다. '삐뽀 군'을 닮은 남자? 귀엽게 생겼다는 의미일까. 아니면 방실거린다? 3등신? 활기차다?

"그런데 그쪽이 마미에게 관심이 있다는 건 어떻게 알았어?"

늘 그렇지만 치카는 화제를 깊이 파고든다. 진지한 표정으로 다짜고짜 물어대니, 본인에게 그런 마음이 없어도 캐묻는 것처럼 들리고 만다.

"그건 뭐, 그냥."

하지만 마미는 싫은 내색 없이 수줍은 듯 작은 목소리로 대답했다.

사야카는 카운터 안쪽, 살짝 쪄놓은 도미 머리와 김이 오르는 찜통, 꼼꼼하게 씻어 바구니에 담아놓은 시금치, 바늘처럼 잘게 썰리고 있는 생강채를 바라본다. 치카는 아까, 오늘 좋은 성게알이 들어왔다고 했다. 성게알은 1년 내내 구할 수 있지만, 이 가게에서는 여름 성게알만 사용한다. 그것은 치카 아버지의 방침이었다. 그 외에도 선대가 정해놓은 요소들이 많다. 치카는 그것들을 고집스럽게 지키고 있다.

"좋겠다, 젊어서."

치카가 말했다.

"데이트라. 마미가 열여덟 살이던가? 열아홉 살? 앞으로 많은 일이 있겠네. 우리에게는 이제 없는 일이 말이야. 좋겠어, 솔직한 심정이야."

정말? 사야카는 마음속으로 치카에게 묻는다. 너, 정말 부럽니? 어째 좀 의외였다. 누군가를 부러워하다니, 지금 상황에 만족하지 못한다는 증거가 아닐까.

사야카는 젊은 사람이 부럽다는 생각이 조금도 없다. 겨우겨우 여기까지 왔다. 젊은 시절에는 짜증스러운 일만 많았다. 자신이 있을 곳은 어디에도 없는 것 같았다. 일찍부터 자신의 성적 정체성에 눈을 뜬 듯한 치카와 달리, 사야카는 전혀 자각이 없었다. 어렸을 때는 다른 여자애들과 똑같이 반에서 어느 남자애가 가장 멋진지를 놓고 아옹다옹했고, 중학 시절에는 재개봉으로 본 「에덴의 동쪽」에 감격해 제임스 딘 포스터를 방에 붙여놓았다. 대학 시절에는 데이트라는 것도 몇 번 했다. 조금도 즐겁지 않았지만. 대학 졸업 무렵부터 데이트를 시작한 상대와 교사가 된 후 결혼했다. 그렇게 하는 것이 가장 평범하게 여겨졌기 때문이다. 결혼 생활은 고통이었다. 자신이 남자를 좋아하지 않고, 남자를 만지는 것도 남자에게 만져지는 것도 불쾌해한다는 사실을 깨달았을 때는 서른 살이 넘어 있었다.

"너는 멍청하니까."

언제였나, 치카에게 그런 소리를 들은 적이 있다. 아마도 맞는 말이리라. 그런 결혼 생활을 9년이나 계속했다. 남편이었던 남자에게는 딱하게 되었다는 말밖에 할 수 없다. 이혼 전후의 날들은 거의 기억에서 지워졌다. 애써 지워버린 것은 아닌데, 그래도 타인에게 생긴 일처럼 느낄 수 있을 정도로 떨어버리는 데 성공했다. 그 나날들. 가장 묘했던 것은 남편이었던 남자는 물론이고, 부모와 친구들과의 사이에도 메울 수 없는 골이 생긴 느낌이 들었던 점이다. 세상 전부도 그 전과는 달랐다.

치카를 만났을 때, 사야카는 이 세상에 아무런 바람도 갖고 있지 않았다. 연애도 우정도 믿지 않았고, 그저 혼자서 조용히 살리라고 마음을 다진 상태였다. 그러나 지금, 사야카는 치카의 발톱이 완두콩 색으로 물들어 있다는 것을 안다. 치카가 혼자서는 미용실에 가고 싶어 하지 않는다는 것도, 매일 아침 불단 앞에서 합장한다는 것도, 손님에게는 팔지만 자신은 굴도 멍게도 생선 애도 이리도 먹지 않는다는 것도.

"자."

눈앞에 동아가 담긴 접시가 놓였다.

"나중에 식힐 거지만."

아직 따끈한 동아는 투명한 초록색이고, 갈분으로 만든 걸쭉한 소스가 끼얹어져 있다.

"치카 씨는 첫 데이트를 한 게 언제쯤이었어요?"

마미가 묻는다.

"그렇게 옛날 일을 어떻게 기억해."

치카는 웃었다. 그러는 동안에도 손을 계속 움직여 레몬을 반달 모양으로 자른다.

"그럼, 사야카 선생님은요?"

"지금 마미 정도 나이였을 때려나, 학생 시절. 그야말로 옛날이네."

사야카는 그렇게 대답하고 나무젓가락으로 동아를 갈랐다.

"아무튼 잘됐네, 남자 친구가 생겨서."

자른 레몬을 플라스틱 용기에 담고서 치카가 말한다.

"좋아하는 사람이 생기면 하루하루가 즐겁잖아. 설령 상대가 '삐뽀 군'처럼 생긴 남자여도 말이야."

치카의 말에 돋아 있는 가시를 마미는 알아차리지 못한 듯해서 사야카는 그만 웃고 만다.

자신도 모르게 선잠이 들었던 것 같다. 유마는 침대 옆에 떨어져 있는 옷을 걸치고 영유아용 교육 CD ― 손가락 놀이 노래, 옛날이야기, 동물의 울음소리 등이 담겨 있다 ― 소리가 나는 거실로 간다. 유마의 연인이 라이루와 놀고 있다. 그림책과 미니카, 나무 쌓기와 국자, 깔때기(왜 그런지 라이루는 조리 도구로 노는 걸 좋아한다)가 어지럽게 널려 있다.

"일어났어?"

연인의 목소리에는 안도의 울림이 묻어났다. 창밖은 벌써 어둠의 색이다.

"미안해. 나도 모르게 잠이 들었어."

행위 도중이었다는 기억은 있어서, 연인에게 미안한 마음이 들었다. 유마를 보고서 라이루가 두 손을 위아래로 흔들면서 웃는다.

"라이루우."

자신이 낼 수 있으리라고는 상상도 못 했던 목소리로 아들을 부르면서 몸을 굽히고 볼을 비볐다. 정말 믿기지 않을 정도로 라이루가 귀엽다. 완벽한 존재다.

"그럼 나는 가볼게."

연인은 말하고 일어나, 어지럽게 널려 있는 장난감을 성큼 건넌다.

"벌써? 저녁은?"

CD 플레이어에서 영어 노래가 흐르고 있다. '그날 아기 고양이가 시장에 갔는데…….'

"저녁 걱정할 때가 아닌 것 같은데?"

이리저리 움직이는 연인의 시선이 방 전체의 난잡함을 가리킨다는 것을 깨달았다. 싱크대에는 낮에 먹은 그릇과 냄비가 그대로 쌓여 있고, 테이블은 세탁하고 개지 않은 빨래 더미와 노트북, 우편물과 잡지, 그리고 연인에게 사오라고 부탁한 종이 기저귀가 점령하고 있다.

"그래도 재료는 다 사다놨어. 금방 준비할 수 있는데."

유마는 속이 뜨끔했다. 오늘 그가 온다는 것은 알고 있었다. 그래서 어제 슈퍼마켓에 가서 고기와 채소를 사다놓았다. 그런데 오늘 라이루를 병원에 데리고 가야 해서, 그래서.

"괜찮아. 힘들게 만들지 않아도."

"힘들지 않아."

유마는 바로 대답한다.

"밥 짓는 거 조금도 힘들지 않아."

하지만 시간이 걸린다. 음식을 만들기 전에 정리도 해야 하니까.

"아니면, 외식할까?"

전에는 외식도 곧잘 했다. 아오야마에 있는 비스트로나 롯본기의 초밥집, 니시아자부의 꼬치구이 집 같은 곳에서.

"라이루는?"

"데리고 가면 되지."

"병원에 갔다 왔다면서."

연인의 얼굴에 짜증이 번져, 유마는 자신이 무능하다고 느낀다. 또는, 적어도 좋은 연인은 아니라고.

"그냥 땀띠가 좀 난 건데, 뭐. 긁어대니까 짓물러서, 그래서 안쓰러워서 약 처방을 받으러 갔을 뿐이야. 병을 앓고 있는 것도 아닌데 데리고 나가면 어때서?"

이렇게 귀여운 사람이 내 여자라니, 내 행운이 믿기지 않는다. 유마는 전에 이 사람에게서 들었던 그 말을 기억하고 있다.

"일단 오늘은 돌아갈게."

"일단이라고?"

그만 발끈하고 만다.

"일단이라니, 무슨 뜻이야? 일단? 무슨 말인데?"

아직 여덟 시 반이다. 라이루가 태어나기 전에 이 사람은 유마 집에 오면 — 그때 살았던 아파트는 지금 사는 아파트보다 훨씬 좁았는데도 — 마지막 전철을 아슬아슬하게 탈 수 있는 시간까지 돌아가지 않았다. 자고 가는 일도 적지 않았다. 가는 게 좋지 않겠느냐고 유마가 말해도.

"아, 이탈리아 요리 어때? 미노루 씨가 라이루와 함께 데려간 적이 있는데, 거기는 갓난아기 데려가도 괜찮아."

아마 가게 명함을 들고 왔을 텐데. 찾으면 어딘가에 있을 것이다.

245

"그렇게 외식이 하고 싶어?"

그렇게 물어서, 유마는 또 발끈한다.

"아니지. 외식을 하고 싶다는 말이 아니라, 재료를 사다놨다고 했잖아. 그런데도 당신이 가겠다고 하니까."

"아무튼 갈게."

연인의 목소리는 냉정했다. 차분하기까지 했다. CD에서는 한창 옛날이야기가 흘러나오고 있다. '아직 무는 뽑히지 않았어요.'

"일단이 아무튼으로 변했네."

자기 목소리에 원망이 섞여 있다는 걸 안 유마는 슬퍼졌다.

녹아버릴 것 같아, 하고 나탈리아는 생각한다. 허리를 껴안아 침대에서 띄우고 깊게 삽입하자 동시에 등이 젖혀진다. 더 젖혀지고, 그럴 때마다 땀에 젖은 몸이 튄다. 점점 거칠고 고통스러워지는 숨은 호흡이라기보다 움직임에 맞춰 몸에서 제멋대로 튀어나오는 것만 같아 자신의 귀에도 어처구니없게 들렸다. 나탈리아는 사지가 사라진 듯한 기분이 든다. 그것들은 오래전에 완전히 힘을 잃어 침대 어딘가에 나뒹굴고 있다.

의미 없는 말이 입에서 드문드문 흘러나온다. 고열에 신음하는 것처럼. 나탈리아는 지금 몸 안팎이 모두 스코트로 채워져 있다. 더는 견딜 수 없다, 녹는다, 머릿속이 뒤죽박죽 엉킨다. 그렇게 생각했을 때, 갑자기 스코트가 몸을 뗐다. 등이 침대로 떨어지고, 갑작스러운 해방에 안도할 틈도 없이 전신이 상실감에 푸르르 떤다. 나탈리아의 모든 피부란 피부, 모든 세포란 세포가.

눈을 뜨자 뻔뻔한 관광객이라 여겼던 남자가 미소 짓고 있다. 안 돼. 돌아와. 어서 돌아와. 나탈리아는 애원할 뻔한다. 그러나 그 전에 스코트가 몸을 덮친다. 나탈리아 위로, 옆으로, 한 치의 틈도 없이.

"불렀나?"

그리고 속삭인다.

"나쁜 사람."

그렇게 뇌까렸지만, 말과는 달리 온몸이 스코트를 만끽한다. 스코트의 피부는 놀라우리만큼 따뜻하다. 흙냄새 비슷한, 마음이 평온해지는 냄새가 난다.

"그렇게 칭찬해주니 영광이군."

나탈리아는 신음을 내면서 스코트의 어깨를 깨물었지만 ─ 그곳은 샐러리 맛이 났다 ─, 두 다리 사이에 뜨겁고 딱딱한 것의 존재를 느끼자 저항하지 못하고 다시 허리를 들었다.

미국 사람은 다들 맥이 없는 줄 알았다. 맥도 없고 멍청하고, 차림새에만 신경 쓰고 촌스럽고 머리도 나쁘고. 나탈리아는 녹는다. 자신의 피부가 스코트의 피부를 빨판처럼 빨아들이려는 걸 알았다. 그렇게 빨아들여 뒤엉켜 녹으려는 것을. 하지만 나탈리아는 움직이지 못했다. 고작 숨을 쉴 뿐이었다. 몸이 튀고 파도에 쓸려 나가는 듯한 순간이 찾아오고, 스코트의 몸이 떨어져 옆에 벌렁 나자빠졌는데도 몸을 일으켜 뒤쫓을 수 없었다. 안 되겠어, 지금은. 나탈리아는 자신의 피부에게 말한다. 또는 세포에게, 입술에게 말한다. 너희들, 어쩌면 그렇게 탐욕스럽니.

천장에서 날개가 네 개짜리인 목제 팬이 느릿느릿 돌고 있다. 푸르름. 바닥이 지면에서 떠 있는 방갈로는 삼면이 테라스다. 문은 전부 활짝 열려 있고, 뚝뚝 떨어질 듯 짙은 초록 덩굴이 울창한 반얀 숲에 에워싸여 있다. 벽에 도마뱀 한 마리가 붙어 있다.

"그래서?"

스코트가 맥주를 내밀며 말한다.

"하던 얘기 계속해봐."

맥주는 극단적으로 차가웠다. 실제로도 병은 얼어붙어 있었다.

"냉장고 설정 온도가 엄청 낮아."

스코트가 어깨를 으쓱한다.

"물도 얼어 있어서 금방은 마실 수 없어. 여기 사람들은 극단적이네, 포장마차 맥주는 미지근한데."

"또 비판이야?"

한 손에 맥주병을 든 채, 스코트는 두 손을 번쩍 들어 보였다.

"그냥 감상이야."

침대로 돌아온 스코트는 나탈리아의 어깨를 끌어안았다. 나탈리아는 남자의 따스한 어깨에 머리를 기댄다. 밭의 흙냄새에. 이렇게 있으면 기분이 좋다.

"그래서, 아까 하던 얘기는?"

"아니, 됐어."

나탈리아는 대답했다.

"오빠 얘기는 하고 싶지 않아. 지금은 그냥 이렇게 있고 싶어."

그 순간, 스코트는 아무 말이 없더니,

"좋아"

하고 대답한다.

"그럼, 그렇게 해."

나탈리아는 손발을 움직여 시트의 청결한 감촉을 즐긴다. 그 옛날의 엄마가 그랬던 것처럼, 누군가가 빨아서 풀까지 먹인 시트.

"그런 말 하지 마라. 가족인데."

어제저녁, 엄마는 눈물을 글썽이며 그렇게 말했다.

"가족은 서로 도와야 하잖니."

그런 일이 있었는데도 엄마에게 프리니오는 여전히 소중한 아들인 것이다.

나탈리아는 눈을 감고, 불길하게 술렁이는 가슴을 진정시키려 한다. 괜찮아, 이곳은 고향에서 9천 킬로미터나 떨어진 장소니까.

"내 피부가 기뻐하고 있어."

스코트가 말했다.

"너의 아름다운 검은 머리와 젖가슴을 만질 수 있어서."

휴대전화가 울려 미노루는 책을 내려놓았다. 그러나 의식은 아직 열대의 방갈로에 있었다. 뚝뚝 떨어질 듯한 초록, 알몸의 나탈리아와 스코트.

"미노루? 나 준코인데, 지금 통화할 수 있어?"

카리브해에 떠 있는 섬, 깨물고 녹는 행위.

"여보세요, 미노루?"

준준이었다.

"응."

대답하고는 상대가 용건을 꺼내기를 기다렸다. 춥다고 느껴져 에
어컨을 일단 끈다. 바로 조금 전까지 땀이 흥건한 침대에 있었는데.

"잘 지내?"

"응. 준준은?"

시계를 보니, 정오가 다 됐다. 준코는 회사에 있을 시간이 아닌가.

"정말 짜증스럽다. 사는 게 내 마음 같지가 않아."

"지금 회사야?"

"집에 있어. 휴가 냈어."

에어컨을 껐는데도 추워서, 미노루는 베란다로 나가 여름 햇살을
받는다.

"좋네, 휴가도 내고."

"아들이랑 온천에 다녀왔어."

"응."

"그런데, 미노루의 의견을 듣고 싶달까."

오늘 준준은 말투가 어정쩡하다.

"의견?"

오래 살아 익숙한 주택가가 기묘하게 보였다. 기와지붕, 전신주,
화단, 서 있는 택배 회사 트럭, 아스팔트로 포장된 길, 담배 파는 자동

판매기. 일본 그 자체다. 나탈리아와 스코트는 아마도 평생 보지 못할 풍경.

"……오늘 밤, 만날 수 있을까?"

미노루도 카리브해에는 가본 적이 없다.

"오늘 밤?"

되묻고는 의식을 현실로 끌어당긴다. 오늘 밤은 스즈메 집에 가기로 했다. 타이완에서 사온 선물을 가지러 오라는 부름이 있어서다. 식용 개구리나 아니면 좋겠는데, 하고 미노루는 생각한다.

"응. 갑작스럽다는 건 아는데, 그래도 만약 시간 있으면."

"미안, 오늘 밤은 시간이 안 돼."

덥다, 하고 피부가 호소한다. 미노루는 시원한 방으로 돌아간다.

"아, 괜찮으면 누나 집에 오지 그래. 오늘 밤 갈 건데. 옛날에 만난 적 있지, 스즈메랑?"

"……응, 학생 시절에."

"누나가 어제 왔어. 사진 찍으러 타이완에 갔다가."

"……그렇구나."

"아, 스즈메가 사진작가라는 말은 했던가?"

준코는 알고 있다고 대답했다. 전에 들었다고. 하지만 오늘 밤은 사양하겠노라 말하고, 미노루에게 갑자기 만나자고 해서 미안하다고 사과하고는 어째 어정쩡한 채로 전화를 끊었다.

"왜? 오면 되잖아. 누나는 별 신경 안 쓸 텐데."

미노루가 그렇게 말해보긴 했지만.

침대의자로 돌아오자 카리브해가 기다리고 있었다. 엎어놓았던 책을 든다. 그랬지, 검은 머리와 젖가슴이다.

20

점심으로 찹쌀밥에 차(물론 시원한 녹차)를 부어 말아 먹으면서, 이런 걸 먹으니까 일본에 돌아온 느낌이군, 하고 스즈메는 생각한다. 고풍스러운 부엌에서 낡은 냉장고가 간혹 부우우웅 하고 꿍얼거리는 듯한 소리를 낸다. 찹쌀밥은 어제 동네 전통 과자 가게에서 발견하고 사왔다. 투명한 플라스틱 용기에 담아 노란 고무줄을 둘러서 팔고 있었다. 쇼와 시대의 운치를 간직하고 있는 조그만 가게로, 하얀 앞치마를 두른 아줌마 혼자서 가게를 지키고 있었다. 남의 일이지만 요즘 세상에 이렇게 해서 장사가 될는지 걱정스러워, 찹쌀떡에 쌀과자도 샀다. 나중에 생각해보니 별로 먹고 싶지 않은 것까지도.

조용한 오후다. 조그만 우윳빛 유리창 너머로 멀구슬나무의 초록 이파리가 보인다. 집 뒤쪽의 좁은 땅에 빽빽하게 서 있는 나무도 이 집이 마음에 들었던 이유 중 하나다.

베를린은 지금 막 날이 밝았을 무렵이다. 밤새 열려 있는 바나 클럽에서 슬슬 사람들이 나올 시간. 스즈메는 자주 가던 슬러터하우스와 홉스앤발리 같은 가게를 떠올린다. 타일 벽과 바닥, 깔끔하게 손질된 맥주 서버. 홉스앤발리는 아담하고 차분한 가게다. 그 탓인지 밖이 밝아오는데도 카운터에 엎드려 자고 있는 손님이 있곤 하다. 슬러터하우스는 조명이 분홍색과 초록색이라 요란하고 천박하지만, 거기에 가면 언제나 누가 되었든 친구를 만날 수 있다. 그리고 그 어느 쪽에 있든, 거기에서 나왔을 때 그 거리의 공기, 냄새, 색감. 밤이 아침에 쫓기는 시간대의 베를린이 가장 베를린답다고 스즈메는 생각한다.

그러고는 피식 웃는다. 베를린에서는 도쿄를 생각하고, 도쿄에 와서는 베를린을 생각하고 있으니 어이가 없다.

이번 귀국에 대해서 일본의 지인들에게는 거의 알리지 않았다. 알리면 반드시 만나자고 할 텐데, 그중에는 스즈메를 정말 만나고 싶어하는 사람도 있을지 모르지만 그렇지 않은 사람도 틀림없이 있을 것이다. 그렇다면 차라리 알리지 않는 편이 피차 귀찮을 일이 없다. 안 그래도 이번 귀국에서는 하고 싶은 일이 아주 많았다. 도심에서 사진을 찍고 싶고, 할아버지 할머니의 옛날 집 — 현재는 미술관 — 에도 가고 싶다. 책방 순례도 하고 싶고, 하토와 학생 시절의 친구 둘(타이완에 가기 전에 한 번씩 만났지만, 다시 한 번)을 만나고 싶다. 외국에서 오래 산 스즈메는 일본 국내 여행은 별로 한 적이 없어서, 일본에 머무는 동안 규슈와 시마네에 가고 싶은 생각도 있다. 이 집의 다다미

방에서 앞으로 두세 번은 낮잠도 자고 싶다(그러나 낮잠에 대해서는 기분이 복잡하다. 독일에서는 밤늦게 자기 때문에 일이 없는 날에는 오전 내내 거의 잠을 자는데, 일본에서 낮잠을 자면 왠지 미안하다).

점심 먹은 설거지를 하고 스즈메는 좁은 다다미방을 힐금 돌아본다. 좁지만 물건이 없어 낮잠 자기에 딱 알맞은 공간으로 보인다. 그러나 눈을 떴을 때의 자책감 — 종일 잔 것도 아닌데 종일 무위하게 보낸 듯한 — 을 떠올리고는 생각을 떨쳐버렸다. 대신 소프트아이스크림 가게에 가기로 한다. 귀국하자마자 갔을 때는 밤이어서, 경영자면서 기계를 다룰 줄 모르는 미노루 때문에 정작 아이스크림을 먹지 못했다. 그러고 보면 스즈메는 유마 대신 들어온 점원과도 여유 있게 얘기해본 적이 없다. 어떤 사람인지 봐야겠다고 마음먹고 외출할 준비를 시작한다.

전화를 끊은 준코는 아으으으윽, 하고 소리를 지르며 불만을 표시했다. 집 안에 혼자 있어서 어떤 소리를 내지르든 누가 뭐랄 염려는 없다. 머릿속은 아들이 불쑥 털어놓은 '얘기'로 꽉 차 있다. 정원사? 대체 어디서 그런 발상이 튀어나왔을까. 경제학부에 다니는 대학생이 왜 뜬금없이 정원사가 되겠다는 것일까. 물론 정원사는 훌륭한 직업이다. 아들이 장래에 그런 일을 하고 싶다고 하면 준코는 당연히 응원할 것이다. 그러나 왜 대학을 중퇴할 필요가 있는지는 이해되지 않았다. 애써 들어간 대학이다. 배움은 중요한 것이고, 어떤 직업을 갖게 되든 지식은 없는 것보다 있는 편이 낫다.

할 얘기가 있다고 아들이 말한 것은 둘이 온천에 갔을 때였다. 방으로 안내되어 테라스에서 경치를 바라보고, 두 군데나 있는 노천탕을 보고는 환성을 지른 직후의 일이다. 그래서 여행 내내 준코는 당황하고 혼란스러워 편히 쉴 수 없었다.

"학교, 그만두기로 했어."

고우키는 제일 먼저 그런 말로 얘기를 시작했다. 그만두고 싶다고도, 그만두려고 한다고도 아닌, 그만두기로 했다고. 계기는 친구가 보여준 전단지. 거기에 정원사(견습생) 급히 구함, 시급 2천 엔 이상, 미경험자, 60세 이상 환영, 이라고 적혀 있었다고 한다.

"60세 이상이라니까, 놀랍잖아."

깜짝 놀라서, 어떤 일을 하는 것인지 궁금해서 보러 갔다고. 그랬더니 '정말 대부분이 나이 든 사람들'이었다고 한다. 그날 '하루만 일해볼 생각'으로 일을 거들었는데, '젊은 사람이라 역시 체력이 있어서 좋다' 하고 눈에 든 모양이다. 더욱 놀라운 건 그게 벌써 작년 9월 일이란다. 그때부터 1년 가까이 아들은 — 무급으로 — 그 조경업자 일을 '거들었다'고 한다.

준코는 대학을 그만두고 본격적으로 견습생 수업을 시작하고 싶다는 아들의 의사를 일축했다. 이유는 얼마든지 들 수 있었다. 아니, 그보다 먼저 말이 입에서 쏟아져 나왔다. 너 바보니? 말만 번지르르 했지, 그냥 부려먹는 거잖아. 학교를 그만두다니, 그게 말이 되는 소리야? 게다가 그런 기술자의 세계가 얼마나 혹독한지 알기나 해? 생초보가 뭘 할 수 있겠어?

256

고우키는 준코가 씩씩거리다 말을 끝낼 때까지 잠자코 있었다.

"그런 거 전부, 이미 생각한 거라서."

그리고 그렇게 말했다. 스승이 될 정원사와도 몇 번이나 의논을 했고, 아버지에게도 얘기했다고 한다. 준코가 정말 화가 난 것은 그 순간이었는지 모른다. 아버지에게도 얘기했다. 그러니까 준코만 소외되어 있었던 것이다.

깊은 밤, 노천탕에 몸을 담그고 준코는 오랜만에 울었다. 모든 것이 불합리하다고 생각했다. 도쿄로 돌아오자마자 헤어진 남편에게 전화를 걸었다. 그러나 고우키가 준코에게 한 설명 — 하고 싶은 일이 바로 이거라고 생각한다느니, 취직난이 심각하다고 하지만 후계자가 없는 직종도 많다느니 — 을 반복하면서 자신은 아들을 믿는다, 아들이 결정한 일이니 존중하고 싶고 응원하고 싶다는 말뿐이었다.

준코는 정말 이해할 수 없었다. 왜 학교까지 그만둘 필요가 있는지, 후계자가 없다고 해서 왜 하필 고우키가 그 일을 해야 하는지, 그리고 왜 자신만 소외되었는지.

지붕을 무너뜨리고 벽을 싹 훑어버렸는데도 불길은 여전히 타오르고 있다. 불길과 굉음 너머로, 검게 타들어가면서도 늠름하게 서 있는 기둥이 보인다. 오라프는 밤 한가운데에 서서, 활활 타오르고, 와르르 무너뜨리고, 타닥타닥 튀는 불길의 요염한 아름다움을 바라본다. 철저하게 무너져야 한다고 생각했다. 어차피 의원이 이 별장에 오는 일은 두 번 다시 없을 것이다.

정문 현관 앞에 경찰 차량 두 대와 함께 복스홀 아스트라가 서 있다. 그러니까 부지 어딘가에 모나가 있다는 뜻이다. 망연히 서 있든지, 주저앉아 울고 있을 것이다. 이곳에 조야가 없다는 것을 오라프는 전할 수 없다.

구경꾼들이 모여들고 있었다. 어처구니없게 차를 몰고 구경하러 오는 사람들도 있고, 뜨거운 커피까지 챙겨 온 사람도 있다. 모두 부들부들 떨면서 하얀 숨을 내쉬고 있는데, 그런데도 밤하늘을 물들이는 불길에서 눈을 떼지 못한다.

"오라프, 여기 있었네."

마리에의 목소리가 들리고, 그녀가 친근하게 팔짱을 꼈다.

"춥다. 이제 그만 돌아가자."

두꺼운 캐시미어 코트를 입고 있지만, 허리에 총구가 닿아 있다는 것은 알 수 있었다. 이제야 겨우 도착한 소방차의 사이렌 소리가 요란하다.

"이렇게 하면 나를 속일 수 있다고 생각했어?"

구경꾼들에서 멀어지자, 총구를 더욱 힘주어 들이대며 마리에가 말했다.

"너를? 설마."

오라프는 두 손을 약간 들어 보였다. 마리에는 사람 없는 국도를 건너 숲속으로 들어간다. 지금 이게 장난이 아니라는 것은 마리에 눈을 보고 알았다. 촉촉하게 젖은 눈은 순도 높은 슬픔을 띠고 있었다.

"내 말 좀 들어봐, 마리에. 다 끝났어. 그 별거 아닌 서류는 회수하지 못했지만, 배신자는 처리했다고. 먼지만 뒤집어쓴 고릿적 서류가 대체 뭐라고 그러는 거야? 이제 보고서를 써서 크렘린에 보내기만 하면 돼. 페이퍼 워크만 남았다고. 모르겠어? 평범한 회사원과 똑같이 말이야."

마리에에게 상처를 주고 싶지 않았다. 은인 미르코의 손녀니까.

"당신은 썩었어, 오라프. 배신자라고."

눈길인데도 워커를 신은 마리에는 문제없이 걷는다. 그러나 총을 쥔 오른손쯤 얼마든지 비틀 수 있다.

"잘 들어. 나는 너를 죽이고 싶지 않아."

오라프는 아들을 생각하고 있었다. 소비에트를 모르는 채, 자신은 평화로운 러시아에 태어났다고 믿고 있는 아들. '아빠, 잘 지내? 아직 안 와?' 마지막 메일에는 그렇게 쓰여 있었다.

날카로운 총성이 울리고 마리에의 몸이 앞으로 푹 고꾸라졌을 때, 오라프는 총이 폭발했다고 생각했다. 마리에가 하늘을 향해 총을 쏜 모양이라고. 그러나 이어서 두 번째 총성이 들렸다. 총알은 오라프 바로 왼쪽을 스쳤다. 순간적으로 몸을 굽히고 동시에 자신의 총을 뽑으면서 총알이 가슴에서 등으로 관통한 마리에를 그 자리에 버려두고

사람이 들어온 기척이 나서 아카네는 책을 내려놓았다. 어서 오세요, 라는 말을 하려고 긴장했다가 결국 그 말을 하지 못한 것은 들어온 사람이 사장(무서운 쪽)이었기 때문이다.

"안녕."

스즈메는 인사한 뒤 기다리지 않고,

"한가한가 보네"

라고 이어 말했다.

"안녕하세요. 음, 그러네요. 손님이 붐빌 때도 있지만, 대개 이래
요."

대답을 한 아카네는 그다음은 뭘 어쩌면 좋을지 모른다. 스즈메를
만나기는 두 번째지만, 처음에는 다른 사장이 중간에서 얘기의 다리
를 놓아주었다. 배운 접객 매뉴얼에 준하면 이다음 할 말이 '편한 자
리에 앉으세요'인데, 고용된 인간이 가게 주인에게 그렇게 말하는 것
도 이상했다.

"이렇다는 건…… 손님이 없다?"

"네."

아카네는 대답하고, 왠지 미안한 마음이 들어 의미도 없이 "아뇨"
하고 부정했다가 이내,

"음, 네. 뭐, 그래요"

하고 인정했다.

"뭐 드실래요?"

하고 묻자, 무서운 쪽 사장은 웃음기 하나 없이 고개를 끄덕인다.

"미안한데, 너, 이름이 뭐라고 했지?"

물어서,

"기무라예요, 기무라 아카네"

하고 대답하자,

"기무라 씨. 담담한 이름이네. 이 가게에 어울려"

한다. 의미를 몰라, 아카네는 스즈메를 쳐다보았다. 중간 키에 보통 몸집, 피부는 까맣고, 희끗희끗한 단발머리.

"안 그래? 여기 가게 이름이 슈프레 파크잖아. 도저히 담담한 이름이라고는 할 수 없지. 그런데 점원 이름이 사이온지라거나 아야노코지라고 해봐. 왠지 척하는 느낌이 들어서 친숙해지기 어려울 거 아냐."

사장(어쩌면 그렇게 무섭지 않은지도 모르겠다)은 진지한 표정으로 그렇게 말했다.

인생이, 어쩜 그렇게 생각지도 못한 곳에 함정이 있니. 준코는 가나코에게 그렇게 말할 작정이었다. 대학을 그만두겠다는 아들의 갑작스러운 선언과, 전남편의 지지 표명에 대해 얘기하면서, 하는 김에 미노루의 냉담함에 대해서도 한바탕 늘어놓자 싶어 전화를 걸었다. 그런데 결국 그 얘기는 꺼내지 못하고, 학생 시절이나 다름없이 어눌한 데다 어린애 같으면서도 차분해 감정을 읽을 수 없는 가나코의 말에 귀 기울여야 했다.

슬슬 스즈메 집에 가야 할 때라고 생각하면서 책을 읽고 있는데, 당사자인 스즈메가 불쑥 들어왔다. 근처에 온 길에 들렀다고 한다.

"오는 건 좋은데, 현관벨 정도는 눌러야지."

어쩌면 눌렀는데 미처 듣지 못했는지도 모른다. 말을 해놓고야 그

렇게 생각했는데,

"왜?"

하고 스즈메가 되물었다.

"왜는. 내가 뭐 하는 중인지 모르잖아."

의식의 절반은 카리브해에 두고서 — 그쪽은 새벽녘이다. 조니의 발은 분홍색 모래에 묻혀 있다. 왜냐하면 조니가 맨발이기 때문이고, 맨발인 건 라우라가 바람을 피우고 있다는 걸 안 조니가 신발도 신지 않은 채 뛰쳐나가 밤새 마구간에 있었기 때문이다. 그런 줄 모르는 라우라는 평소대로 매력을 풍풍 풍기면서 조니에게 "안녕"이라 말하고, 조니 역시 시치미를 떼고서 평소의 친절함을 한껏 끌어내 라우라에게 "안녕"이라 답하면서 싱긋 웃어 보인다. 막 떠오른 태양은 '수면에 반짝반짝' 그 빛을 뿌리고 있지만 '모래를 데우기에는 아직 일러', 그래서 '조니의 발은 차갑다' — 대답하자,

"그래서, 뭐 하고 있었는데?"

하고 묻는다.

"책 읽고 있었지."

할 수 없이 미노루는 대답한다. 지금 눈앞에 있는 스즈메에게조차 설명하기가 불가능했다. 밤새 듣고 있어서 조니로서는 '거의 의식할 수 없게 된' 파도 소리와, 라우라가 '주방에서 냅킨에 싸 들고 나온' 갓 구워낸 빵 냄새, 그 빵을 뜯어 조니의 입에 넣어주려고 하는 라우라의 '가녀리고, 물고기처럼 팔팔한' 손가락. 자신이 조금 전까지 있던 그 장소의 색감과 바람과 소리와 냄새를.

"알아. 봤으니까."

스즈메가 웃으며 말해 미노루는 순간적으로 놀란다.

"물 좀 마실게. 단 걸 먹고 왔더니 목마르다."

부엌으로 가면서 스즈메는 슈프레 파크에 다녀왔다고 말했다.

"그 애, 착하더라, 기무라 씨."

기무라 씨? 귀에 선 고유명사가 아카네의 성이란 걸 아는 데 잠시 시간이 걸린다.

"뭐? 슈프레 파크에 갔다 왔어?"

"지금 그렇게 말했잖아."

물병을 들고 돌아온 스즈메는 바닥에 정좌한다. 미노루에게서 책을 빼앗아 팔락팔락 페이지를 넘긴다.

일어나자, 침대의자도 미노루의 몸도 여기저기 삐걱거렸다.

"지금 몇 시려나."

묻고서, 미노루는 그 자연스러움을 이상하게 여겼다. 평소 독일에 있는 스즈메가 지금 여기 있는데, 아무런 위화감이 없다.

"몰라. 네 시 좀 지나지 않았겠니."

마치, 스즈메가 멀리 있던 적조차 없는 것처럼 모든 게 예전대로다.

"타이완에서 뭘 사왔는데?"

"차."

스즈메는 책을 보면서 대답한다.

"가져올 걸 그랬네."

거의 혼자 중얼거리듯. 대체 뭐야, 하고 생각했지만 말은 하지 않았다.

"참."

스즈메가 책에서 고개를 들고 말한다.

"오늘 밤에 오타케 씨도 불러서 같이 식사하지 않을래?"

"왜?"

묻자,

"여행 간 사이에 오디오 고쳐줬거든. 답례로 식사 대접하고 싶어서"

라는 대답이었다.

"갑자기 불러내면 안 될걸, 갑자기는."

언제였나, 오타케가 했던 말을 그대로 읊었다. 스즈메는 눈썹을 찡그린다.

"괜한 소리를 다 하네. 본인에게 물어봐야 알 수 있지."

미노루는 내심 기뻤다. 역시 스즈메다. 그러나, 그 기쁨을 숨기고,

"어차피 오타케는 안 될 거야. 저녁은 야미 씨랑 먹기로 정했다고 했으니까"

하고 설명한다.

"흥."

스즈메는 어이없다는 듯이 콧방귀를 꼈다.

"다들 결혼하면 사정이 생긴다고 해야 하나, 달라진다니까. 왜 그렇게들 되는지는 모르겠지만. 오타케도 그렇고, 나기사도 그렇고."

베란다를 보다가 미노루는 건조기에 말릴 수 없는 빨래를 오늘 아침에 세탁해서 널었다는 게 생각났다. 바짝 말랐을 것이다. 거둬들이

려고 베란다 문을 연다.

"그러게, 나도 그렇다는 걸 전혀 모르진 않지만."

상쾌한 저녁이다. 평화롭고 왠지 모르게 충족돼 있고.

"이리 나와봐."

미노루는 스즈메를 불렀다.

"어렸을 때, 이불을 지붕에다 내다 널었잖아. 베란다 난간에 자리가 모자라서."

둘이 곧잘 그 위에 드러누워 책을 읽었다. 엄마에게 들키면 위험하다고 혼이 났지만. 미노루는 초등학생이고 스즈메는 중학생 정도였다. 한번은 스즈메가 『그대들은 어떻게 사는가』라는, 제목이 딱딱한 책을 읽고 있어서 놀란 것까지 미노루는 기억하고 있다. 교훈적인 도덕책인가 했다. 그 후, 스즈메 방에서 몰래 꺼내와 읽었는데, 재미있어서 또 놀랐다. 내용은 이미 잘 기억나지 않지만, 주인공 이름이 코펠 군이었다는 것은 기억하고 있다.

"베란다에서 뒷집 마당이 보였지. 커다란 비파나무가 있었는데."

스즈메가 당시를 그리워하듯이 말한다.

"우에다 씨네였지? 친절한 할머니가 살고 있었고."

성미가 급한 아들도 같이 살고 있어서, 널 울타리에 낙서를 하다 들키면 혼쭐이 나곤 했다. 지금 생각하면, 그건 혼이 나야 마땅한 일이다. 널 울타리를 돌이나 나뭇가지로 긁어서 낙서를 했으니 닦거나 씻어도 지워지지 않아 울타리 전체에 새로 페인트칠을 해야 했을 테니까.

"있지, 미노루, 배고프다."

스즈메는 맛있는 두부가 먹고 싶다고 했다. 가능하면 탕엽과 비지도 먹고 싶다고 해서 미노루는 빨래를 거둬들인 다음 컴퓨터를 켜고 두부 요리 전문점을 검색했다. 스즈메는 옆에서 들여다보면서 검색 결과에 일일이 '멀다'느니 '멋을 너무 부렸다'느니 하면서 트집을 잡는다. 간신히,

"여기 정도면 괜찮을 것 같은데"

하는 말이 나오게 하는 데 성공, 예약 전화를 걸려고 하자,

"아, 너에게 타이완 사진 보여주고 싶었지. 차도 줘야 하고"

하고 스즈메는 말한다.

"역시 우리 집으로 갈까?"

하기에 미노루는 이번에야말로 분명하게,

"뭐야, 대체"

하고 투덜거렸다.

21

공기에서 희미하게 가을 냄새가 나네.

아침, 남편을 배웅하기 위해 집에서 나온 나기사는 아파트 앞길에 서서 그렇게 생각했다. 멀어져가는 남편의 뒷모습은 줄무늬 티셔츠에 청바지 차림이라 여름휴가 때와 별 다르지 않다. 분위기가 자유로운 소규모 광고 기획사에 다니니 그럴 수도 있지만. 나기사는 그 회사를 잘 안다. 시부야역에서 걸어서 15분, 가게도 몇 군데 있기는 하지만 주택이나 오피스 빌딩이 많은 비교적 조용한 장소에 있다. 5층짜리 건물의 3층과 4층을 사용하고, 남편은 4층에서 일한다. 안내 창구 같은 곳도 없어 누구나 마음대로 드나들 수 있다. 3층에는 자료실이 있고, 4층에는 회의 때면 다들 둘러앉는 묵직한 나무 테이블(점심 시간에는 거기에서 도시락을 먹기도 하고, 커다란 종이나 사진을 펼쳐놓아야 할 때는 작업대로 쓰이기도 하는)이 있다.

사장을 비롯해 열 몇 명 되는 사원에 대해서도 나기사는 잘 안다. 만년 연인 모집 중인 다카하시 씨와 검은 테 안경이 잘 어울리고 날씬한 미인인 오타 씨, 늘 도시락을 공들여 싸오는 요코, 차분하면서도 가장 실적이 두드러지는 히라바야시 씨. 남편보다 나기사 쪽이 더 오랜 세월 그 회사에 다녔다. 그 무렵에는 상상도 하지 못했다. 후지타와 결혼해서 자신은 그 장소에 다니지 않고, 그 장소로 가는 후지타를 이렇게 배웅하게 될 줄은.

집으로 돌아가, 아까 남편을 위해 끓인 커피에 데운 우유를 따라 카페오레를 만들었다. 벌써 아홉 시 반이다. 다음 주부터는 신학기가 시작된다. 늦잠 자는 버릇이 붙고 만 하토를 깨워야 하는데, 조금만 더, 하고 생각하는 것은 혼자 있는 시간이 소중하기 때문이다.

부부란 것은 참 그로테스크하다. 결혼한 후로 몇 번이나 했던 생각을 나기사는 지금 또 한다. 서로가 서로를 생각하고 있다는 것을 몰라도, 아니 상대가 귀찮게 여겨질 때조차, 밤이 되면 같이 자고, 아침이 밝으면 같은 식탁에 앉는다. 조그만 불쾌함도 말의 어긋남도, 무엇 하나 해결되지 않은 채로 일상 속에 묻히고, 밤과 낮이 되풀이되고, 부부가 아니면 누구와도 공유할 수 없는 무엇이 되고 만다. 세상에서는 그런 걸 인연이라고 하리라. 그러니 인연이라는 것은 나날의 조그만 불쾌함의 축적이다.

미노루와 부부 비슷한 생활을 했을 당시에는 그걸 몰랐다. 우리는 자유롭다고 호언하면서도 나기사는 진짜 부부가 되고 싶고, 진짜 가족을 갖고 싶은 마음이 어딘가에 있었다.

나기사는 자신이 얻은 것을 바라본다. 좁은 부엌과 넓은 거실, 관엽식물 화분, 나무 액자에 담긴, 얼마 전에 바다에서 찍은 가족 셋의 사진, 남편이 계란 프라이를 먹은 흔적인 노른자위가 묻어 있는 접시, 카페오레, 옆방에서 자고 있는 하토에게 엄마 아빠가 있는 생활. 죽 바라보고 그것들을 받아들일 준비가 되자, 나기사는 우선 설거지를 하고 그다음 세탁기를 돌렸다.

깨우러 가자, 시어서커 소재 남색 잠옷을 입은 하토는 웬일로 잠이 덜 깨서는,

"미끄러지지"

하고 말했다. 나기사는 상관 않고 커튼과 창문을 연다. 방 안에서 잠과 어린애 냄새가 났다.

"날씨가 좋아. 어서 일어나."

조금 더 꾸물대다가 하토는 벌떡 일어났다. 아침에 일어났을 때 늘 그렇듯 오늘도 약간 부은 얼굴이다.

"잘 잤어?"

나기사가 묻는데도 금방은 대답이 없었다. 그리고 잠긴 목소리로 조그맣게,

"재미난 꿈을 꾸고 있었는데"

하고 말한다.

"무슨 꿈?"

갈아입을 옷을 침대 위에 가지런히 놓으면서 묻자,

"모르는 장소에 있는 꿈"

하고 하토는 대답했다. 표정이 눈앞에 있는 나기사가 아니라 아직 꿈속 광경을 보고 있는 것처럼 멍하다.

"미노루 아빠랑 하토랑 엄마가, 어딘지 모르는 장소에 있었어."

멍한 채, 하토가 설명하려 한다.

"조금 떨어진 곳에, 콘크리트로 만든 커다란 산 같은 게 있는데, 공원에 왜 그런 거 있잖아. 그런데 그것보다 훨씬 컸어. 그 산에 사람들이 막 오르려고 하는데, 다들 미끄러져서 떨어져."

거기까지 말한 하토가 키득키득 웃었다.

"다 납작하게 들러붙어서 다리부터 떨어져."

"모르는 사람들이었니?"

하토는 고개를 끄덕였다.

"응. 다 모르는 어른들. 여러 가지 색깔 옷을 입고 있었어."

"하토는 뭘 했는데?"

"보고 있었어. 엄마랑 미노루 아빠랑 셋이서, 떨어지는 사람들을 보고 있었어. 재밌었어."

또 키득키득 웃는다.

"재미난 꿈을 꿔서 다행이네."

나기사는 그렇게 말했다. 뭐가 재미있는지 모르겠지만, 본인이 재미있다고 하니 좋은 꿈이었으리라.

이태리제 셔츠와 블라우스, 초콜릿과 메렝게 과자, 술과 담배, 어머니가 과거에 애용했던 비누. 프리니오가 지니고 온 물건들은 나탈리아가 예기치 못한 그리움을 건드렸고, 하지만 동시에 압도적인 이질감을 풍겼다. 일가가 아주 오래전에 두고 온 것들이니까.

물론 고향에서 온 물건들 이상으로 이질감을 흩뿌리고 있는 것은 프리니오 자신이다. 이렇게 실제로 얼굴을 보기 전까지, 나탈리아는 설마 이 오빠가 9천 킬로미터나 되는 거리를 건너 정말 나타날 줄은 꿈에도 몰랐다. 엄마 앞으로 온, 오랜만에 가족들 얼굴이 보고 싶어서 한동안 섬에 머물려고 한다는 편지를 읽은 후에만 해도. 프리니오는 거짓말쟁이에다 변덕이 심하고 약속을 지킨 적도 없었으니까, 하고 생각했다. 좋지 않은 일에 이것저것 손대었으니 도통 소식이 없던 지난 6년 동안에 경찰에 잡혔거나 살해당했어도 이상하지 않았다. 그런데 오빠는 살아 있고, 지금 여기에 있다.

프리니오를 살갑게 맞은 사람은 엄마뿐이다. 감상적이고 극적인 이태리어로 소리를 꽥꽥 지르고 포옹과 키스를 퍼부으면서 맞아들이고는 가슴에 십자를 긋고 울면서 신에게 감사한 사람은.

"나탈리아."

장난스럽게 프리니오가 말한다.

"어이, 동생. 예쁘게 컸는데. 여기 여자들처럼 이국적이고."

나탈리아는 대답하지 않았다. 프리니오는 어느 모로 보나 이탈리아 남자로밖에 보이지 않는다. 새하얀 피부, 호리호리하고 연약해 보이는 몸집, 진하게 풍기는 향수 냄새, 진득하게 뒤로 넘긴 머리. 모든 것이 이곳에는 어울리지 않는다. 가슴이 훤히 보이게 입은 크림색 실크 셔츠는 땀으로 몸에 딱 들러붙어 있다.

"언제까지 있을 생각이냐?"

아버지가 물었는데, 오빠가 대답할 틈도 주지 않은 채 엄마가,

"무슨 소리예요. 지금 막 온 애한테!"

하고 두 손을 흔들면서 비난한다. 원래도 말이 없는 아버지는 그래서 입을 꾹 다물고 말았다.

"맞아. 언제까지 있을 건데?"

나탈리아는 아버지 쪽에 합세했다. 환영하지 않아서라기보다 오빠가 어차피 없어질 사람이란 걸 알고 있기 때문이다. 나탈리아는 엄마에게 계속 같이 살지도 모른다는 기대를 품게 하고 싶지 않았다. 아버지도 같은 기분이었을 것이다. 기대를 저버리는 점에 있어서 프리니오는 가히 천재급이니까.

"자, 이걸로 몸 닦아라."

엄마가 뜨거운 수건을 들고 나타나자, 프리니오는 순순히 그 말을 따른다.

"고마워, 엄마."

한쪽 눈을 찡긋 감으며 말한다. 수건은 민트 잎과 함께 증기를 쐰 것이라 프리니오 주위에 그 향이 감돌았다.

"아, 민트 차는 없어? 이곳에서는 다들 민트 차를 마시잖아? 아니면 차이뿐인가?"

"말 보고 올게."

나탈리아는 그렇게 말하고, 오빠에게서 등을 돌려 집을 나섰다. 태양. 오늘은 한층 더 덥다. 그런데도 밖으로 나가자 안심이 되면서 단

박에 숨쉬기가 수월해졌다. 하늘과 나무와 건물과 꽃의 강렬한 색채는 마음을 든든하게 해준다. 걱정할 거 없다. 나탈리아는 그렇게 생각하려고 했다. 오빠가 어떤 골치 아픈 일에 연루돼 있건 ― 그렇지 않다면 이 먼 데까지 올 리가 없었다 ―, 그건 먼 고향에서의 일이다. 프리니오는 폭력배고 범죄자고 지역 마피아의 일원이지만, 누가 여기까지 쫓아올 만큼 거물은 아니다. 섬 생활이 그의 성격에 맞을 것 같지도 않다. 아마 상황이 잠잠해질 때까지 기다렸다가 도시로 돌아갈 것이다.

나탈리아의 남동생은 형 프리니오 때문에 죽었다. 총격전에 휘말렸다. 1978년의 일이다. 그때 겨우 열 살이었는데. 그 이전부터 프리니오는 남동생을 심부름꾼으로 부리고 있었다. 동생은 기꺼이 그 일을 했다. 푼돈이나마 받을 수 있는 데다 프리니오가 고급 클럽과 레스토랑에 데리고 다니는 등 어린애인데 동지 취급을 ― 물론, 그들에게 그건 별거 아닌 농담이거나 농담도 못 되는 장난에 지나지 않았지만 ― 해주는가 하면, 용감함과 민첩함을 칭찬해주고 감동해주는 것이 기뻤을 것이다. 프리니오가 소속된 패밀리의 중진이라는 깡마른 노인 토니오도 남동생을 각별히 귀여워한 것 같았다. 노인의 차를 세차하는 역할 ― 왜 그걸 명예라 여기는지 나탈리아는 이해할 수 없었지만 ― 에도 매일 아침 성심을 다해 임했다. 입장이 딱한 창부들에게도 귀여움을 많이 받은 듯한데, 본인은 프리니오 흉내를 내느라 눈썹을 찡그리고 "그 여자들이야 젖가슴과 푸시의 조합에 불과하지"라는 말을 하곤 했다.

동생을 따라 다른 소년 몇 명도 심부름꾼 노릇을 했다. 그들은 강아지라고 불렸다.

그 총격전에서 동생 외에도 소년 두 명이 목숨을 잃었다. 간신히 목숨은 건졌지만 척추에 손상을 입어 두 번 다시 걸을 수 없게 된 소년도 있었다.

나탈리아 가족은 이웃 사람들의 증오의 표적이 되었다. 가게에 가도 채소와 고기를 살 수 없었고, 집 외벽에는 가축의 피와 똥이 칠해졌다.

프리니오는 동생의 관을 부둥켜안고 통곡했지만, 자기 책임이라는 것은 완강하게 인정하지 않았다. 그는 치사하게 속임수를 써서 불시에 습격한 패들에게 책임을 돌렸고, 동생의 한을 풀기 위해서는 '보복'하는 것밖에 방법이 없다고 생각했다.

히아신스는 마구간의 어둠속에서 기다리고 있었다. 나탈리아가 다가가자 목을 위아래로 흔들면서 긴 얼굴을 쓰다듬어달라고 요구한다.

"착하지. 괜찮아, 괜찮아."

안장을 얹고 입에 재갈을 물리면서 나탈리아는 말했다. 마치 불길한 예감에 떨고 있는 쪽이 자신이 아니라 히아신스인 것처럼.

"스코트 만나러 갈래?"

그리고 비밀 얘기를 하듯 말의 귀에다 속삭인다. 역시 그를 만나고 싶어 하는 것이 자신이 아니라 히아신스인 것

"뭐야, 집에 있었잖아."

바로 옆에서 오타케가 말해, 미노루는 펄쩍 튀어오를 만큼 놀랐다.

"놀랐잖아. 말을 했어야지."

그러나 입구에서 누른 인터폰 소리뿐 아니라 현관문을 여는 열쇠 소리도 미처 못 들은 듯하다.

"허."

오타케는 오늘도 여전히 무거워 보이는 가방을 바닥에 툭 내려놓았다. 그리고 리모컨을 집어 에어컨 온도를 올린다.

"업무 연락 메일 봤어?"

"봤어."

미노루는 대답하면서 침대의자에서 일어난다. 오타케의 얼룩진 셔츠를 보자 프리니오가 떠올랐다.

"첨부된 파일도 열어 봤고?"

"아니."

오타케는 화를 내지도 어이없어하지도 않으면서, 가방에서 서류 뭉치를 잇달아 꺼낸다.

"특정 계좌 개설 신청서야."

미노루는 무슨 말인지 이해하지 못했다.

"내년부터 세법이 바뀌니까."

"호오."

"20퍼센트. 투자해서 발생한 이익은 특정 계좌에 넣어두면 나중에 귀찮은 일 없을 거야."

역시 무슨 말인지 몰랐지만, 오타케가 개설하라고 하니 개설하면 될 일이다.

"타이완 차 마실래?"

부엌으로 가면서 물었다.

"누나한테 받았는데, 맛있어, 아주. 신기하게 말이야, 두 번이고 세 번이고 우려도 차가 엷어지지 않아. 요즘 완전히 그 차에 푹 빠져서 인터넷으로 전용 다기까지 샀다니까."

주전자에 물을 담고 불을 켠다.

"증권회사에서 온 포트폴리오와 파일 정리해놓았으니까, 나중에 무슨 주식인지 이름과 금액이라도 봐줘."

미노루는 알았다고 대답했다.

"말리백호, 금계홍차, 동정오룡차, 그리고 이름은 모르겠지만 벚꽃 찰떡 향이 나는 차도 있는데, 뭐로 할래?"

"벚꽃 찰떡 아닌 거."

오타케의 대답에 미노루는 친구가 정상적으로 발음한다는 것을 알았다.

"오늘은 어린애처럼 말하지 않네. 버꽃 찰떡이라고 말이야."

"그거, 관뒀어."

오타케가 말하면서 부엌에 들어와 의자에 앉았다.

"치열이 고르지 않아도 난 상관없어. 그 치과에도 다시는 안 갈 거야."

미간을 찡그리고 있다.

"나도 별 상관없어. 네 치열이 고르든 어떻든."

미노루는 동정오룡차를 고르고, 정성스럽게 물을 따랐다. 전용 찻잔은 아주 조그맣다.

"그런데 왜? 왜 그만뒀어?"

대답은 없었다. 오타케는 차를 한 모금 마시고, 향이 진한데, 하고 중얼거린다. 오룡차가 아닌 것 같다고.

"오룡차 맞아."

"음."

미노루는 화제를 바꿔본다.

"아, 오디오 고쳐줬다면서? 누나네 집."

"내가 아니라 기술자가 고쳤어. 음향기기 전문 기술자."

"그야 그렇겠지만, 누나가 고마워하던데. 답례로 식사라도 대접하고 싶다면서. 그거, 아주 오래된 오디오야. 우리 부모님이 쓰던 거라서 누나가 애착을 갖고 있지."

답례라니 당치 않다, 밥 얻어먹을 만한 일도 아니라는 뜻의 말을 오타케는 혼자 중얼거리고는 와이셔츠의 가슴 주머니에서 담뱃갑을 꺼내 한 개비를 입에 물고 불을 붙인다.

"스즈메 씨는 잘 지내? 오랜만에 왔는데 즐겁게 지내는지 모르겠군. 지난주에 오카와 씨를 만났는데, 불쑥 미술관에 간 모양이지? 사전 연락도 없이."

"누나가 그렇지, 뭐. 지금은 규슈에 있어. 고토 열도에서 맛있는 생선을 먹고 야쿠지마에서 숲 사진을 찍고 싶다나."

미노루는 거실로 가서 평소에 리모컨을 담아두는 유리 재떨이를 가지고 돌아왔다. 오타케는 야미의 설득으로 담배를 끊었다고 알고 있었는데.

"자유롭군, 그 사람."

오타케가 등을 뒤로 젖히고 천장을 올려다보면서 말한다.

"너는 자유롭지 못해도 사랑이 있으니 좋잖아."

부자연스러운 침묵이 찾아왔다.

"……그게 말이지."

오타케는 천천히, 무겁게 입을 열었다.

지난 통화에서 가나코에게서 암이 발견되었다는 소식을 듣고부터 준코는 회사 일도 집안일도 영 손에 잡히지 않았다. 벌써 두 번째다. 가나코는 전에도 대장암 수술을 받았다. 이번에는 위에서 암이 발견되었다고 하는데, 전이가 아니라 새로 생긴 암이란다. 다행히 조기에 발견해서 "깔끔하게 떼어낼 수 있대" 하는 말을 본인에게 직접 들었지만, 그래도 준코는 안심할 수 없었다. 안심해야 한다고 생각하려하는데도.

준코는 벌써 몇 번이나 뜻하지 않은 장례식에 참석했다. 어쩔 수 없는 일이라고 이해는 하고 있다. 그래서 더욱이 가나코가 이 세상에서 사라질지도 모른다는 공포는 현실감이 없는데도 폭력적일 정도로 강하고, 아무리 부정하려 해도 지워지지 않는다. 지금이 아니라도, 언젠가는 사라져버릴지도 모른다는 공포가. 있을 수 없는 일이고, 각오를 해야 하는 것도 아닌데, 두려워서 그만 각오를 할 것 같다.

9월. 뒤늦게 여름휴가를 받은 사람이 몇 명 있어 회사 안이 아직 조용하다. 그리고 벽 앞의 서류함 위에는 각 지역의 명과가 놓여 있다(그중에는 준코가 돗토리에서 사온 '칠엽수 열매 와플'도 있다). 키보드를 두드리는 소리만 들리는 사무실 안에서, 준코는 멍하니 메모지를 바라본다. 책상 위와 서류 위, 게다가 안경 케이스에도 덕지덕지 붙어 있는 포스트잇, 부하 직원들의 연락사항과 메모를. '수고하셨습니다. 이 건, 완료되었습니다', '다이칸 씨 전화, 다시 건다고 합니다', '12일, OK 받았습니다', '퀴즈, 이건 뭘까요?', '창고의 우치다 씨에게 연락 주세요, 급하다고 합니다', '색을 좀 더 부드럽게 하겠습니다', '7일까지입니다'.

어느 메모나, 어떻게 되든 상관없는 내용처럼 느껴진다. 준코는 화장실에 가서 립스틱과 마스카라를 다시 발랐다. 퇴근하기에는 좀 이른 시간이지만, 어디 가서 시원한 맥주를 한잔하기로 마음먹는다. 전에 미노루와 같이 갔던 잔디밭 있는 비어가든에 혼자 가보는 것도 좋을지 모른다.

22

　미노루는 뭐라 할 말조차 없었다. 그럼 그때도, 그때도(기억이 줄줄이 되살아난다) 오타케는 야미가 기다린다고 거짓말을 하고서 아무도 없는 집으로 갔다는 얘기다. 그 장면을 상상하자 안쓰러워서 가슴이 메었다.

　"말을 안 한 건 미안하지만, 말해버리면 그게 현실이 될 것 같은 기분이라서 말이야."

　붕장어 구이와 시원한 토마토, 구운 가지가 차려진 테이블 건너편에서 오타케가 말한다.

　"현실이 그렇지만."

　미노루는 기억을 떠올린다. 그러나 믿을 수 없었다. 미노루가 아는 야미와 오타케는 보는 쪽이 민망해질 만큼, 뻔뻔스럽도록 알콩달콩한 부부였다. 하기야 뻔뻔하게 구는 쪽은 대개 오타케였지만, 그걸

마다하지 않았으니 야미도 싫어했던 건 아닐 것이다.

"그래도 그렇지, 심하잖아?"

오타케가 원망스럽다는 목소리로 말한다.

"내가 무슨 나쁜 짓을 한 것도 아닌데 경찰을 부르겠다고 위협하는 건 좀 아니잖아?"

미노루도 이해할 수 없었다.

"그런데 너 정말 그런 짓을 한 거야? 자기 집을 몰래 들여다보고, 야미 씨 자는 얼굴 사진 찍고, 휴대전화도 훔쳐보고, 밖에서 뒤를 밟기도 하고."

오타케는 고개를 끄덕거린다.

"그럼 안 되겠네."

"그래도, 그런 건 나쁜 일이 아니잖아? 부부인데."

미노루는 오타케의 그런 감각 역시 이해할 수 없다.

"차가운 정종, 오랜만에 마셔보는군."

혼자 술을 따르면서 중얼거리다, 오타케에게 매정하다는 소리를 들었다.

"옛날부터 그랬지. 다른 사람에게는 관심이 없다고 할까, 하는 말에 성의가 없다고 할까."

뜻밖이었다.

"있어. 관심도, 성의도."

그래서 그렇게 말했지만, 그러고 보니 준코도 그런 말을 했다는 사실이 떠올랐다. 정말 그런 걸까. 미노루는 갑자기 불안해진다. 자신에게는 성의가 없는 것일까.

"그래서, 앞으로 어떻게 할 건데?"

하고 묻자,

"앞으로라니?"

오타케가 도리어 물어, 미노루는 어처구니없다는 표정을 짓는다.

"알아. 안다고."

오타케는 곧바로 다시 말한다.

"아는데, 어떻게 하면 좋을지 모르겠어."

그런데도 오타케는 아직 세 번째 이혼신고서 — 야미가 두고 간 첫 번째 서류는 찢어버렸고, 야미 친정에서 들이댄 두 번째 서류도 그 자리에서 찢어버린 결과, 이번에는 우편으로 왔다고 한다 — 에 도장을 찍을 마음이 없는 듯하다.

"야미 씨를 좋아한다면, 찍어주면 되잖아."

미노루는 자신이 생각한 대로 말했다. 자신이라면 그렇게 할 것이라고 생각했다.

"너, 전에도 말했잖아. 야미 씨를 위해서라면 뭐든 한다고."

오타케는 무슨 말을 하려고 입을 벌렸다가 아무 말 않은 채 벌렸던 입을 다물었다. 안경 너머로 미노루를 빤히 쳐다본다.

"너, 정말 매정한 놈이다."

그리고 그렇게 말했다.

사야카는 마치 꿈을 꾸는 기분으로 메뉴에는 없는 치카 특제 채소

덮밥(사야카가 좋아하는 피망이 듬뿍 들어 있다)을 먹고 있었다. 나가노현에 있는 단독주택. 물론 아직 구입한 것은 아니지만, 마당에 어떤 나무를 심을지, 방은 어떻게 꾸밀지, 장을 볼 때 필요하니까 사게 될지도 모르는 중고차, 그렇다면 다녀야 할 자동차 교습소(운전면허는 갖고 있지만, 20년 가까이 운전대를 잡지 않았다)까지, 이것저것 생각지 않을 수 없다.

"이거, 어떻게 생각해?"

치카가 그렇게 말한 것은 오늘 아침이다. 그리고 호치키스로 찍은 종이 뭉치를 몇 종류 사야카에게 건넸다. 기타시라카바 고원 지역의 히메키다이라 별장지, 사쿠 지역의 학자촌 별장지, 다테시나 고원 지역의 다테시나 고원 별장지. 각각의 뭉치 제일 위 페이지에 그렇게 적혀 있었다.

"별장?"

그렇게 물었을 때, 사야카는 이 자료가 자신들과 관계된 것인 줄은 꿈에도 생각지 않았다. 그렇다면 뭐로 알았느냐, 하고 물으면 대답할 말이 없지만, 아무튼 그 종이 뭉치를 치카가 자신에게 보여주는 이유를 알 수 없었다.

"이사해서 사는 건 힘들겠지만."

치카가 그렇게 말하고도 잠시 시간이 지나서야 자신과 — 라기보다, 사야카 자신의 꿈에 — 관계된 자료라는 것을 알았다. 알았는데도 전혀 믿기지 않았다.

"가격을 봐, 가격을."

치카는 답답하다는 듯이 말했다.

"별장은 부자들만 살 수 있는 건 줄 알았는데, 그 정도 가격이면 대출 받아서 어떻게 할 수 있지 않을까 싶은데. 조사하고 볼 일이네."

자료에 있는 집들의 가격은 대충 4백만 엔에서 5백만 엔이었다. 치카의 설명이 계속되었다. 사야카가 원하는 대로, 마당이 있는 물건만 선별했다는 것, 신주쿠에서 특급을 타면 두 시간 이내에 갈 만한 장소라는 것.

"당장은 주말이나 여름휴가 때 별장으로밖에 사용할 수 없겠지만, 두 시간이면 가끔은 거기서 가게로 바로 출근할 수도 있고, 사야카는 정년퇴직하고 나면 마음껏 살 수도 있고."

점차, 그다음에는 완전히 치카 말의 의미를 이해할 수 있었다. 그런데도 현실 같은 기분이 들지 않아,

"정말?"

하고 물은 자신의 목소리는 의심에 찬 울림이었을 거라고 생각한다. 치카가 건네준 자료에는 각 물건의 도면 외에 외관과 실내 사진도 인쇄되어 있었다. 벽난로나 발코니가 있는 매물도 있었고, 신축이 아닌 물건으로 보이지 않을 만큼 바닥이 반짝거리는 매물도 있었다.

신학기를 앞두고 오늘은 교직원 회의가 있어서 사야카는 그 길로 학교에 갔지만, 회의 도중에도 별장 생각만 하고 있었다. 특히 마음에 든 물건은 거실과 식당 면적이 일곱 평이나 되는 데다 로프트라고 불리는 다락방까지 있었다. 다음 휴가 때 치카와 함께 직접 가서 보기로 약속했다.

너무 놀라서 아침에는 말도 제대로 나오지 않았는데 학교에서 돌아온 오후에는 벅찬 마음의 속도에 말이 따라붙어, 사야카는 치카에게 정말 고맙다고 전했다. 물론 치카가 별장을 사주는 것은 아니다. 만약 정말 사게 된다면, 돈을 내는 쪽은 사야카다. 그럼에도.

자신을 위해 치카가 행동해주었다는 것이 사야카는 기뻤다. 가게일도 있는데, 그리고 치카 자신은 도쿄를 떠날 마음도 없을 텐데.

달짝지근한 소스를 머금은 피망 튀김은 사야카의 몸에 힘을 북돋아준다. 자신을 알아준다는 안심감, 가령 별장을 사지 않더라도(사야카는 살 작정이지만) 앞으로도 우리는 계속 함께 있을 거고 아무 문제가 없을 거라는 확신. 지금 가게 안에서 사야카만 먹고 있는 덮밥은 그런 맛이 나는 덮밥이다.

"그래도, 조니는 라우라를 용서한다고."

사야카 등 뒤 테이블 자리에서 주인이 무언가를 역설하고 있다.

"조니가 라우라를 좋아하는 건, 라우라가 가슴이 커서도 자기 애인이라서도 아니야. 이해할지 모르겠네. 조니는 라우라 자체를 좋아하는 거라고. 그럼 모든 걸 용서할 수밖에 없잖아?"

"그래도 그건, 소설이잖아."

맥없이 말하는 사람은 주인의 친구이다. 이름은 잊었지만, 전에는 가게에 종종 들렀던 남자다.

"물론 그렇지만, 사람을 정말 좋아한다는 건 그런 거잖아."

사야카는 카운터 안쪽에서 다른 손님과 담소하고 있는 치카를 바라본다. 얘기하면서도 쉬지 않고 움직이는 손, 가뭇가뭇한 얼굴에 웃을 때 파이는 잔주름, 젊었을 때보다 지방이 낀 등과 옷에 가려져 있지만 지금도 예쁜(사야카는 그걸 알고 있다) 엉덩이.

사람 하나를 온전히 자기 인생에 받아들이는 것은 쉽지 않은 일이다. 사야카도 치카도, 과거에 경험으로 그걸 배웠다. 하지만 결과적으로 받아들이고 있는 경우도, 또 이렇게 있다.

"맛있게 먹었어. 틈나면, 차, 마실 수 있을까?"

덮밥을 다 먹은 사야카는 치카에게 말한다.

"그래도 그건 소설이잖아?"

주인의 친구가 똑같은 말을 되풀이하는 소리가 들렸다.

미노루는 이해할 수 없었다. 당연히 그건 소설이고, 조니도 라우라도 현실에는 존재하지 않는다. 그러나, 그래서 어떻다는 것인지. 세상 어딘가에서 실제로 일어나는 일과 소설 속에서 일어나는 일이 어떻게 다르다는 것일까.

"한심하지, 나, 벌써 쉰이라고."

오타케가 말했다.

"쉰이면 뭐더라. 마흔은 불혹이고, 뭐지? 아무튼 불혹에서 10년이나 지나서 안정적인 무언가가 되어 있어야 하는 나이잖아."

"그런가?"

마침 나온 초록색 액체 — 완두콩 스프라고 한다 — 를 스푼으로 뜨면서 미노루는 되묻는다. 미노루도 쉰이지만, 자신이 '안정적인 무언가'라는 생각은 조금도 들지 않는다. 스프는 콩의 풍미가 진하고 자잘한 콩 조각이 씹히는 동시에 부드럽고, 적당히 시원하기도 했다.

"오오."

미노루는 자기도 모르게 탄성을 지른다.

"좋겠다, 너는. 잃을 여자가 없으니 얼마나 속이 편하겠어."

오타케가 그렇게 가시 돋친 말을 한다.

"치카 씨, 이거 맛있는데."

미노루는 주방 쪽으로 소리를 질러 감상을 전하고,

"그만하고, 먹어봐"

하고 친구에게 권했다.

역 앞에서 오타케와 헤어져 아파트로 돌아온 미노루는 목욕을 한 다음 잠옷을 입고 침대의자에 누워 다시 책을 펼쳤다. 잃을 여자가 없으니 속 편하다. 오타케의 말이 가슴에 가시처럼 꽂혀 있었지만,

"덕분에"

하고 지금에야 혼자 말하는 것으로 매듭을 짓고, 활자를 더듬는다. 매일 밤 잠옷을 입을 때마다 의식 멀리에서 나기사를 생각한다는 것도, 두 벌 있는 잠옷이 너덜너덜해져 다시 사야 할 날이 언젠가는 올 것이라는 두려움도, 라이루에게는 양육비를 줄 수 있는데 하토에게는 줄 수 없는 불합리함도 생각하지 않으려고 했다.

눈이 닮았다.

스코트는 그렇게 생각했다. 커다랗고 또랑또랑한 헤이즐넛 색깔

눈망울. 프리니오는 소파에 느긋하게 앉아, 문 밖에서 보디가드가 지키고 있다는 이유 하나로 거물이라도 되는 것처럼 거드름을 피우고 있다.

스코트는 이 남자에게 호감을 품은 적이 한 번도 없다. 2년 전, 시칠리아에서 토니오에게 소개받았을 때부터 단 한 번도. 말이 많고 경박하다. 섹시한 척하는 데다, 요즘 같은 시절에 유난히 화려한 그 차림새는 촌스럽다고밖에 할 수 없고, 어깨를 껴안고 장난스럽게 주먹을 날리는 것하며 괜히 친근하게 몸을 만져대는 것도 불쾌했다. 가끔가다 몸을 절반으로 꺾다시피 하면서 천박하게 웃어대는 버릇도 짜증스럽다. 그러나 그게 전부였다. 언젠가 길바닥에서 죽을 운명인, 어떻게 되든 상관없는 존재. '신의'다 '형제'다 '맹세'다 하는, 옛날 영화 속에나 남아 있는 마피아의 가치관을 지금도 굳게 믿는 듯한 남자. 어떤 유의 연민을 느끼기는 할지언정 그 외의 감정을 느낀 적은 없었다. 나탈리아의 친오빠라는 것을 알기 전에는.

"음, 과연 여기는 낙원이군."

반은 언 물을 병째 입에 대고 마시면서 스코트는 말했다. 호텔 창문이 전부 활짝 열려 있어 숨이 막힐 정도로 푸른 녹음이 보인다. 그 녹음 어딘가에서 새소리가 들렸다.

"그렇지?"

프리니오는 득의양양하다.

"뇌물, 뇌물, 뇌물. 요즘 세상에 없지, 이렇게 다들 뇌물을 받고 싶어 하는 곳도. 게다가 푼돈만 쥐어줘도 충분하니까. 좋아들 하지? 관광객을 유치하는 것보다 간단하고, 콩고물도 떨어진다는 걸 아는 거지, 기관 사람들도."

"원하는 대로 질 나쁜 게 먼저 올 거야."

스코트는 불쑥 본론으로 들어갔다.

"수출은 다음 주 수요일 오전 중. 세관 상황 때문에."

프리니오는 키들키들 천박한 미소를 흘리면서,

"알았어. 그리고 최상품은?"

하고 묻는다.

"케이만을 경유한 깨끗한 돈이 그쪽에서 확인되면 바로."

"문제없지?"

"그래, 문제없어."

네 여동생에게 혼이 빠진 걸 제외하면, 하고 속으로 말했다. 그리고 레오가 네 놈을 못 잡아먹어서 안달하고 있다는 걸 제외하면.

"진짜 덥군."

프리니오가 얼굴을 찡그렸다.

"럼이라도 한 잔 마셔야지, 못 견디겠어."

마시다 만 물을 보면서 얼굴을 찡그리고는 구미가 당긴다는 듯이 홈 바 쪽을 넌지시 쳐다본다.

"근처에 좋은 바가 있어."

스코트가 그렇게 말한 것은 프리니오를 더 이상 여기 있게 하고 싶지 않아서였다. 곧 나탈리아가 올 시간이다.

"필요하면, 바로 보이는 매춘업소도 있어. 어차피 흘리는 땀, 쾌락을 동반한 땀이 좋겠지."

농담으로 한 말은 아니었는데, 프리니오가 껄껄 웃는다.

"'쾌락을 동반한 땀'이라고? 그거 좋지. 역시 너답군, 아주 기품 있는 표현이야."

히죽거리며 그렇게 말하고는,

"미국 사람은 병이 무서워서 청결한 호텔에서 안 나오는 줄 알았는데"

하면서 어깨를 껴안는다.

"섬 여자 덕분에 한 꺼풀 벗었다, 그건가?"

단 둘이 있는데 군이 목소리를 죽여 속삭이는 프리니오의 얼굴에 주먹을 날릴 수 있다면 얼마나 후련할까. 나탈리아의 인생도, 그녀 부모의 인생도, 이놈 탓에 엉망진창이 되고 말았다. 게다가 지금 기분이 좋지 않은 레오는 '깨끗한 돈' 정도로는 만족하지 않는다. 그래서 스코트에게 더러운 일이 맡겨진 것이다. 모처럼 이비사에서 휴가를 즐기려 했는데.

"뭐, 그렇다고 하지."

그러나 스코트는 그렇게 말하고, 의미심장한 미소를 지어 보였다.

"깜박했군. 레오가 토니오에게 안부 전해달라고 했어."

문 앞까지 같이 가면서 전한다. 자신이 토니오에게 팔렸다는 것을 프리니오는 모른다. 일이 끝나도 다시는 이탈리아 땅을 밟을 수 없다는 것도. 콜롬비아에서 저지른 실수는 레오와 토니오의 우정으로도 갚을 수 있는 것이 아니었다. 당연한 결과다. 아니, 너무 늦었을 정도다. 토니오의 총애를 빌미로 ― 애당초, 스코트는 이해할 수 없다. 토니오쯤 되는 사내가 왜 이놈에게 눈독을 들였는지 ―, 엉뚱한 짓에 손을 대다 못해(그럴 때마다 토니오에게 뒷수습을 하게 하고), 끝내는 열어서는 안 되는 문을 열고 말았다.

살해당했든지, 형무소에 갇혔을 거라고 생각했는데, 하고 나탈리아는 말했다. 이놈을 위해서도 그 편이 좋지 않았을까.

무당벌레.

오전 열한 시, 베란다에 쪼그리고 앉아 하토는 그 벌레를 보고 있다. 조그맣고 동그랗고 반들거리는 무당벌레는 엄마가 키우는 화분의 이파리 위에 앉아 있다. 이파리는 황록색이고 삐죽삐죽하다. 허브의 일종이라는 건 알겠는데, 이름까지는 기억나지 않는다. 엄마는 직접 키운 허브를 종종 요리에 사용한다. 먹을 때 이름도 가르쳐주었는데, 잊어버리고 말았다. 어차피 하토는 허브를 별로 좋아하지 않는다. 어떤 허브든 다 쓰고 이상한 냄새가 난다.

무당벌레는 움직이지 않는다. 하토는 가는 줄기로 손을 뻗어 그 식물을 흔들어보았다. 걸어가든 날아가든 당황하든 어떤 반응을 보였으면 했는데, 무당벌레는 이파리에 들러붙은 채 그저 위아래로 흔들릴 뿐이다.

모처럼 아무도 없는데.

하토는 생각했다. 아빠는 회사에 갔고 엄마는 시장을 보러 나갔다. 집에 어른이 없을 때, 하토가 읽은 동화 속에서는 언제나 특별한 사건이 벌어진다. 벌레가 말을 한다거나 비밀의 장소에 데리고 가거나. 물론 정말 그런 일이 생길 거라고 기대하는 것은 아니다. 그런 건 이야기 속에서만 일어나는 일이다. 그래도, 조금 덜 특별한 일이라면 충분히 일어날 수 있을 것이다. 어른이 없는 집 안은 어른이 있는 집 안과 전혀 다르니까.

조금 전에 하토가 책을 덮은 것도 그런 이유 때문이었다. 엄마가 밖에 나가 혼자 남았으니까. 그런 때는 뭔가 특별한 일을 해야만 한다. 하토는 우선 집 안을 탐험하고, 서랍과 선반과 옷장을 하나씩 열어서 평소와 달라진 게 없는지 확인한 후에 베란다로 나갔던 것이다.

무당벌레는 움직이지 않는다.

관찰에 싫증 난 하토는 안으로 돌아와 부엌을 힐금 돌아본다. 부엌에 있는 은색 냉장고를. 딱히 배가 고픈 건 아니다. 하지만, 자기 말고는 아무도 없는 집 안에서는 뭔가 특별한 일을 할 필요가 있다.

하토는 냉장고를 열고 막대 아이스크림 하나를 꺼낸다. 네 가지 색 중에서 빨강을 골랐다. 빨강은 수박 맛이다. 투명한 봉지를 벗겨내고 막대를 쥐고 바라본다. 냉기 탓에 전체적으로 희뿌옇다. 멋대로 꺼내 먹었다고 엄마에게 혼날 수도 있다는 생각이 들었지만, 이미 봉지에서 꺼내고 말았다.

하토는 아이스크림 끝에 입을 댄다. 처음에는 입술로 살며시 감촉을 확인하고, 그다음 조금 핥아보고, 핥은 부분의 색이 변하는 것을 확인한다. 부엌은 아주 조용하다. 하토는 평소에 아빠와 엄마에게 혼나는 일이 거의 없다. 하라는 대로 잘 따르는 아이이기 때문이다. 학교에서도 얌전해서 선생님께 꾸중 듣는 일이 없다. 하지만 이렇게 혼자 집에 있을 때는 늘 조금 다른 하토가 출현한다.

수박 맛 아이스크림은 멀건 맛이 났다. 하토는 그걸 손에 든 채 다다미방에 가서 책상 의자에 앉았다. 눈앞에 세워져 있는 엽서 두 장을 보고는, 싱긋 웃는다. 어제 온 것이고, 뒷면은 양쪽 다 숲 사진이다.

하토, 잘 지내니? 고모는 지금 오키나와의 야쿠지마에 있어. 정말 멋진 곳이야. 세상 어떤 곳과도 달라. 공기에 자연의 힘이 충만하단다. 하토도 언젠가 꼭 오게 될 거야. 오늘 아침에는 시계초 열매를 먹

거기서 첫 번째 엽서의 내용이 끊긴다.

었어. 패션 플라워를 여기서는 그렇게 부른대. 민박집 아줌마가 가르쳐줬어.

그럼 또.

엄마에게 안부 전해줘. 스즈메 고모.

힘차고 큼지막한 글자로 쓰인 글을 다시 읽고 하토는 기분이 유쾌해진다. 특히 마음에 드는 말은 '하토도 언젠가 꼭 오게 될 거야' 부분이다. 왠지는 모르겠지만, 언젠가 자신도 거기에 갈지 모른다고 하토는 생각한다. 언젠가, 어른이 되면.

아이스크림을 다 먹고 막대를 부엌 쓰레기통에 버린 하토는 만족

스럽게 독서로 돌아간다. 바깥은 눈부시게 맑은 날씨, 여름방학 숙제
는 이미 전부 — 문제 풀이와 작문은 물론 공작과 자유 연구도! — 다
끝냈다.

23

자식은 부부의 연결고리라고 하지만, 아마 그 말은 결혼한 사람들에게만 해당되는 것이리라. 오후 두 시, 방 안에서 유마는 그렇게 생각한다. 다른 사람은 모르지만, 적어도 유마의 연인은 라이루가 태어난 후로 시들해졌다. 이 방에서 지내는 시간이 짧아졌고, 그 짧은 시간에도 불편해하고 빨리 집에 돌아가고 싶어 한다.

전에는 그렇게 정열적이더니. 그가 귀에 속삭였던 달콤한 말들을 떠올리며 세어본다. 유마가 존재한다는 것만으로도 나는 강해질 수 있어, 하고 그는 말했다. 유마와 함께 살 수는 없지만, 내 마음은 언제나 유마만의 것이야, 하는 말도 했다. 한 가지를 떠올릴 때마다 분노가 끓어올라 청소용 솔을 쥔 손에 힘이 들어간다. 청소할 때는 딱 좋을지도 모르겠다. 그렇게 생각하자 웃음이 나오려 했다.

그러나 당혹스러운 것은 라이루가 태어난 다음 유마 자신의 변화였다. 이제 라이루밖에 필요 없다. 라이루만 있으면 된다. 그렇게 생각하게 되었다. 지금도 연인을 싫어하는 것은 아니지만, 그전처럼 이 사람을 위해서라면 뭐든 할 수 있다고는 생각하지 않는다.

자신과 라이루는, 아마 둘이 살아가게 될 것이다. 욕조 뚜껑도 의자도 샴푸꽂이 안쪽도 빠득빠득 닦는다. 미끄덩거리는 곳이 하나도 없어 만족한 유마는 허리를 편다. 이 정도 노동에 허리가 뻐근하다니 아줌마 같다고 생각한다. 그리고, 그와 비슷한 무게로 연인과 헤어질 수는 없지만 ─ 상황이 어떻든 그는 라이루의 아빠다 ─, 그리 오래지 않아 그는 그저 아빠에 불과한 존재가 될 것이라는 생각도 한다. 소리 없는, 그러나 확실한 예감으로 유마는 그걸 알고 있었다. 최근에 그가 보이는 태도는 화가 나지만, 그런 미래가 그리 나쁘게 여겨지지는 않았다. 결국 그는 유마에게 라이루를 선사해주었으니까, 이제 그 역할이 끝난 것이다.

욕실 청소를 끝내고 나온 유마는 파우더룸 거울을 물끄러미 쳐다본다. 뒤로 묶은 머리는 검고 풍성하고 윤기가 자르르하다. 남색 티셔츠 속 젖가슴은 탱탱하게 솟아 있다. 피부도 하얗고 맑아 조금도 아줌마 같지 않다. 거울에는 비치지 않지만, 짧은 바지 아래로 쭉 뻗어 있는 다리도 늘씬하다. 기분이 조금은 좋아졌다.

침실로 가서 아기 침대 ─ 미노루가 선물한 것이다 ─ 속에서 새근새근 자고 있는 라이루를 확인한다. 요즘 라이루는 소리를 내는 게 좋은지 깨어 있을 때는 무척 재미나다. 말이라 할 수 없는 그냥 소리인데, 말처럼 들린다. "엇?" 하고 어미를 올려 말할 때는 아저씨 같고,

"그—치" 하고 말할 때는 유마에게 동의를 보내는 것 같다. 침대 옆에 선 채, 유마는 아카네에게 라인을 보냈다. '오늘 저녁, 밥 먹으러 올래?'

곧바로 답장이 왔다.

'왜? 라이루 아빠 안 와?'

'응, 안 와' 하는 글자를 찍고 그 옆에 우는 얼굴이 아니라 웃는 고양이 이모티콘을 덧붙였다.

'여덟 시쯤 가면 될까?'

OK 이모티콘을 날리고, 이번에는 연인에게 라인을 보낸다.

'오늘 밤에는 아카네가 오니까 안 들러도 괜찮아요.'

올여름 들어 세 번째 장례식에 다녀왔다. 답례품 쇼핑백을 식탁에 올려놓고 미노루는 일단 넥타이를 푼다. 매듭이 땀을 먹어 딱딱해진 탓에 조금 시간이 걸렸다. 목이 말라서 칼피스를 만들어 마신다. 작고한 사람은 조부모와 친분이 두터웠던 화랑 주인의 아들이다. 올해 나이 겨우 예순한 살이었다. 어렸을 때부터 몇 번이나 만난 적 있는 사람이지만 개인적으로 친했던 것은 아니어서 갑작스러운 부고에 안타까움도 현실감도 일지 않고 믿기지도 않았다. 미노루 기억에 남아 있는 그는 30대였다. 다니던 회사를 그만두고 부모님이 경영하는 화랑에서 일하기 시작한 손위 청년 모습이다. 키가 크고 말이 없는 사람이었다고 기억하고 있다. 그 후에 조부모님의 집을 미술관으로 개축할 때도 부모님의 집을 처분할 때도 신세를 졌지만, 미술품에 관심도 지식도 없는 미노루는 아무런 의논을 하지 않았다. 조부모님 집 때는 부모님에게, 부모님 집 때는 스즈메와 재단 사람에게 떠맡겼다.

스즈메와 그는 마음이 잘 맞는 듯했다. 미술품의 가치를 금전으로 환산할 수 있느냐 없느냐 하는 것을 놓고 어느 쪽이나 기꺼이 토론을 벌였다. 그러나 정작 그 스즈메는 부고가 전해진 날 마침 야쿠지마에서 돌아왔음에도, '눈물 짜는 자리는 질색'이라는 웃기는 구실로 장례식에 참석하지 않았다. 미노루 역시 눈물 짜는 자리가 좋은 것은 아니지만, 정리라는 것이 있다. 만약 미노루가 정리를 외면한다면 조부모님도 부모님도 슬퍼할 것이다.

에어컨을 아직 켜지 않았는데 무더위가 기승을 부리는 밖에서 돌아온 미노루에게는 부엌이 써늘하게 느껴졌다. 칼피스도 맛있었다. 자신의 신상에도 언제 어떤 일이 생길지 모르지만, 아무튼 지금은 살아 있고, 이렇게 여기 있다고 생각하고는, 불손하다는 걸 알면서도 안도감도 기쁨도 아닌 묘하고 어두운 에너지를 몸 안에서 느꼈다.

"유마였어요."

스마트폰을 제자리 ─ 가게 전화 옆이자 카운터 뒤라서 손님에게는 보이지 않는 장소 ─ 에 놓고 아카네가 스즈메에게 말했다. 조금 전에 홀쩍 나타난 스즈메는 '얼마 전에 먹은 벌꿀 아이스크림이 또 먹고 싶어서' 왔다는데, 솔직히 아카네는 그 말도 스즈메의 방문도 반가웠다.

"헤, 그 아이 잘 지내?"

잘 지내죠, 하고 대답하고 때마침 잔이 찬 에스프레소를 스즈메 앞에 내민다. 카운터 자리에 걸어앉은 스즈메는 벌써 벌꿀 아이스크림을 절반이나 먹었다. 꾸밈없는 티셔츠에 청바지 차림인데, 굳이 무릎에 — 레스토랑에서 식사할 때처럼 — 손수건을 펼쳐놓은 게 재미있다. 남성용처럼 커다란 체크무늬 손수건.

"기무라 씨도 마셔."

스즈메의 목소리가 들렸지만 무슨 뜻인지 몰라 멍한 표정을 짓자,

"커피. 내가 낼게."

하고 다시 말했다. 망설인 이유는 규칙 위반이기 때문이다. 근무 중에는 먹고 마실 수 없다(휴게실에서는 가능하지만)는 언질이 있었다. 게다가 모든 규칙은 미노루가 아니라 스즈메가 정한 것이라고 들었다.

"규칙은 때로 깨라고 있는 거야. 그런 건, 상식 아닌가?"

아카네의 속마음을 읽은 것처럼 스즈메가 말해,

"그런가요?"

하고 얼빠진 대답을 한 아카네는 결국,

"감사합니다. 마실게요."

하고는, 에스프레소 머신에 두 번째 컵을 세팅한다. 다시 스즈메 쪽으로 얼굴을 돌렸을 때, 아카네는 그만 놀란 표정을 짓고 말았다. 스즈메 손에 벌꿀 아이스크림이 없었기 때문이다.

"나, 소프트아이스크림 엄청 좋아하는데, 먹는 건 서툴러."

스즈메가 말한다. 그렇게 말하는 것치고는 빠르다고 생각했는데,

"주위를 빙글빙글 핥아먹는 것도 거부감이 있어서 결국은 위에서
부터 먹거든. 그런데 그렇게 먹으면 금방 녹아서 흘러내리잖아. 그게
싫어서 빨리 먹어 치우는 거야. 사실은 좋아하니까 좀 더 천천히 먹
고 싶은데."

그런 설명을 듣자 납득이 갔다.

"미노루는 핥아 먹는다?"

마치 소프트아이스크림을 핥아 먹는 것이 용납하기 어려운 폭력
적인 행위라도 되는 것처럼 스즈메는 말을 잇는다.

"핥고 싶지 않은 기분은 이해하지만, 녹아 흐르는 크림 때문에 손
이 더러워지는 것보다는 낫다면서 말이야."

"소프트아이스크림 하나 먹는 것도 쉽지가 않네요."

아카네는 솔직하게 말했다.

유치원생 네 명과 엄마 셋이 시끌시끌하게 들어왔다가는 나가고,
회사원인 듯한 남자(단골이다)가 다녀간 후에도 스즈메는 남아 있었
다. 아카네는 자연스러운 일이라 여겼다. 누가 뭐라 해도 사장이고,
자신이 일하기 훨씬 전부터 이 사람은 이 가게에서 이렇게 — 아주
가끔이지만 — 지냈을 것이라고 생각되었다. 카운터 제일 구석 자리,
밖의 햇살이 닿지 않는 어두컴컴한 자리에 스툴을 꺼내다 앉아서, 스
즈메는 노트북을 켜고 카메라와 연결해서 무슨 작업을 하기도 하고,
손님과 아카네가 대화하는 모습을 바라보기도 한다. 막 규슈로 여행
을 다녀와 그런지, 바다와 산 사진을 아카네에게 보여주기도 했다.

"유마 씨 아기, 이름이 뭐였지?"

불쑥 스즈메가 물었다.

"라이루요."

대답하자, 스즈메는 미간을 약간 찡그리고, 그래 맞다 라이루, 하고 중얼거렸다.

"똑똑한 아이였는데 왜 그런 이름을 지어줬을까."

아카네는 아기 이름에 대한 스즈메의 감상이 아니라, 스즈메가 유마를 '똑똑한 아이'라고 평한 것이 의외였다. 하지만 과거형이었다. 마치 유마가 죽었거나 변해버린 것처럼.

"유마는 지금도 똑똑해요."

친구와 그녀 아들(의 이름)을 옹호하고 싶은 기분에 아카네는 그렇게 말했다.

"라이루라는 이름이 좀 특이하기는 하지만 부르기도 쉽고, 강하게 자랄 것 같기도 하고, 앞으로 외국에 나가더라도 잘 통할 것 같아서 그렇게 지었대요."

그것이 연인인 후지에다 씨의 발상이었다는 말은 하지 않았다. 그와 그의 아내 사이에 있는 외아들 이름이 다이치로(친정아버지가 지어준 듯하다)라서, 정반대로 짓고 싶었던 것 같다는 말도.

"뭐 이름이 특이한 건 나도 마찬가지지만."

스즈메는 그렇게 말하고 씩 웃었다.

"유마와 저는 중학교 때부터 친구예요. 중학 시절하면, 진짜 아직 철모르는 어린애랄까, 아무튼 그런 시절부터 친구니까, 어른이 되어서 만난 사람들과는 달라서 특별하다고 할까……."

아카네는 왜 자신이 그런 걸 역설하는지 모르는 채 역설했다. 아무튼 자신은 선악을 넘어 언제나 유마 편이고, 유마 역시 언제나 자기 편일 것이고, 늘 들러붙어 같이 지내는 것은 아니지만 앞으로도 변하지 않을 관계이며 그렇게 믿는다는 것, 가게에 있다가 교복 차림을 한 여자아이들이 들어오면 옛날 자신들 모습이 떠오른다는 것. 그러다 보니 스즈메에게 이렇게 말하고 있었다.

"저, 오늘 밤에 유마네 집에 놀러갈 건데, 괜찮으면 사장님도 같이 가세요."

아카네는 얼마 전에 유마가 '그 사장님, 나를 돈을 노린 여자라고 생각하고 있다고'라고 했던 말을 기억하고 있다. 그래서 슈프레 파크에서는 이제 일할 수 없다고 했던 말도. 하지만 애당초 아카네에게 일할 수 있느냐는 의사 타진이 있었을 때는, 어디까지나 출산 휴가에 들어가는 유마를 대신하는 것이라고 했다. 보험이나 상여금 문제도 있으니까, 다른 일을 하지 않으면 아르바이트생이 아니라 정사원으로 취급하겠다고 한 것도 미노루 사장이었다. 그래서 아카네는 유마의 출산휴가가 끝나면 자신의 역할이 끝난다든지, 아니면 2인 체제로 일하게 될 것이라고 생각했다. 사실 아무리 작은 가게라도 1인 체제로 일하는 것은 힘들다. 일주일에 하루밖에 쉴 수 없고, 손님이 있을 때에는 화장실에도 갈 수 없으니까.

만약 유마와 둘이 일할 수 있으면 재미있겠다고 아카네는 생각한다. 이 사람이 유마가 지금도 '똑똑한 아이'라는 것을 알아준다면 불가능한 일도 아닐 것이다.

"유마 씨네 집? 재미있겠는데."

스즈메는 이내 그렇게 말했다.

"오늘 밤은 한가하니까, 가볼까나."

이때가 되어서야 겨우 아카네는, 문제는 유마의 기분과 반응이라는 것에 생각이 미친다.

"몇 시 약속인데?"

스즈메는 눈을 반짝거리며 카운터 너머로 몸을 쑥 내밀었다.

"부탁이야. 조니에게는 너랑 영화를 보러 간다고 했어."

라우라는 풍만한 가슴 앞에 두 손을 모으고 기도하듯이 몸을 구부렸다. 굳이 마스카라를 바르지 않아도 짙고 긴 속눈썹인데, 그러나 눈여겨보지 않고는 잘 모를 만큼 자연스럽게(그리고 효과적으로) 마스카라가 발려 있을 것이다. 나탈리아에게는 없는 재주다.

"싫어. 왜 내가 조니에게 거짓말을 해야 돼. 사양하겠어."

그렇게 튕겼지만 나탈리아는 자신이 결국 라우라의 부탁을 들어주게 되리란 것을 알고 있었다. 게다가 만약 나탈리아가 사실대로 말하면 슬퍼할 사람은 조니다. 슬픔에 젖은 그 커다란 눈과 충격과 실망을 감추려고 맥없이 미소 짓는 얼굴이 선하다.

"부탁할게."

라우라는 같은 말을 또 했다.

"네가 그 미국 남자랑 사귀는 거, 나 아무한테도 말하지 않았어. 관광객이랑 사귀다 실수하면 어떤 꼴을 당하는지 우리 엄마도 잘 알고

303

있고, 물론 너희 엄마도."

저녁 하늘이다. 모래사장으로 이어지는 비스듬한 비탈 가득하게 옅은 분홍색 해당화가 피어 있다.

"그건 실수를 했을 때지."

우리는 다르다고 나탈리아는 생각한다. 나와 스코트는.

"말이 심하다."

라우라는 그렇게 말했지만, 화가 난 투는 아니다.

"우리 엄마도 연애를 했어. 그래서 내가 태어난 거니까. 하지만, 너도 알잖아. 세상이 그런 거야."

그렇게 말하는 라우라의 목소리에는 오히려 깨우치려는 듯한 뉘앙스가 있었다.

"연애라는 게 아마 전부 실수겠지."

그리고 그렇게 결론을 내렸다. 나이도 어리면서.

그런 것일까. 연애는 전부 실수일까? 나탈리아는 절대 그렇게는 생각되지 않았다. 압도적으로 옳은 일이라고 느낀다. 자신과 스코트가 이렇게 된 것은.

스코트는 나탈리아가 처음으로 신뢰한 남자다(어제 그의 빌라에서 얼핏 본 사람 때문에 좀 불안하지만, 그 일에 대해서도 본인에게 물으면 틀림없이 설명이 될 것이다. 나탈리아가 잘못 본 것일 수도 있다). 전에도 심심풀이 삼아 남자와 데이트를 한 적은 있고, 연상의 남자가 끈덕지게 따라다닌 적도 있지만(그때는 너무 불쌍해서 한동안 상대해주었다). 그러나 거기서 끝이었다. 남자는 다 똑같다고 생각했다. 프리니오와 그

불량한 패거리 탓인지도 모른다. 그중 한 명이 억지로 키스를 한 것은 나탈리아가 아홉 살 때 일이었고, 강압적으로 옷을 벗긴 데다 '기분 좋은 거'라는 짓거리를 한 것도 열두 살 때 일이었으니까.

불쑥 머리를 쓰다듬는 손이 느껴졌는데, 놀랄 틈도 없이 라우라가 머리를 껴안았다.

"좋아하는구나, 그 미국 남자."

라우라의 몸에서는 그리운 냄새가 났다. 향수나 화장품이 아닌, 어렸을 때부터 잘 알고 있는 라우라 자체의 냄새가.

"가엾게도."

부드러운 목소리로 중얼거린다. 여동생 같은 라우라가 때로는 언니처럼 굴기도 한다. 파도 소리가 들린다. 나탈리아는 그대로 안겨 있고 싶은 유혹을 뿌리치고 몸을 일으켰다. 라우라가,

"알아. 나도 조니를 정말 좋아하는걸"

하고 말했기 때문이다.

"그런데 왜?"

물었지만 대답은 없었다. 대신 라우라는 모래사장을 가리키며,

"어렸을 때 우리 저기서 맛조개 많이 캤는데, 조니랑 셋이서"

하고는 미소를 머금는다.

"호텔 주방에서 소금 가져다가."

나탈리아도 기억하고 있었다. 바닷물이 빠지면 젖은 모래사장에 점점이 8자형 구멍이 생긴다. 맛조개는 그 안에 있다. 그리고 구멍에 소금을 한 움큼 뿌리면 바닷물이 들어온 것으로 착각한 맛조개가 스

스로 기어 올라온다. 그게 재미있어서 정신없이 캤더랬다.

"누가 가장 많이 캐는지 겨루기도 하고. 늘 내가 꼴찌였지만, 너랑 조니는 언제나 막상막하였어."

라우라가 말한다. 그랬다. 하지만 조니는 나중에 절반을 라우라에게 나눠주었다.

등 뒤에서 자동차 엔진 소리가 들려 돌아보니, 섬에서 1, 2위를 다툴 만큼 낡은 소형 트럭이 울퉁불퉁한 흙길을 천천히 달려와 멈췄다. 체리의 차다. 오후의 휴식 시간이 끝나 잭 센터로 돌아가는 길일 것이다.

"라우라아, 나탈리아아."

그 특유의 억양으로 부르고는, 커피콩 같은 색의 조그만 얼굴이 일그러져라 웃는다.

"체리! 잘 지냈어요?"

라우라가 먼저 유리가 없는 차창으로 상반신을 밀어 넣고 인사했다. 하얀 조리복을 위아래로 입고 머리에 빨간 반다나를 감고 있다. 나이를 먹었어도 멋쟁이다. 체리는 초록색 반다나도 노란색 반다나도 갖고 있다. 보라색도.

"상쾌한 저녁이죠. 우리 영화 보러 갈 거예요."

라우라가 눈치 빠르게 말한다. 체리네 가게는 조니네 가게 근처이기 때문이다.

"좋겠네. 재미있게 보고 와."

조수석에 놓인 종이 상자에 가득 담긴 파릇파릇한 플랜틴 바나나가 보였다. 나탈리아는 체리 손을 거치면 그 바나나가 어떻게 변신하는지 알고 있다. 조니에게는 안됐지만, 플랜틴 바나나만큼은 체리네 가게가 최고다. 야성적인 풍미는 고스란히 남긴 채 부드럽게 짓이겨 기름에 살짝 튀겨낸 따끈따끈한 그것은, 이 섬의 기후와 풍토 그 자체처럼 관능적인 맛이 난다.

라우라 다음으로 차창으로 윗몸을 밀어 넣고 체리 볼에 볼을 대는 인사를 하면서,

책을 내려놓고 미노루는 침대의자에서 일어났다. 플랜틴 바나나라는 것을 어떻게든 먹어보고 싶어졌다. 일본에서도 구할 수 있는 것일까. 일단 컴퓨터로 검색해보기로 한다.

24

다다미 위에 벌렁 누워 무릎을 세우고, 극락이네, 하고 치카는 중
얼거려본다. 사야카에게 받은 다리 마사지기를 사용하고 있는 중이
다. 두 다리에 감은 울룩불룩한 화학 섬유 소재 기구에 서서히 공기
가 차오르면서 종아리를 절묘하게 조인다. 이 기구를 볼 때마다 치
카는 지갑을 떠올린다. 아주 먼 옛날에 유행했던 지갑이다. 사실인지
어떤지는 모르지만 서퍼용이라고 했다. 우둘투둘한 천의 질감과 화
려한 색감도, 찍찍이가 달려 있는 점도 이 기구와 똑같았다.

서핑은 해본 적이 없어도 반 아이들 모두가 그 지갑을 갖고 다녔
다. 머리를 길게 늘어뜨리고, 공들여 피부를 검게 태우고, 특정 브랜
드 티셔츠를 일부러 몇 번 빨아 색이 바래도록 해서 입었던 그녀들
은 지금 어디에서 뭘 하고 있을까. 고등학교를 졸업한 후로 치카는
누구와도 만나지 않았다. 여자아이란 존재를 이해할 수 없었기 때문

인데, 지금은 성에 눈뜬 어린 여자들 집단에 지나지 않았다고 생각한다. 그리고 지금은 모두, 어디선가 똑같이 50대가 되어 있을 것이다. 만약 무사히 살아 있다면.

15분으로 설정해놓은 마사지가 끝나자 치카는 기구에서 다리를 빼냈다. 사야카는 학교에 갔기 때문에 지금은 집에 혼자 있다. 일상, 하고 치카는 생각했다. 사야카가 없는 방에서 사야카가 있을 때 이상으로 그녀의 기척이 느껴진다. 왜 그런지는 알 수 없지만, 치카는 좋다. 사야카가 없는데 사야카의 기척이 있는 방이. 본인이 알면 화를 내리라. "그럼 나는 없어도 된다는 거야?" 할지도 모른다. "좀 심한 거 아니야?" 하고. 그리고 자기 발언이 얼마나 유치한지를 알고는 창피해하면서, 그런 때면 그녀가 늘 그러듯이 뜬금없이 화제를 바꾸려 하리라. 어디에 있는 어느 길에 무슨 꽃이 피어 있었다느니, 학생이 답안지에 이런 답을 썼다느니.

바람 없는 저녁이다. 치카는 마사지기를 벽장에 넣어두고, 가게에 나갈 준비를 한다. 준비라고 해야 샤워를 하고 깨끗한 옷으로 갈아입는 게 전부다.

지난주에 보러 다녀온 나가노현 별장의 새 자료가 테이블에 놓여 있다. 팔락팔락 넘기던 치카는 씩 웃는다. 계단 경사가 심하다는 둥, 세탁기 놓을 곳이 없다는 둥, 사야카의 글씨로 자잘한 메모가 적혀 있다.

애지중지하는 오토바이에 올라탄 조니는 라우라가 기다리는 해안으로 향했다. 선물로 준비한 발찌 — 지난주에 몬테고베이까지 나가서 샀다. 값비싼 것은 아니지만 그래도 순은 제품이고 라우라의 이름도 새겨져 있다 — 는 가슴 주머니 안에 들어 있다. 리본 묶인 조그만 상자와 벨벳 주머니에 담겨서.

머리 위에는 빛나는 한낮의 태양. 역시 보물인 워크맨으로 듣고 있는 것은 미국 음악이다. 조니는 곡에 맞춰 콧노래를 흥얼거린다.

라우라가 일하는 호텔을 지나쳐 망한 당구장 — 폐허지만, 당구대가 그대로 방치되어 있어서 아이들에게는 최고의 놀이터 — 앞을 지날 즈음부터 바닷바람 냄새가 강해진다.

프렌치망고라고 불리는 만, 해안으로 이어지는 하얗고 좁은 모랫길에 오토바이를 세웠다. 라우라는 늘 그런 것처럼 굵직한 나뭇가지에 앉아 기다리고 있다. 새하얀 홀터넥 서머 니트에 극단적으로 짧게 자른 청바지. 뭐라 말할 수 없이 귀엽다. 인사 대신 가볍게 포옹하면서 조니는 생각했다. 벤자민을 만나든 바람을 피우든, 라우라는 이 세상의 좋은 것 그 전부다. 눈앞에 있는 바다처럼 풍요롭고, 한없이 펼쳐지는 여름 하늘처럼 밝고, 새끼 고양이처럼 보드랍다. 마돈나처럼 섹시하고, 브루스 스프링스턴처럼 멋지고, 에어로스미스처럼 유쾌하다.

"늦었네."

라우라가 말하고 조니의 손에 깍지를 낀다.

"시간이 별로 없어. 이리 와."

조니를 끌어당기면서 보트 보관소로 향한다.

"오늘 쉬는 날이잖아?"

오후를 같이 보낼 수 있을 거라고 생각했다. 두 사람의 쉬는 날이 겹치는 일은 좀처럼 없다.

"요즘에 엄마가 잔소리가 심해서, 오늘은 집안일을 해야 돼."

라우라는 거짓말을 잘 못한다.

"집안일?"

"할머니 밥도 지어야 하고, 그거 말고도 여러 가지가 많아."

아마 또 벤자민을 만나려는 것이리라.

지금 스카이프 할 수 있어? 하는 스즈메의 문자가 날아왔을 때, 미노루는 저녁을 벌써 먹고 잠옷 차림으로 침대의자에서 책을 읽고 있었다.

응. 잠깐 기다려. 그렇게 회신을 보내고 컴퓨터를 켠 다음 스카이프를 실행한다. 연결되는 짧은 시간에도 그만 책으로 눈을 돌리고 만다.

그래도 아무튼 지금 자신은 라우라와 함께 있으며, 보트 보관소는 자신들의 '보금자리'라고 조니는 생각한다. 단 둘이 있을 수 있는 장소라는 뜻만은 아니다. 어망으로 만든 해먹은 둘이 부둥켜안고 눕기에 딱 맞는 크기이고 — 단, 불안정해서 섹스는 할 수 없다. 섹스를 하려면 담요 깔린 바닥으로 이동해야 한다 —, 부자들 집처럼 벽에 초상화까지 걸려 있다. 초등학생 때 라우라가 그려준 조니의 얼굴인데, 그렇게 비슷하지는 않다.

"여보세요 —."

스즈메의 목소리가 들려 미노루는 책에서 얼굴을 들었다. 화면 속 스즈메 얼굴 바로 밑에 갓난아기 얼굴이 있다. 갓난아기? 아니, 어떻게 된 거야.

"지금 유마 씨 집에 있어."

스즈메는 말하고, 인사를 하게 할 작정인지 아기의 손을 들어 마라 카스를 흔들 듯 흔들었다.

"저녁도 얻어먹었어. 꽁치. 생선이 먹고 싶다고 했더니, 일부러 사다가 구워주더라."

"무는 제가 갈았습니다."

그렇게 말하면서 화면에 나타난 것은 아카네의 얼굴이었다. 미노루는 혼란스러워진다. 조니의 보트 보관소 이미지가 아직도 뇌리에 남아 있었다.

"여자들끼리 모임 갖고 있어요. 스즈메 씨에게 도움 되는 얘기도 많이 들었고요."

"도움 되는 얘기?"

되물었지만, 뭐가 어떻게 된 건지 알 수 없었다.

"네. 독일 주부의 화장실 청소법 같은 거."

이번에는 스즈메가 화면으로 들어와,

"너 얘기도 했어, 이것저것"

하자, 얼굴의 절반만 화면에 비친 아카네 목소리가,

"네, 이것저것"

하고 되풀이하는 목소리가 들렸다. 뒤에서 다가온 유마가 스즈메에게 라이루를 받아 안고, 정면에 앉는다.

"안녕하세요."

혀 꼬인 소리였다. 볼은 빨갛고, 얼굴 전체가 번들거리고, 눈이 촉촉하게 젖어 번쩍거린다.

"뭐 마시고 있는데?"

묻자, 유마는 고개를 푹 숙이고 생각에 잠겼다. 그리고,

"라이루 좀, 안아봐"

하고 미노루가 아니라 아카네에게 말했다.

"스즈메 씨는 와인요. 아카네는 맥주고, 나는, 음, 그러니까……."

뭐였더라, 하고 또 미노루가 아닌 누구에게 — 아마도 스즈메에게 — 소리를 질렀다.

"아 맞다, 맞다. 그거였지"

하고 이번에는 소리를 죽이고 중얼거렸다. 그리고 갑자기 웃는다.

"미노루 씨, 잠옷! 진짜 잘 어울리네요. 웃겨요."

"음……. 스즈메 바꿔줄 수 있을까."

미노루는 말했다.

"비?"

스마트폰에 귀를 댄 채 되묻고 나기사는 소파 뒤를 지나 거실을 가로질렀다. 커튼을 열고 베란다 문을 연다.

"정말이네. 전혀 몰랐어."

소리 없이 내리는 비다. 여름비와는 완연히 다른.

"15분발 준특급?"

나기사는 선반에 놓인 시계를 본다.

"알았어. 응. 조심하고."

전화를 끊고, 밤기운과 비 냄새를 한꺼번에 깊이 들이쉬고서 ―, 이 비가 그치면 조금은 시원해지겠지, 하고 나기사는 생각한다. 조용히 내리는 부슬비를 환영하는 것처럼 어디선가 풀벌레 소리가 들린다. 베란다 문을 닫고 다시 커튼을 친다.

하토는 잠옷 차림으로 이불 위에 납죽 앉아 책을 읽고 있었다.

"아직 안 자?"

조금 더 읽고, 하고 하토는 책에서 얼굴을 들지 않은 채 대답한다.

"내일 책가방은 다 챙겼어?"

"응."

역시 얼굴을 들지 않은 채 대답하는 딸을 보고서 나기사는 그만 피식 웃고 만다. 정말 미노루를 꼭 닮았다.

"아빠 데리러 역에 잠깐 나갈 건데, 금방 올 거니까 혼자 있어도 괜찮지?"

하토는 놀란 것처럼 고개를 획 들었다.

"지금 나가는 거야? 밤인데?"

"금방 돌아올 거야."

나기사는 똑같은 말을 다시 하고는,

"아빠가 우산이 없대"

하고 설명했다.

"그렇구나"

하고서 하토는 혼자 집을 지키는 것에 동의했지만,

"아빠는 어른인데"

하고 굳이 덧붙였다.

"그러게. 어른인데 말이야."

나기사는 대답하고 미소 짓는다. 아직은 이 아이에게 가르치지 않아야 하리라. 무슨 일이든 혼자 할 수 있는 남자보다 그렇지 못한 남자가 더 좋다는 것도, 의지와 어리광도 신뢰의 한 형태라는 것도.

딸에게는 전하지 않은 것이 아직도 있다. 현관에서 신발을 신고 우산을 두 개 챙긴 나기사는 문을 연다. 난간 너머로 밤과 비를 보면서 복도를 걸어가, 엘리베이터 버튼을 눌렀다. 너에게 동생이 생길 거야. 그렇게 전하면 하토는 어떤 표정을 지을까.

조그만 부엌이다. 냉장고에 자석으로 고정해놓은 달력과, 싱크대 앞에 깔린 매트, 수납할 장소가 없는지 바닥에 그대로 놓은 전기밥솥, 스즈메는 그런 부엌살림들을 바라본다. 설거지는 제가 할 테니까, 스즈메 사장님은 그냥 앉아 계세요, 하는 아카네의 말을 따라 앉아서 홍차를 마시고 있었다. 타인의 집 부엌일을 거드는 것은 스즈메가 옛날부터 그리 좋아하지 않는 일이다. 여자 친구들 중에는 누구 집에 가든 솔선해서 자연스럽게 부엌일을 하는 이가 몇 명 있었지만, 스즈메는 그런 재주가 없어 그럴 수 있는 사람을 보면 — 아카네가

315

바로 그런 스타일이다 — 늘 감탄스럽다. 스즈메의 경우, 그냥 뭐가 뭔지를(말 그대로) 모르는 정도가 아니다. 행주든 세제든 스펀지든, 스즈메 생각에는 아주 사적인 것이기 때문에 타인이 멋대로 손을 댄다는 것에 아무래도 거리낌이 있다. 하기야 지금, 이 집 주인은 아들과 함께 곤히 잠들어 있으니 거리낌이고 자시고 할 것도 없을지 모르지만.

"오늘, 여기 오길 잘한 것 같아."

스즈메는 아카네의 등을 보며 말했다. 같이 가자고 해줘서 고맙다는 뜻의 인사이기도 하지만, 본심이기도 했다.

"미노루는 화를 냈지만."

미노루는 화를 냈다기보다 어이없어했다. 왜 거기 있는데? 하고 물었고, 대체 거기서 뭘 하느냐고도 했다. 유마에게 술을 마시게 한 — 물론 스즈메가 권한 것은 아니고 유마가 자기 멋대로 마신 거지만, 독한 술을 들고 간 — 탓인지도 모르고, 낮에 스즈메가 정리를 무시하고 장례식에 참석하지 않은 탓인지도 모른다.

"그래도 좋았어. 너희들과 얘기하는 거, 학생들이랑 얘기하는 기분이었고"

하고 말을 잇자, 아카네가 돌아보면서,

"정말요?"

하고 물었다. 스즈메는 그 말이 감탄사에 지나지 않는다는 걸 오늘 밤 이미 배운 덕분에, 아카네가 뒤이어,

"학생 졸업한 지 오랜데, 비슷했어요?"

하고 불쑥 공손한 투로 말하는데도 놀라지 않았다.

"응, 비슷했어."

스즈메는 단언했다.

"둘 다 아직 젊고, 여러 가지로 생각도 많고."

아카네는 설거지를 끝내고, 키친타월을 한 장 뜯어내 식탁을 닦으면서,

"그야 생각하죠, 여러 가지로. 누구든 그럴 거라고 생각하는데"

하고는,

"스즈메 사장님도 생각하잖아요, 여러 가지로"

하고 묻는다기보다 확인한다.

"안 생각해."

스즈메는 그렇게 대답하고는, 때로 학생들에게 그러듯 싱긋 미소 지어 보였다.

뜻밖에도, 밖에는 비가 내리고 있었다. 보슬보슬 부드럽게 내리는 비, 돌아가신 어머니라면 '좋은 습기'라고 했을 비다. 전철도 아직 오갈 시간이라서 스즈메는 아카네를 현금과 함께 택시에 태운 후 — 아니에요, 괜찮아요, 저도 전철 타고 가면 돼요, 하고 아카네는 고집을 부리려 했지만, 너는 종업원이고 나는 너의 부모님으로부터 너를 빌린 입장이니까, 하고 설득하자 수긍하고는 올라탔다 —, 역으로 가는 길을 스즈메는 기분 좋게 젖으면서 걸었다. 고요한 주택가 풍경은 나름대로 운치가 있었지만, 스즈메는 베를린 밤거리의 독특한 색감과 냄새와 고동이 — 그렇다, 그 거리에는 분명하게 그런 것이 있다.

살아 있는 생물 같은 고동과 숨결이 ─ 그리워졌다. 거의 매일 밤 함께 술을 마셨던 친구들과 이미 도쿄에서는 볼 수 없는 종류의 보얗게 번지는 따스한 가로등 불빛도.

이제 슬슬 톳을 사야 할 때인가, 하고 스즈메는 생각한다. 그러고 보니 베를린에서는 자주 먹는 톳을 일본에 돌아와서는 아직 한 번도 먹지 않았다.

야미가 집을 나간 후, 아침에 눈을 뜬 오타케가 제일 먼저 하는 일은 침대 옆자리를 확인하는 것이었다. 아내가 집을 나간 것은 그저 꿈일 뿐 실제로는 늘 그랬듯이 거기 있을 것이다, 하고 생각한 몇몇 아침이 있었고, 집을 나간 것은 사실이지만 그러나 어떤 필연성 때문에 후회한 야미가 돌아올지도 모른다는 희미한 기대를 품었던 몇몇 아침도 있었다. 그러나 어느 아침에든 극도의 실망이 기다리고 있었고, 그 충격을 회피하기 위해 야미는 여기 있다고 생각하면서 옆자리를 확인한 몇몇 아침도 있었다(그러나, 그 경우에도 격한 실망이 기다리고 있는 건 다르지 않았다).

오늘 아침에 자명종을 끈 오타케는, 자신이 옆자리를 확인하지 않으려 한다는 것을 깨달았다. 등을 늘 아내가 자던 쪽으로 향한 채, 자명종 옆에 놓인 안경을 집어 끼고, 여름 이불을 걷어내고 침대에서 나온다. 옆을 보지 않으려고 오기를 부리면서 문을 향해 걸었다. 돌아보고 싶은 충동을 억누르고, 문을 열고 복도로 나가 손을 뒤로 돌려 문을 닫는다. 좋아. 해냈다. 뭘 '해냈는지' 모르는 채 오타케는 그렇게 생각하고는 화장실에 갔다가 세수를 하고 아침을 먹는, 매일 아침의 습관을 형식적으로 반복했다. 그러는 동안, 침실에 야미가 자고 있(을지도 모른다)다고 생각하는 데 성공했지만, 마음속 한편으로는 없다는 것도 알고 있었다. 99퍼센트, 없다는 것을.

어제저녁까지 내리던 비는 그쳤다. 오타케는 커피와 신문을 손에 들고 일하는 방으로 들어간다. 원래부터 아내의 물건이 놓여 있지 않아 부자연스러운 틈이 하나도 없는 유일한 방이다.

집을 나간 후 오늘까지, 야미는 적어도 두 번 자기 물건을 가지러 이 집에 돌아왔다. 필요한 것을 가져갔을 뿐만 아니라, 불필요하다고 판단되는 것은 거의 쓰레기통에 버리고 갔기 때문에, 알게 모르게 휑해진 집에는 여기저기 부자연스러운 틈이 생겼다. 야미가 들렀던 두 번 다 ― 만약 두 번이라면 ― 오타케가 집에 없었다는 사실을, 자영업자이며 일하는 시간도 불규칙한 오타케는 이상하게 생각한다. 어쩌면 그녀가 자신의 행동거지를 감시하고 있는지도 모른다는 의심도 품었지만, 친정을 찾아갔을 때 직접 물어보자 야미는 몹시 짜증스럽다는 표정을 지었다. 내가 왜 그런 짓을 해, 난 당신이 아니라고. 내뱉듯 그렇게 말한 야미는, 감시할 것도 없지, 당신이 매일 문자로 보고를 하니까 안 거라고, 하고 설명했다. 그 문자도 지금은 수신이 차단되어 있다. 야미에게 연락하려면 친정으로 전화를 거는 수밖에 없는데, 전화를 걸어도 야미 본인은 세 번에 한 번 정도밖에 받지 않는다.

세 번째 이혼 서류까지 무시하고 있는 지금, 상황은 더욱 어려워졌다. 야미의 아버지는, 이렇게 된 이상 피차 변호사를 내세워 재판정에서 조정을 받는 수밖에 없다고 한다. 오타케는 어쩌다 일이 이렇게 되었는지 여전히 알 수 없다. 신문을 펼치고, 제목만 죽 훑어보았다. 기사까지 읽을 마음은 없고, 제 손으로 끓인 커피는 진하기만 할뿐 조금도 맛있지 않다.

"그렇다면 전부 용서할 수밖에 없잖아?"

미노루는 그렇게 말했다. 무슨무슨 소설에, 누군가를 정말 좋아한다면 모든 것을 용서해야 한다는 말이 있다면서. 그러나, 정말 그럴까. 만약 그렇다면, 이렇게 되기 전에 야미야말로 오타케의 모든 것을 용서했어야 하지 않는가. 모순과 제자리에서 맴도는 생각에 진이 빠진 오타케는 한숨을 쉬었다.

트리 바라는 이름의 거리. 이 양철 지붕 술집은 거대한 나무 한 그루를 둘러싸는 형태로 서 있다. 천장 테두리를 따라 죽 걸려 있는 알전구와 각 테이블에 놓인 조그만 양초 외에 다른 조명은 없어 가게 안이 몹시 어둡다.

"여기, 요즘 생긴 가게야."

나탈리아가 말한다.

"전에 한번 라우라와 같이 왔는데, 뭐랄까, 너무 낭만적이어서 좀 불편했어. 보통 우리가 가는 곳은 좀 더 소박하면서 시끌시끌한 가게야. 조니에게는 음악이 없으면 술집이 아니니까."

"흐음, 그렇군."

스코트는 그렇게 대꾸하고는 미소를 지었지만, 눈 끝으로는 카운터 자리에 있는 남자들의 움직임에 계속 주의를 기울이고 있다. 이탈리아 사람들이기 때문이다.

"그런데 오늘 밤은 정말 편하네."

나탈리아는 그렇게 말을 덧붙이고는 만족스럽게 숨을 내쉰다. 저 남자들 중에 리코가 있는지 없는지는 모른다. 그러나 토니오가 건넨 정보에 따르면 전부 여섯 명(그중 한 명은 물론 프리니오다)일 테니까, 그렇다면 5분의 1확률로 그들 중 한 명이 리코인 셈이 된다. 오늘 밤 여기에서 술을 마시는 건 우연일까. 아니면 자신을 감시하려는 것일까. 빨리 해, 뭘 그렇게 꾸물거려, 하는 무언의 압박을 느낀다.

스코트는 지금까지 단 한 번도 일을 그르친 적이 없다. 9년이라는 세월을 그 일에만 소비했다. 미국제 정밀기계. 레오는 그렇게 부른다. 이 녀석은 감정이 없어, 정말 멋진 기계지.

"물어봐도 될까?"

나탈리아가 말한다.

"왜 지금까지 독신으로 지내는 건데?"

촛불이 비친 나탈리아의 눈동자가 촉촉하게 빛난다. 매끄러운 피부와 검고 풍성한 머리칼. 마치 망아지 같다.

"별다른 이유는 없어."

사실이 아니지만, 그렇게 대답했다.

"인생을 함께하고픈 상대를 만난 적도 없었고."

이것도 사실은 아니었다. 스코트는 럼을 들이켜고,

"나가자"

하고 말했다. 일이 끝나면 너를 데리고 돌아가지. 그렇게 말할 수 있다면 얼마나 좋을까. 그러려고 했다, 프리니오의 여동생이란 걸 알기 전까지는.

"벌써?"

아무리 오빠에게 화가 났다지만, 오빠를 죽인 남자를 — 아직은 죽이게 될 남자이지만, 그래도 — 용서하진 않을 것이다. 그리고, 그걸 감추면서 함께 살 수는 없다. 스코트는 그렇게 생각한다.

"우리가 있기에는 너무 낭만적이라서."

엄마에게는 그렇게 말했지만, 프리니오는 호텔에서 나올 마음이 털끝만큼도 없었다. 자금은 넉넉하게 받았다. 당연한 일이다. 미국인과 손잡고 콜롬비아를 좌지우지할 수 있다면, 패밀리에게 앞으로 엄청난 부가 굴러들어올 테니까. 프리니오는 콜롬비아에서 한 번 실수를 저지른 적이 있다. 그래서 이번 일은 리코가 지휘하게 될 것이라고 생각했다. 그런데 토니오는 프리니오를 선택했다. 그건 즉, 조직의 2인자가 프리니오라는 뜻이다. 2인자는 그렇게 궁상맞은 집에서 먹고 자지 않는 법이다.

스위트룸에서 샴페인을 마시면서 프리니오는 언젠가 자기 수하가 될 남자들을 바라본다. 예순 살이 된 리코를 필두로 아직은 자신이 굽실거려야 하는 상대가 네 명이나 있지만(프리니오가 턱짓으로 부릴 수 있는 건 데브와 로렌쪼뿐이다), 그것도 이 일이 끝나면 그만이다.

천박한 농담만 오갔던 '미팅'이 15분 만에 끝나고 모두가 방에서 나가자, 프리니오는 프런트에 전화를 걸어 지배인을 청했다.

"룸서비스에 연락해서 왜건을 가져가라고 했으면 하는데. 음, 지금 바로. 그건 알고 있어. 걱정 말라고. 잠시 즐기는 것뿐이니까."

전화를 끊자 기대에 가슴이 설렜다. 프리니오가 이 호텔을 마음에 들어 하는 이유는 두 가지가 있는데, 하나는 주방에 행운을 부르는 여자가 하나 일하고 있다는 것이고, 다른 하나는 지배인이 말귀를 알아듣는 사람이라 돈을 좀 찔러주면 얼마든지 융통성을 발휘해준다는 점이었다.

25

마구간의 어둠과 시원함, 그리고 고요함이 나탈리아를 진정시켜 주었다. 벽 저 높이에 있는 조그만 창문 밖으로 파란 하늘이 보인다. 여기 있으면 안전하다고 느껴진다. 히아신스의 따스하고 탄력 있는 몸에 볼을 비빈다. 나탈리아는 소녀 시절부터 내내 말이 말을 할 수 없다는 것을 아쉽게 여겨왔다. 그러나 지금은, 그걸 하늘의 은총이라고 느낀다. 말을 못 하는 말들은 거짓말을 하지 않는다.

체리네 가게에 있던 사람은 스코트와 프리니오가 틀림없었다. 한 손에 맥주를 들고 친근하게 얘기하고 있었다. 스코트가 자신에게 거짓말을 했다고 생각하고 싶지는 않았다. 그러나. 스코트는 부정했지만, 빌라에 있던 남자도 어쩌면 프리니오였을지 모른다. 일 때문에 몬테고베이에 가야 한다던 말도, 통화한 상대가 동생이라던 것도 거짓말이었을지 모른다. 사랑한다고 했던 말도, 누군가를 진심으로 이해하고 싶다고 생각한 건 처음이라고 했던 말까지?

히아신스는 히힝, 콧숨을 내쉬고 목을 비튼다. 촘촘하고 긴 속눈썹에 에워싸인 눈은 더할 나위 없이 순수한 신뢰와 친절함으로 빛났다.

"괜찮아. 나는 괜찮아."

나탈리아는 그렇게 중얼거리고, 말의 목을 톡톡 두드린다. 그리고 그 말이 진실이기를 바랐다.

라우라는 애당초 그 손님이 싫었다. 팁을 듬뿍 주는 건 고맙지만, 마치 그 대신이라는 듯이 언제나 라우라의 몸 어딘가를 쓰다듬는다. 입가를 느슨하게 벌리고 있는 것도 싫었고, 같이 머물고 있는 뚱뚱한 동행에게 거들먹거리며 호통을 치는 것도 보기 좋지 않았다.

먹은 자리에 어지럽게 널려 있는 과일과 샌드위치 접시를 정리하고, 여섯 명일 손님의 샴페인 잔(세 개는 테이블 위에 있었고, 절반이 남아 있는 한 개는 텔레비전 위, 그리고 또 하나는 바닥에 나뒹굴고 있었고 — 이 잔에도 샴페인이 남아 있었는지 카펫에 얼룩이 생겼다 — 마지막 한 개는 행방불명)을 챙겨 왜건에 올리면서 라우라는 속으로 경멸을 느꼈다. 돈 좀 들였겠다 싶은 차림으로 고급 호텔 스위트룸에 묵고 있지만, 별 볼일 없는 인간이라는 것을 스스로 증명하고 있는 꼴이라고 생각했기 때문이다.

"죄송한데요, 샴페인 잔 하나가 보이지 않는데, 어디 있는지 아세요?"

묻자, 그 손님 — 숙박 카드에는 이름이 미스터 웅갈레티라고 적혀

있었지만, 어차피 가짜 이름일 것이다 — 은 어깨를 으쓱하고는,

"잔 같은 건 잊어버려"

라고 한다. 되묻지 않을 만큼 이 일에 능숙한 라우라는,

"알겠어요"

라고 대답하고 왜건을 밀려고 했다. 그런데 히죽히죽 웃는 손님의 팔에 붙잡혔다.

"그것도 내버려둬."

그리고 반대쪽 팔을 뒤에서 라우라의 오른쪽 가슴으로 뻗는다.

"우와아아아, 이거 굉장한데."

귓가에 속삭인다. 정말 멍청한 대사다. 뒤에서 허리를 들이댄다. 미적지근할 뿐, 딱딱함은 느껴지지 않는다. 물컹하다. 라우라는 그렇게 생각하고, 물론 그래서는 아니지만 몸을 뿌리치며 손님의 팔에서 벗어나, 이런 경우에는 이렇게 하라고 배운 대로,

"두 번 다시 이러지 않겠다고 약속하면 지배인에게는 보고하지 않겠어요"

하고 말했지만, 당연히 보고할 생각이었다. 지배인 벤자민은 펄쩍 뛰면서 화를 낼 것이다. 그리고 이 어리석은 손님에게 호된 맛을 보여줄 것이다. 자기 정부에게 손을 댔으니.

"누구에게 뭘 어쩐다고?"

그러나 눈앞에 있는 남자는 여전히 히죽거리면서 되묻고는 라우라의 입술을 손가락으로 훑었다. 라우라는 침을 내뱉고 남자를 노려보았다.

"정도를 알아야지. 사람이 얌전하게 대해주니까 주제를⋯⋯."

갑자기 뺨을 후려치고 머리칼을 움켜쥔다. 충격으로 몸이 앞으로 고꾸라져 왜건 핸들에 얼굴이 쾅 부딪친다.

"뭘 모르는 여자로군. 난 말이야, 그 지배인에게 부탁을 받았어. 마음껏 즐겨달라고 말이지."

피 맛이 느껴져, 입술이 터졌다는 것을 알았다.

"이리 와. 얌전하게 굴면 더는 아프게 하지 않을 거야. 지배인을 모욕해서 일자리를 잃게 하고 싶지는 않겠지?"

남자는 손가락으로 라우라의 턱을 들어 올리고 눈을 맞추며 고양이 같은 소리로 말했다.

"난 침대에서는 아주 친절한 남자야. 어느 정도 친절한지 알고 싶지 않아?"

라우라는 듣고 있지 않았다. 벤자민이 나를 팔았다고? 그런 일은 있을 수 없다.

"위스키, 한잔하겠어? 상처에 소독도 될 텐데."

자신의 어깨를 껴안은 남자의 팔을, 라우라는 있는 힘을 다해 비틀었다. 남자가 아프다고 비명을 지른 다음 순간, 라우라의 몸이 바닥에 굴렀다. 등을 걷어차였다는 것을 알았을 때는 남자의 발이 뒤통수를 짓누르고 있었다.

미노루는 숨쉬기가 힘들어 책에서 얼굴을 들었다. 크게 숨을 들이쉰다. 마치 누가 자신의 뒤통수를 짓누르고 있는 것처럼.

해가 무척 짧아졌다. 병원에서 나온 준코는 저녁이라기보다 밤에 가까운 공기의 투명한 파란색에 눈을 번쩍 떴다. 아직 완전히 어두워진 것은 아닌 이 시간대의 색감은 오히려 새벽녘과 비슷하다. 교정을 마감하기 전에 회사에서 밤새워 일을 하다 다 떨어진 걸레처럼 지쳐 택시를 탔을 때, 졸리는 동시에 눈은 반짝 뜨여 울고 싶기도 하고 웃고 싶기도 한 이상한 기분으로 뒷좌석에서 창문으로 올려다보았던 하늘의 색감과.

정말 아무것도 필요 없어, 하고 가나코는 말했지만 수술도 무사히 끝났고, 술을 제외한 대부분의 음식은 먹어도 괜찮다는 의사의 허가도 떨어졌으니까 조금이라고 영양을(또는 칼로리를) 섭취하게 하고 싶어 준코는 병원에 가는 도중에 백화점에 들러 자몽 푸딩을 사들고 갔다. 푸딩이라면 환자의 목에도 술술 넘어갈 것이라고 생각했기 때문이다(전에 사 갔던 케이크도 그 전에 사 갔던 월남쌈도 불평이 많았는데, 그 이유는 '넘어가지 않는다'였다). 그런데 가나코는 "환자식에도 툭하면 나오는데, 뭐" 하고 또 투덜거렸다. 그렇게 불평하니 되받을 말이 없었지만, 준코는 지금 지하철 계단을 내려가면서 하기야 뭐, 옛날부터 그렇게 투정이 심했으니까, 하고 속으로 중얼거린다.

학생 시절에 가나코는 소위 '노는' 학생이었다. 당시 유행을 따라 천방지축 놀러 다녔고, 여러 명의 남자 친구(그중 한 명이 오타케 미치오였다)를 동시에 거느리기도 했다. 그랬던 가나코가 싹 변모하더니, 옆에서 보고 있기가 민망할 정도로 남편에게 순종하고 자녀 교육에 심혈을 기울이는 현모양처가 되었다. 그러니 그녀가 투정을 부릴 수 있는 상대는 자신처럼 어렸을 때 친구뿐일 것이라고 생각하자, 투정을 부려주는 것이 오히려 자랑스럽기도 했다.

35년, 하고 준코는 생각한다. 처음 만났을 때, 가나코나 자신이나 (오타케나 미노루 역시) 고등학교 1학년이었으니, 지금의 아들보다 훨씬 어렸다. 전철이 흔들릴 걸 대비해 손잡이를 꽉 잡고 준코는 거뭇거뭇한 유리창에 비친 자기 얼굴을 어떤 유의 놀라움과 함께 쳐다본다. 종점인 시부야에 도착할 때까지 계속 쳐다보았다.

오거리를 건너 인파를 헤치며 걷는다. 사방은 이제 완전히 밤의 색이다. 쇼토에 있는 조그만 프렌치 비스트로는 준코가 정해서 예약해 놓은 곳이다. 무쇠 틀에 구워내는 키슈로렌느가 맛있다.

보나마나 또 늦게 오겠지 했는데, 안쪽 테이블에 앉아 있는 미노루를 보았을 때는 약간 놀랐다. 이렇게 그를 다시 만나자, 자신이 갑자기 흥분하는 것에도.

미노루는 진지한 표정으로 책을 읽고 있었다. 준코가 가게에 들어온 것도, 다가온 것도 모르는 채 묵묵히 읽고 있다. 그러고 보니 미노루가 고등학교 때 도서위원이었지, 하고 준코는 별거 아닌 기억을 떠올린다.

"오랜만이네."

말을 건네자, 멍한 표정으로 얼굴을 든 미노루가,

"어…… 준준?"

하고 묻는다.

"뭐야. 대체 누구랑 만나는 줄 아는 거야? 아오이 유우?"

생각할 틈도 없이 말이 입에서 튀어나와 준코는 스스로 웃고 만다. 아오이 유우란 이름은 어쩌다 나왔을까.

커피메이커도 당연히 있지만, 이것저것 하기가 귀찮아 사야카는 인스턴트커피를 끓였다. 혼자 있을 때는 그게 훨씬 편하고, 사실 인스턴트커피 가루의 그 메마르고 가벼운 향을 좋아하기도 했다.

별장에 관련된 자료 파일이 점점 두꺼워지고 있다(다음 주말에도 또 물건을 보러 갈 예정이다). 치카가 처음 자료를 보여줬을 때는 바로 결정해버리고 싶었다. 그런데 시간이 흐르면서 좀 더 천천히 비교해보고 싶어졌다. 물건이 커서가 아니라, 이렇게 비교하고 검토하고 이런저런 상상을 하는 시간이 즐거워서이다. 그런 사야카 때문에 치카는 부글부글 속을 썩고 있다. 얼마 전에는 급기야 "정말 살 마음이 있는 거야?" 하고 물었다. "봄에는 굼벵이도 뛴다는데" 하고 놀리지를 않나, "꿈지럭대다가 팔리겠다" 하고 겁을 주기도 한다.

하지만 '꿈지럭'은 옛날부터 사야카의 전매특허이다.

커피는 뜨겁고 조금 엷다. 사야카는 빌려온 「네브라스카」란 영화 DVD를 플레이어에 넣는다. 일을 갖고 온 날에는 물론 일을 하지만, 그렇지 않은 날이면 치카가 돌아올 때까지 혼자만의 시간을, 사야카는 대개 DVD를 보거나 스도쿠를 풀면서 보낸다. 몇 년 전에 작심하고 산 영어 학습 교재를 듣는다는 선택지도 잠깐 머리를 스치지만, 스친 후에는 금방 모습을 감추는 것을, 사야카는 약간의 미안함과 함께 그저 보내버린다.

열린 창문으로 밤기운에 섞여 금목서 향이 흘러들어오는데, 텔레비전 화면에는 눈에 싸인 미국의 어느 시골 풍경이 비치고 있다.

불쑥 잠이 깬 미노루는 침구 냄새와 감촉이 여느 때와 다르다는 것을 알고, 자신이 어디 있는지를 떠올렸다. 이곳은 러브호텔이다. 시부야에 있는.

옆에는 준코가 자고 있다. 시트에 덮여 있어 머리와 어깨밖에 보이지 않았지만 알몸이겠지 싶었다. 미노루 자신도 알몸이었으니. 창문이 없어 캄캄하지만, 머리맡에 조그만 스탠드가 켜져 있고, 그 희미한 불빛이 만드는 어슴푸레함 속에서 준코의 어깨가 유난히 하얗고 풋풋해 보인다. 헤드보드에 박힌 시계의 액정화면이 새벽 네 시 20분을 표시하고 있었다.

미노루는 기억의 끈을 잡아당긴다. 어제저녁, 준코는 평소처럼 말이 많았다. 쇼토에 있는 비스트로에서 와인을 마시고, 파테와 쿠스쿠스와 홍합 요리를 먹으면서. 요리가 전부 맛있었다는 것도, 준코 얘기가 오락가락했지만 그 대충의 내용 — 가나코의 입원과 수술(암이라고 들었을 때는 최악의 사태를 상상했는데, 준코 얘기로는 수술이 무사히 끝났고 경과도 좋다고 했다), 아들이 대학을 그만두고 정원사가 되고 싶어 한다는 것, 미국 대통령 선거, 할리우드 스캔들, 현대 일본에서 여성 잡지의 역할과 의의, '디저트 먹을 배는 따로 있다'는 말에 숨어 있는 심층 심리 — 도 기억하고 있지만, 그다음에 어떻게 여기까지 오게 되었는지는 기억나지 않았다. 미노루 쪽에서 가자고 한 것일까? 아니면 준코가? 호텔까지 걸어가는 동안에도 준코가 계속 떠들어댔다는 것은 기억난다.

속옷을 집어 입고 화장실에 간다. 욕실 조명이 필요 이상 밝아서 텅 비고 유난히 넓은 욕조 — 둥근 모양에 색은 와인레드 — 가 어딘가 모르게 애처롭다.

돌아오니 준코가 깨어 있었다.

"잘 잤어?"

윗몸을 일으켜 베개에 등을 기댄 자세로 말한다. 가슴이 그대로 드러나 미노루는 당황했다. 행위 중에는 그것을 애무했을 텐데, 그때 준코 얼굴은 보이지 않았다. 준코와 가슴은, 말하자면 별개의 것이었다. 그런데 지금은 하나로 이어져 있다.

"물 좀 줄래?"

준코가 쉰 목소리로 말해서, 미노루는 작은 냉장고를 열었다. 그리고, 떠올랐다.

"있지, 우리 또 할까?"

어젯밤, 가게에서 나왔을 때 준코가 그렇게 말했다.

"연인은 아니어도, 간혹 그럴 수 있는 친구가 있다는 거, 좋은 일이잖아."

술을 마셔 그런지 말을 많이 해서 그런지, 쉰 목소리로.

하토는 레코드라는 것을 처음 보았다. 검고 둥글고 얇고 딱딱하다. 한가운데 구멍이 뚫려 있고, 구멍 주위에 오렌지색과 노란색 종이가 붙어 있다. 그리고 지금까지 한 번도 맡아본 적 없는 냄새가 났다. 하지만 하토의 관심을 끈 것은 레코드도 음악 — 샹송이라고 한다 — 도 아닌 재킷이었다. 커다랗고 네모난 종이에 글자와 사진이 인쇄된 재킷은 책과 비슷했다. 책 표지와. 하토는 책꽂이에 꽂혀 있는 그것을 한 장씩 뽑아 본다. 알파벳은 읽지 못하지만, 일본어로 적혀 있으면 가수 이름을 읽고, 사진을 바라본다. 레코드 자체와는 달리, 재킷에서는 하토가 잘 아는 냄새가 났다. 학교 도서실에 있는 낡은 책과 비슷한 냄새가.

일요일. 하토는 엄마를 따라 스즈메 고모 집에 놀러 왔다. 하토가 이 집에 오는 것은 이번이 두 번째다. 처음에는 미노루 아빠와 같이 왔다. 그런데 엄마는 전에도 몇 번이나 왔는지, 무척이나 감격스러워했다. 스즈메 고모네 집은 고풍스럽고 마당이 넓다.

"건강해 보였어. 하루 빨리 일하고 싶다던데."

스즈메 고모가 말하자,

"아직 젊으니까 그렇지, 뭐"

하고 엄마가 대꾸한다.

"남자는 상대할 게 못 된다고 그러고, 술 취해서."

"아이 아빠는?"

"나는 만나본 적 없지만, 미노루는 '착실하고 좋은 청년'이랬는데 유마 씨는 '겁쟁이'라던데."

엄마가 웃는다. 하토는 듣고 있지 않은 척하고 있지만 물론 다 듣고 있다. 왠지는 모르지만, 어른들은 아이에게도 귀가 있다는 것을 때때로 잊어버리는 듯하다.

테이블에는 보리차와 화과자가 놓여 있다. 화과자는 팥앙금이 든 찰떡인데, 하토는 자기 몫을 벌써 먹어버렸다.

"마당에 나가도 돼?"

묻자, 스즈메 고모는 "그럼" 하고 대답했는데, 엄마는 "모기에게 물리면 어쩌려고. 나가지 마" 하고 말했다.

"그보다, 이리 와서 고모랑 학교 얘기 하지 그러니."

하토는 엄마 말을 따른다. 애당초 오늘 여기 온 것은 스즈메 고모가 엄마에게 전화를 걸어서, 독일로 돌아가기 전에 하토를 한 번 더 보고 싶다고 해서다. 그래서 하토는 스즈메 고모를 만나러 왔다.

"학교는 그냥 그래."

학교 얘기, 무슨 얘기를 하면 좋을지 몰라 그렇게 말하자,

"그야 그렇겠지"

하고 스즈메 고모가 말했다.

"학교가 기본적으로 그런 곳이잖아"

하고.

"그래도 운동회 연습하고 있잖아, 2학기 시작하고부터 계속."

엄마가 끼어들어서, 하토는 고개를 끄덕인다.

"호오, 운동회. 하토는 어떤 종목에 나가는데?"

스즈메 고모가 묻고는 담배에 불을 붙인다.

"50미터 달리기랑 매스게임, 그리고 폴카 데 토르카."

대답하자, 스즈메 고모는 어리둥절한 표정을 지었다. 그때 마침 레

코드가 끝나, 치직 치직 하는 이상한 소리가 나서, 스즈메 고모는 담배를 재떨이에 내려놓고 레코드를 뒤집으러 갔다(그러지 않으면, 다음 곡을 들을 수 없다).

"설명해봐. 그게 어떤 경기인지."

엄마가 말했다. 그러나 스즈메 고모는 두 사람에게 등을 보인 채,

"됐어. 듣고 싶지 않아"

하고 대답하고는,

"폴카 데 토르카"

하고 되풀이했다. 끊겼던 음악이 다시 흐르기 시작한다.

"괜찮아, 하토. 어른이 되면 그런 건 아무도 시키지 않으니까."

소파로 돌아온 스즈메 고모가 말했다.

"그보다, 간혹 편지 보내줄래?"

하고 전혀 맥락이 없는 말을 계속했다.

"그리고 미노루 아빠네 놀러갔을 때는 고모한테도 얼굴 보여주고. 문명의 이기를 사용해서."

그래서 하토는 처음 레코드라는 걸 본 이날, 문명의 이기라는 말도 새로 배웠다.

26

아침에 일어나자 얼굴 안쪽이 화끈거리고 몸이 이상하게 가볍고
어지러웠다. 화장실까지 걸어가는 동안에도 발바닥이 마루에 닿지
않는 기분이었다. 열이 나네 싶어 재어보니 38도 7부나 되었다. 처음
일을 시작할 때, 아플 경우에는 임시 휴업을 해도 좋다는 말을 들었
고 혼자 일하는 이상 그럴 수밖에 없지만, 아카네는 아파서 가게 문
을 닫은 적이 한 번도 없는 탓에 가능하면 이번에도 그러고 싶지 않
았다. 지나가다 훌쩍 들른 손님이라면 몰라도 추억의 소프트아이스
크림(벌꿀 아이스크림은 다르지만)을 먹기 위해 일부러 슈프레 파크를
찾아온 손님들(많지는 않아도 있는 것은 분명하다)을 실망시키고 싶지
않다. 그건 가게의 신용과도 맞물리는 일이다. 신용은 중요한 것이라
고 아카네는 생각한다.

다행히 머리와 배는 아프지 않으니 열만 내리면 괜찮을 것 같아서,

출근 시간까지 상태를 보기로 하고 잠옷을 입은 채 아래층으로 내려
갔다.

"열이 나."

거실에서 커피를 마시며 신문을 읽고 동시에 텔레비전을 보고 있
는 엄마에게 말하자, 엄마는 펄쩍 뛰어오르듯 소파에서 일어나 다가
왔다. 그리고 조그만 어린애에게 하듯 아카네의 이마에 손바닥을 갖
다 댄다.

"됐어. 벌써 재봤어."

아카네는 말하고 소파에 앉았다. 발치로 쫄랑쫄랑 다가온 구보만
(아빠가 지은 이름이다. 유명한 작가 이름에서 따왔다고 하는데, 구보만이
라는 웃기는 이름을 가진 작가가 정말 있는지는 모른다)을 안아 올린다.
엄마는 열이 몇 도나 되느냐, 그럼 누워 있어야지, 식욕이 없어도 뭘
먹어야 하는데, 병원에 가려면 차로 데려다줄게, 한동안 운전을 안
해서 불안하지만, 하고 일일이 대답하기조차 귀찮은 말을 줄줄이 늘
어놓고는 죽을 끓여주었다.

텔레비전에서는 해외 뉴스가 나오고 있었다. 미국 어느 거리의 슈
퍼마켓에서 주인이 개 두 마리를 차에 남겨둔 채 쇼핑을 했는데, 개
들이 뭘 건드렸는지 움직이기 시작한 차가 벽에 충돌했지만, 두 마리
다 무사했다는 뉴스다. 그 슈퍼마켓 주차장의 CCTV에 찍힌 영상
속에는 정말 개 한 마리가 운전석에 앉아 있었다.

엄마와 나란히 소파에 앉아 죽을 먹으면서 그 뉴스를 봤다. 개들이
너무 귀엽고 하는 짓도 재미있어서, 엄마나 아카네나 두 마리 다 무

사했다는 사실을 알자 거침없이 웃었다.

"엄마보다 운전을 잘하네."

아카네가 말하자, 엄마는 "그러게 말이야" 하고 맞장구를 치고서 구보만을 안아 올려 텔레비전을 보여주면서,

"저기, 저 개 똑똑하지? 우리 구보만도 해볼래?"

하고 말을 건넨다. 엄마가 끓인 죽에는 잘게 썬 생강과 푸른 채소가 들어 있었다. 괜찮다고 하는데도 삶은 닭살로 만든 반찬까지 내왔다. 양쪽 다 맛있어서, 열이 있는데도 목에 술술 넘어갔다. 화면을 보면서 마음껏 웃은 덕분인지도 모르겠다. 유마는, 하고 문득 아카네는 생각했다. 어렸을 때 엄마가 돌아가셨고, 고등학교를 졸업하는 동시에 새엄마가 있는 집에서 나왔다. 그리고 지금 엄마가 된 유마는 감기에 걸려도 혼자 자기를 보살펴야 한다.

"오늘은 일 쉬어. 괜히 갔다가 손님에게 옮기면 미안하잖아."

엄마의 말이 옳다고 아카네도 생각한다.

방충망을 청소하는 건 정말 귀찮은 작업이다. 베란다가 좁아 떼어낸 방충망을 수평으로 놓을 수 없어 더욱 그렇다. 나기사는 방충망을 하나하나 욕실로 옮겨 씻었다. 우선 샤워기로 전체에 물을 뿌리고 그다음 세제를 묻힌 걸레로 한쪽씩 두드리듯이 닦아낸다. 그다음 또 물을 뿌리고 같은 순서로 반복한다. 그러는 동안에도 어젯밤에 남편과 나눈 대화가 머리에서 떠나지 않았다.

"그건 좀 이상하잖아."

남편은 그렇게 말했다.

"아빠 둘에 엄마 하나가 같이 가족석에 앉는다는 말이야?"

올해도 하토의 운동회에 미노루를 초대하고 싶다고 했을 때 일이다. 물론 나기사가 아니라 하토가 그렇게 원하는 것이고, 작년에도 초대장(이란 이름의 인쇄물을 학교에서 배부한다)을 보냈고, 미노루는 간식이라며 귤을 한 아름 들고 왔다.

"그때는 양육비를 받았기 때문이었잖아."

남편은 또 그렇게 말했다.

"올해는 아무것도 받지 않았고, 언제든 만날 수 있기도 한데 굳이 운동회에 부를 필요까지는 없잖아."

결국 남편의 주장은 그랬다. 아무것도 받지 않았다는 말의 비굴함에 짜증이 나서,

"돈과 운동회가 무슨 관계가 있는데?"

하고 따졌지만, 이내 반성했다. 아마 남편이 옳으리라. 초대하면 미노루는 별다른 생각 없이 나타날 테지만, 엄마 하나에 아빠가 둘인 그림은 역시 평범하지 않다. 그리고 '평범'을 원했던 사람은 그 누구보다 나기사였다.

방충망을 베란다로 가져가 난간에 비스듬하게 세워놓고 말린다. 하늘이 파랗다. 욕실에서 작업하느라 땀이 배어났던 피부에 바람이 상쾌하게 스쳤다.

결국 초대장은 보내지 않기로 했다. 하토가 무척 실망하리라. 왜? 하고 묻겠지. 나기사는 그 질문에 뭐라 대답하면 좋을지 몰랐다. 나

기사의 내면에는 아직도, 셋이 하토를 응원하면 어때서, 하는 마음이 있다. 만약 그것이 평범하지 않은 상황이라면 평범 따위는 내다 버려라, 하는 마음이. 미노루라면 바로 동의할 것이다. 하지만 그건 나기사의 인생이 아니다.

운동회 사진 찍어서 보낼게. 미노루에게 전화를 걸어 그렇게 말하자, 하고 나기사는 마음먹는다. 하토의 '왜'에 대해서는 '왜는'이라고 대답하는 수밖에 없으리라.

건너편 집 베란다에서 그 집 주부가 이불을 탁탁 두드리고 있다. 그 소리가 '평범'을 응원하는 듯이 여겨졌다. 나기사는 욕실로 돌아가 걸레를 집어 든다. 방충망을 끼워 넣기 전에 창틀을 깨끗하게 닦아야 한다.

하늘이 파랗다. 전화벨이 울렸을 때, 미노루는 부엌에서 플랜틴 바나나를 이기고 있었다. 인터넷으로 조사해 플랜틴이 그냥은 먹을 수 없는 파란 바나나라는 것을 알았다. 역시 인터넷으로 열심히 조사한 결과, 취급하는 업자를 찾을 수 있었다. 단, 개인과는 거래를 하지 않는다고 해서 도심에 있는 백화점까지 일부러 찾아가 주문해 겨우 입수했다. 소설에 등장하는 카리브해의 섬에서는 일상적으로 먹는 것 같았다. 특히 체리가 튀겨내는 그것은 일품이라고 쓰여 있어서 — 주인공인 나탈리아는 연인인 미국인과 함께 막 튀겨낸 그것을 초록이 무성하고 바람이 솔솔 부는 야외에서 먹곤 한다. 기름에 번들거리는 입으로 —, 과연 어떤 맛일까 하고 미노루는 흥미진진했다.

340

전화를 건 사람은 아카네였다. 감기에 걸려 임시 휴업하겠다는 보고였다. 미노루는,

"당연하지"

하고 대답했다. 아무 상관없으니까 편히 쉬면서 얼른 낫도록 하라고. 슈프레 파크는 원래 이익을 추구하는 가게가 아니다.

"심한 거야?"

하고 묻자,

"그렇지는 않아요. 그런데 열이 많이 올라서"

하고 대답했다.

"그럼 안 되지."

끈적거리는 손을 미노루는 키친타월로 닦는다. 당연하지만, 소설에 레서피까지는 실려 있지 않아, 미노루는 자신이 지금 하고 있는 작업이 체리의 그것과 어느 정도 일치하는지 알 수 없다.

'은근하게 볶은 커피 원두처럼 아름다운 피부'에 웃으면 '온 얼굴이 입'처럼 되는 체리, 머리에는 언제나 빨간색이나 초록색 반다나를 두르고 있고, 쉰 목소리로 "헤에에이" 하거나 "라아우라아아" 하고 모음을 길게 빼며 말하는 체리.

"그럼, 아무튼 몸조리 잘하고. 정말 다 나을 때까지 충분히 쉬어도 돼."

그렇게 말하고 전화를 끊으려는데,

"아, 그리고"

하고 아카네가 말했다.

"라스, 다 읽었어요"

라고.

"라스?"

무슨 말인지 몰랐다.

"마지막에, 깜짝 놀랐어요. 오라프는 좋은 사람이었잖아요. 어린 아들도 있고, 조금 있으면 임무를 무사히 마치고 러시아로 돌아갈 수 있었는데."

아카네가 그렇게 말을 계속하고 나서야, 희미하게 떠올랐다. 이 앞에 읽었던 책 얘기다. 북구의 미스터리로, 초로의 남자가 주인공이었다. 그에게는 젊은 연인이 있었는데, 그 연인이 실종되어…… 그랬지, 라스, 조야 그리고 오라프.

"그래도 라스가 무사히 안나 곁으로 돌아가서 다행이에요. 저, 그 사람은 좋은 부인이라고 생각하니까."

아카네는 열이 내려서 가게 문을 열 수 있을 때 다시 연락하겠다고 하고는 전화를 끊었다.

라스, 조야, 오라프. 이긴 바나나가 담긴 볼을 내려다보면서 미노루는 묘한 감회에 젖었다. 소설 줄거리는 이미 기억나지 않지만, 그들 이름은 기억에 있었다. 라스, 조야, 오라프, 그리고 안나도. 바로 얼마 전에는 그들을 틀림없이 알고 있었다.

눈앞에 있는 바나나가 잘못된 자리에 있는 것처럼 보인다. 여기 있어서는 안 될 것이 갑자기 출현한 것처럼.

그때 또 휴대전화가 울려, 깜짝 놀란 미노루가 통화 버튼을 누르니

상대는 나기사였다

"뭐라고? 벌써 헤어졌어?"

치카가 말했다.

"너무 빠른 거 아니니? 사귄 지 아직 두 달인가, 그 정도잖아"

하고 몹시 놀란 듯이. 사야카는 조금도 놀라지 않았다. 직장인 고등학교에서도 학생들은 수시로 '커플이 되고' 또 그 관계가 '자연 소멸'(어떻게 되는 게 자연 소멸인지 사야카는 잘 모르지만) 된다. 게다가 젊은 사람들에게 '두 달 정도'는 자신들의 두 달보다 훨씬 긴 시간인지도 모른다. 그런 생각이 들자 사야카는 자신이 이미 젊지 않다는 사실이 오히려 평온해서 좋다고 느낀다.

"어디가 마음에 안 들었는데, 삐뽀 군의."

치카가 묻는다.

"마음에 안 들었다고 해야 하나."

고개를 갸우뚱하고 마미는 대답한다.

"사귀어보니까, 서로가 좀 다르지 않나? 하는 느낌이 들었는데, 그럼 헤어지지 뭐, 하는 식으로 얘기가 돌아가서."

"우와아. 쿨하네, 요즘 젊은 사람들은."

치카는 허풍스럽게 감탄한다.

"옛날에는 실연하면 아주 야단이 났는데. 여자들은 특히."

마치 자신은 여자가 아닌 듯한 말투다.

"울고불고 한탄하고, 밥이 안 넘어가서 먹지도 못하고."

"어머나! 그랬어요?"

이번에는 마미가 놀란다.

"하지만 옛날에도 한여름에만 하고 끝나는 연애는 있었잖아."

사야카가 한마디 끼어들었다.

"바다나 산에 놀러갔다가 연인이 되었는데, 원래 자리로 돌아온 후에도 한동안은 사귀지만, 각자 생활이 있다 보니 잘 안 맞기도 하고 그래서……."

"아, 바로 그건지도 모르겠네요."

마미가 그렇게 말하자, 사야카는 마미가 끓여준 재스민 차에 살며시 입을 댄다. 결국, 학생 시절의 연애는 예나 지금이나 별로 달라지지 않았는지도 모른다. 재스민 차는 따끈하고, 향긋하고, 맛있다.

파도 소리가 들린다. 밤바다는 어둡고, 길도 자동차 불빛이 닿는 범위밖에는 보이지 않는다. 굳이 이런 곳까지 온 것은 프리니오를 위해서가 아니라 포트안토니오라는 아담하고 아름다운 거리, 나탈리아가 사는 조용한 거리에 경의를 표하기 위해서다. 그 거리에 시체가 나뒹굴게 하고 싶지 않았다. 자메이카에서도 몬테고베이 같은 큰 도시와 달리 이곳은 역사에서 밀려난 장소다. 잃어버린 번영 대신 평화를 차지한 고장. 제멋대로 자라는 식물, 식민지 시대의 아름다운 폐허, 방치된 호화 저택과 폐쇄된 호텔. 사람들은 착실하게 일하고, 현재 생활에 만족하고, 일주일에 한 번인 — 목요일 밤 — 길거리 파티에서만 흥겨운 음악에 취한다.

새벽 두 시. 스코트는 차를 세우고 운전석 쪽 창문을 열었다. 차 안에는 술 냄새가 지독하다. 끼 끼 끼, 어디선가 도마뱀 우는 소리가 들린다. 개굴개굴, 개구리가 낮게 우는 소리도. 밀림 특유의 눅눅하게 젖어 있으면서도 청량한 대지와 나무들의 기척이 느껴진다.

조수석에는 곤드레가 된 프리니오가 두 무릎을 쩍 벌리고 잠들어 있다. 검은 실크 재킷은 땀으로 몸에 들러붙었고, 끝이 뾰족한 부츠는 번쩍번쩍 빛난다. 스코트는 한 손에 총을 들고, 다른 한 손으로 프리니오의 머리칼을 움켜잡았다. 크림을 발라 끈끈하고 번들거리는 검은 머리.

"일어나."

이를 악물고 말한다.

그때 갑자기 뒷좌석 문이 열리면서 누군가가 밖으로 몸을 굴리듯 나갔다. 그런가 싶더니 이번에는 조수석 문이 확 열리고 조니가 미친 듯이 괴성을 지르면서 프리니오의 배를 칼로 푹 찔렀다.

"어이."

스코트는 무슨 일이 벌어진 건지 알 수 없었다. 프리니오의 비명과 조니의 괴성, 칼로 배를 찔렀다 뺐다 할 때마다 솟구치는 피. 차에서 뛰쳐나가 조수석 쪽으로 돌아가서 아무튼 조니를 뒤로 밀쳐냈다.

"우롱차 마신다!"

귓가에다 고함을 질러, 미노루는 말 그대로 펄쩍 튀어 올랐다(그 바람에 하마터면 조립식 침대의자 다리가 빠질 뻔했다).

345

"뭐야, 왜 그렇게 큰 소리를 지르는 거야! 그리고, 대체 언제 온 거야?"

오타케는 이미 우롱차 잔을 손에 들고 있다.

"지금 왔지. 그냥 불렀더니 들리지 않는 것 같아서"

하고 말한다.

"태풍이 근접하고 있는 모양인데, 일기예보 들으니"

하는 말도. 미노루는 태풍이 오든 어떻든 별 상관없었다. 이 방에 있는 한, 바깥 날씨가 어떻든 책 읽기 좋은 날이다.

"메일에 첨부한 포트폴리오, 봤어?"

오타케는 그렇게 묻고서, 뭐라는 건지 모를 설명(시가로 취득할 수 없는 주식이 어떻다느니 무담보 익일물이 어떻다느니)을 계속한다.

"그런데 스즈메 씨는 언제 출국한 거지? 재단에서 우리 쪽으로 문의가 왔는데, 나도 몰라서 뭐라 대답을 못 했는데."

"수요일이었나."

미노루는 읽고 있던 책에 손가락을 낀 채 대답했다.

"언제 출국하는지 나도 전혀 들은 게 없었는데, 당일에 하네다에서 전화가 걸려왔어."

늘 그렇다. 올 때는 연락을 하면서 머물고 싶은 만큼 머물다 돌아갈 때는 아무 말 없이, 알게 모르게 가버리고 만다. 그 전에 하토와 나기사를 만났다는 것도, 어제 나기사가 전화를 걸어 얘기할 때까지 미노루는 몰랐다.

그 전화.

올해는 운동회에 초대할 수 없겠어. 미안해. 유난히 솔직하게 사과한 다음 사진을 보내주겠다고 하고서 미노루가 소외감을 곱씹을 틈도 없이, 그리고, 하고는 웃음기가 묻어나는 목소리로, 하토, 내년에 언니가 될 거야, 하는 말로 미노루를 놀라게 했다.

오타케의 전달 사항이 계속된다.

"그리고 단가 모임, 가끔은 참석하라고. 일단은 명예회원이잖아."

이어서,

"그리고, 치카 씨네 가게 말인데, 또 월세가 밀린 것 같던데."

미노루는 안 들리는 척한다. 세상은 참 여러 가지 일로 시끄럽다.

"바나나 튀긴 거 있는데, 먹을래?"

묻자, 이번에는 그 말이 묵살 당했다.

"그리고 나, 이혼했어."

오타케의 목소리는 밋밋했다. 투자와 세금이 어떻다고 보고하는 목소리와 다르지 않았다.

"뭐? 정말?"

순간적으로 친구의 왼손을 보니, 거기에는 결혼반지가 여전히 끼여 있었다.

"이건 습관인데, 당장은 뺄 수 없지."

시선을 알아차리고, 오타케는 설득력 없는 말을 했다.

"그래도 아무튼 서류는 틀림없이 제출하고 왔으니까."

그 말에 거짓은 없는 듯 보였다. 늘 입고 다니는 후줄근한 양복 차림으로 우롱차를 손에 든 채 머쓱하게 서 있다.

이런 경우에는 대체 어떤 말을 하는 게 적절한지, 미노루는 판단하지 못한다. '다행이다. 잘했어'? 또는 '기운 내'? 아니면 차라리 축하한다고 말해야 하나.

"구청 직원, 진짜 무표정하더라."

오타케는 암울한 목소리로 말한다.

구청 직원? 미노루는 당황한다. 그리고, 그야 그렇겠지, 하고 생각했다. 이혼 서류를 제출하러 온 낯선 사람에게 달리 어떤 표정을 보일 수 있을까.

"서류를 확인하고 접수한 다음에, 그 사람이 마지막으로 뭐라고 했는지 알아?"

미노루는 모르겠다고 대답했다.

"네, 수고하셨습니다."

"뭐?"

"네, 수고하셨습니다. 그렇게 말했어, 그 사람이."

미노루는 천천히 웃는다. 딱 맞는 말이라고 생각했다. 사실 그 이상 어울리는 말은 없다.

"그래. 치카 씨 가게에서 한잔하자. 거기 가서 전부 듣자고."

미노루는 그렇게 말하고,

"아, 그런데 잠깐 기다려야겠다"

하고 덧붙였다.

"지금 좀 긴박한 장면이라서, 이 장이 끝나는 데까지 읽지 않으면 궁금해서 안 될 것 같아."

"그건 또 뭔 소리야. 지금 책을 왜 읽는 건데."

오타케는 볼멘소리를 했지만,

"금방 읽을게"

하고 단단히 약속한 미노루는 다시 침대의자에 누워 책을 펼쳤다.

옮긴이의 말

　당황스럽게도 이 소설의 도입부는 소설 속의 소설입니다.

　문이 열리는 소리가 나면서 툭 끊기는.

　그때, 이 소설의 주인공 미노루는 현실 속의 계절을 '여름 같다'고
느끼죠. 마치 미노루가 읽고 있던 소설 속의 계절 — 북유럽의 눈 덮
인 한겨울 — 이 현실인 것처럼 착각하게 되는 이 도입부야말로 이
소설의 본령입니다.

　돈 많은 자산가 미노루의 현실은 별다른 사건 없이 밋밋하게 흘러
갑니다.

　사진작가로 독일과 일본을 오가며 생활하는 누나 스즈메, 같이 살
지 않는 딸 하토와의 교감을 제외하면 타인들과의 교류도 의례적이

고, 사업에 관련되는 모든 업무는 오랜 친구이자 전담 세무사인 오타케가 도맡고 있죠. 하토의 엄마이며 한때 연인이었던 나기사가 과거에 사준 잠옷 두 벌에 대한 어렴풋한 미련 또는 애정만이 그의 살아 있는 감정인 것처럼 보입니다.

그리고 간혹 치카의 음식점에 가서 맛난 요리를 먹고, 또 아카네가 점원으로 일하는 아이스크림 가게에 들르곤 하죠. 이 음식점과 아이스크림 가게 또한 미노루의 사업체이지만 그는 흑자에도 밀린 월세에도 별 관심을 갖지 않습니다.

현실은 밋밋하게 흘러가는 반면, 예기치 못한 사건과 사랑하는 사람들 사이의 어긋남은 오히려 소설 속에서 벌어지죠. 그 와중에 사람들이 겪어야 하는 인생의 질곡도 말이에요.

소설의 전반부에서 미노루가 읽고 있는 소설은 소위 북유럽 미스터리입니다. 구 소비에트 연방의 KGB 요원이 소지한 비밀문서를 둘러싸고 그 문서를 회수하려는 쪽과 회수를 저지하는 동시에 증거물인 요원을 말살하려는 쪽이 긴박감 넘치는 혈전을 벌입니다. 그리고 후반부에는 무대가 완전히 바뀌어 카리브해의 어느 섬나라에 사는 가족이 이탈리아 마피아 조직의 일원인 아들과 오랜만에 해후하면서 벌어지는 또 다른 혈전을 다룬 미스터리가 등장합니다.

소설과 현실을 오가는 미노루의 시간은, 마치 현실의 시간이 소설 속의 시간을 뒤쫓고 있는 느낌입니다. 소설을 읽고 있는 미노루의 시간이 종종, 인터폰 소리나 문이 열리는 소리 또는 찾아온 누군가가 이름을 부르는 소리에 툭툭 끊기곤 하니까요.

『저물 듯 저물지 않는』이란 제목이 암시하듯 미노루가 사는 시간은 낮과 밤의 경계인 해 질 녘처럼 어스름하고 모호하고, 때로는 혼란스럽기도 합니다. 그런데 말이죠. 그가 이런 말을 하는군요.

'당연히 그건 소설이고, 조니도 라우라도 현실에는 존재하지 않는다. 그러나, 그래서 어떻다는 것인지. 세상 어딘가에서 실제로 일어나는 일과 소설 속에서 일어나는 일이 어떻게 다르다는 것일까.'

요컨대 소설과 현실은 등가이며, 미노루에게는 소설을 읽는 시간과 그 경험 또한 현실이라는 말이 될까요.

2017년 12월 한 해의 저물녘에
김난주